寶貝，寶貝，淘氣的寶貝
噓！你這愛哭鬧的東西
這會兒給我安靜，安靜
否則波納帕就會來這裡
寶貝，寶貝，他是個大巨人
又黑又高，像蒙茅斯的塔頂
他的早餐、中餐、晚餐
都拿調皮搗蛋的人充飢
[illegible]，他一蹦一跳經過這裡
[illegible]手小腳
就[illegible]老鼠
然[illegible]打
打[illegible]你，吃你，吃你
吃[illegible]咕咕！

——英國搖籃曲

行過死蔭之地

Lawrence Block

勞倫斯・卜洛克 著

唐嘉慧 譯

A Walk Among the Tombstones

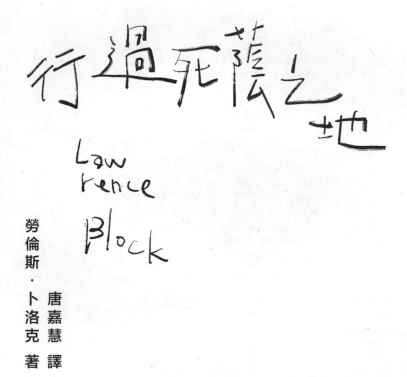

馬修・史卡德系列 10
行過死蔭之地 A Walk Among the Tombstones
作者——勞倫斯・卜洛克 Lawrence Block
譯者——唐嘉慧
美術設計—— One. 10 Society
編輯協力——黃麗玟、劉人鳳
業務——李振東、林佩瑜
行銷企畫——陳彩玉、林詩玟
發行人——涂玉雲

出版——臉譜出版
104台北市中山區民生東路二段141號5樓
電話：(02)2500-7696　傳真：(02)2500-1952
臉譜部落格 facesfaces.pixnet.net/blog

發行——英屬蓋曼群島商家庭傳媒股份有限公司城邦分公司
104台北市中山區民生東路二段141號11樓
客服服務專線：(02)2500-7718；2500-7719
24小時傳真專線：(02)2500-1990；2500-1991
服務時間：週一至週五上午9:30~12:00；下午13:30~17:00
劃撥帳號：19863813
戶名：書虫股份有限公司
讀者服務信箱：service@readingclub.com.tw

香港發行所——城邦(香港)出版集團有限公司
香港灣仔駱克道193號東超商業中心1樓
電話：(852)2877-8606　傳真：(852)2578-9337　E-mail: hkcite@biznetvigator.com

馬新發行所——城邦(馬新)出版集團 Cite(M)Sdn Bhd (458372U)
41, Jalan Radin Anum, Bandar Baru Sri Petaling, 57000 Kuala Lumpur, Malaysia.
電話：(603)9056-3833　傳真：(603)9057-6622　E-mail: services@cite.com.my

初 版 一 刷　1998年6月
三 版 一 刷　2023年11月
ISBN 978-626-315-405-6
定價480元(本書如有缺頁、破損、倒裝，請寄回本社更換)

國家圖書館出版品預行編目資料

行過死蔭之地／勞倫斯・卜洛克(Lawrence Block)著；唐嘉慧譯.
-- 三版. -- 台北市：臉譜出版：家庭傳媒城邦分公司發行，
2023.11
面；公分. --(馬修・史卡德系列；10)
譯自：A Walk Among the Tombstones
ISBN 978-626-315-405-6(平裝)
874.57　　112018268

〈新版推薦序〉

關於我的朋友馬修・史卡德

臥斧

有很長一段時間，遇上還沒讀過「馬修・史卡德」系列的友人詢問「該從哪一本開始讀？」或「你最喜歡、最推薦哪一本？」之類問題，我都會回答，「先讀《八百萬種死法》，我最喜歡《酒店關門之後》。」

如此答覆有其原因。

「馬修・史卡德」系列幾乎每一本都可以獨立閱讀——作者勞倫斯・卜洛克認為，即使是系列作品，每部作品都仍該是個完整故事，所以倘若故事裡出現已在系列中其他作品登場過的角色，卜洛克就會簡述來歷，沒讀過其他作品或許不會理解角色之間的詳細關係，不過不會對理解手頭這本的情節造成妨礙。事實上，這系列在二十世紀末首度被引介進入國內書市時，出版社選擇出版的第一本書，就不是系列首作《父之罪》，而是第五部作品《八百萬種死法》。

出版順序自然有編輯和行銷的考量，讀者不見得要照章行事，我的答案與當年的出版順序並無關聯，《八百萬種死法》也不是我第一本讀的本系列作品。建議先讀《八百萬種死法》，是因為我認為這本小說最適合用來當成某種測試，確認讀者是否已經到達「人生中適合認識史卡德」的時期；

倘若喜歡這本，約莫也會喜歡這系列的其他故事，倘若不喜歡這本，那大概就是時候未到——生命中的哪個階段會被哪樣的作品觸動，每個讀者狀況都不相同。

這樣的答覆方式使用多年，一直沒聽過負面回饋，直到某回聽到一名友人坦承，自己初讀《八百萬種死法》時，覺得這故事「很難看」。有意思的是，這名友人後來仍然成為卜洛克的書迷，讀完了整個系列。

概略討論之後，我發現友人覺得難看的主因在於情節——這個故事並未完全依循推理小說作者與讀者之間不言自明的默契，結局之前的轉折雖然合理，但拐彎的角度大得讓人有點猝不及防，有部分讀者會覺得自己沒能被說服接受。可是友人同時指出，史卡德這個主角相當吸引人——這系列故事主線均由史卡德的第一人稱主述敘事，所以這也表示整個故事讀來會相當吸引人。能夠吸引讀者、呼應讀者自身的生命經驗、讓讀者打從心底關切的角色，總會讓讀者想要知道：這角色還會面對哪些事件，又會如何看待他所處的世界？

這是讓友人持續讀完整個系列的動力，也是我認為這本小說適合用來測試的原因——《八百萬種死法》是全系列中結局轉折最大的故事，也是完整奠定史卡德特色的故事。從這個故事開始認識史卡德，就像交了個朋友；而交了史卡德這個朋友，會讓人願意聽他訴說生命裡發生的種種故事。

約莫在友人同我說起這事的前後，我按著卜洛克原初的出版順序，重新閱讀「馬修・史卡德」系列，然後發現：倘若當初我建議朋友從首作《父之罪》開始讀，友人應該還是會成為全系列的忠實讀者，只是對情節和主角的感覺可能不大一樣。

史卡德登場

二十世紀的七〇年代，卜洛克讀了李歐納．薛克特的《論收賄》，這是薛克特與一名收賄的紐約警察一起完成的作品，內容講的就是那個警察的經歷。那是一名盡責任、有效率的警察，偵破不少案子，但同時也貪污收賄、經營某些不法生意。

卜洛克十五、六歲起就想當作家，他讀了很多偉大的經典作品，不過一開始並不確定自己該寫什麼；剛入行時他用筆名寫的是女同志和軟調情色長篇，市場反應不錯，六〇年代開始寫「睡不著覺的密探」系列，銷售成績也不差。七〇年代他與出版社商議要寫犯罪小說時，認為《論收賄》裡的警察或許能夠成為一個有趣的角色，只是他覺得自己比較習慣使用局外人的觀點敘事，沒什麼把握能寫好一個在警務體制裡工作的貪污警員。

於是卜洛克開始想像這麼一個角色：這個人是名經驗老到的刑警，和老婆小孩一起住在市郊，有辦案的實績，也沒放過收賄的機會；某天下班，這人為了阻止一樁酒吧搶案而掏槍射擊，但跳彈意外殺死了一個街邊的女孩。誤殺事件讓這人對自己原來的生活模式產生巨大懷疑，加劇了喝酒的習慣、與妻子分居、獨自住在旅館，偶爾依靠自己過往的技能接點委託維持生計，但沒有申請正式的偵探執照，而且習慣損出固定比例的收入給教堂……

真實人物的遭遇加上小說家的虛構技法，馬修．史卡德這個角色如此成形。

一九七六年，《父之罪》出版。

一名女性在紐約市住處遭人殺害，嫌犯渾身浴血、衣衫不整地衝到街上嚷嚷之後被捕，兩天後在獄中上吊身亡。女孩的父親從紐約州北部的故鄉到紐約市辦理後續事宜，聽了事件經過後找上史卡德——就警方的角度來看這起案件已經偵結，這名父親也不大確定自己還想做什麼，他與女兒幾年來鮮少聯絡，甫知女兒死訊，才想搞清楚女兒這幾年如何生活、為什麼會遇上這種事。警方不會處理這類問題，於是把他轉介給曾經當過警察、現已離職獨居的史卡德。

以情節來看，《父之罪》比較像刻板印象中的推理小說：偵探接受委託，找出凶案的真正因由。這個故事同時確立了系列案件的基調——會找上史卡德的案子可能是警方認為不需要處理的，或者是當事人因故無法、或不願交給警方處理的；而史卡德做的不僅是找出真凶，還會在偵辦過程裡挖掘出隱在角色內裡的某些物事，包括被害者、凶手，甚至其他相關人物。

緊接著出版的《在死亡之中》和《謀殺與創造之時》都仍維持類似的推理氛圍，不同的是卜洛克對史卡德的描寫越來越多。史卡德的背景設定在首作就已經完整說明，卜洛克增加的是史卡德處理事件過程的生活細節——他對罪案的執拗、他與酒精的糾纏、他和其他角色的互動，以及他在紐約憑藉公車、地鐵、偶爾駕車或搭車但大多依靠雙腿四處行走查訪當中的所見所聞，這些細節累疊在原先的背景設定上，逐漸讓史卡德越來越立體，越來越真實。

史卡德曾是手腳不算乾淨的警員，他知道這麼做有違規範，但也認為這麼做沒什麼不對——有缺陷的是制度，他只是和所有人一樣，設法在制度底下找到生存的姿態。這使得史卡德成為一個特殊的冷硬派偵探——這類角色常以譏誚批判的眼光注視社會，史卡德也會，但更多時候這類譏誚會轉為自嘲，因為他明白自己並不比其他人更好，這類角色常面不改色地飲用烈酒，史卡德也會，但酒精因而成為一種將他拽開常軌的誘惑，摧折身體與精神的健康；這類角色心中都會具備一套自己的道德判準，史卡德也會，而且雖然嘴上不說，但他堅持的力道絕不遜於任何一個硬漢。

我私心將一九七六年到一九八一年的四部作品劃歸為系列的「第一階段」。這四部作品的情節不只呈現了偵查經過，也替史卡德建立了鮮明的形象——作家替角色設定的個性與特質會決定角色面對衝突時的反應，而讀者會從這些反應推展出現的情節理解角色的個性與特質。史卡德並非完人，沒有超凡的天才，反倒有不少常人的性格缺陷，對善惡的標準似乎難以解釋，但他面對罪惡的態度會讓讀者清楚地感知那個難以解釋的核心價值。

讀者越來越了解史卡德——他不是擁有某些特殊技能、客觀精準的神探，他就是個試著盡力解決問題的凡人。或許卜洛克也越寫越喜歡透過史卡德去觀察世界——因為他寫了《八百萬種死法》。

反正每個人都會死，所以呢？

《八百萬種死法》一九八二年出版。

打算脫離皮肉生涯的妓女透過關係找上史卡德，請史卡德代她向皮條客說明。皮條客的行為模式與眾不同，尋找時花了點工夫，找上後倒沒遇到什麼麻煩；皮條客很乾脆地答應，但幾天之後，史卡德發現那名妓女出了事。史卡德已經完成委託，後續的事理論上與他無關，可是他無法放手，認為這事八成是言而無信的皮條客幹的；他試著再找皮條客，雖然不確定找上後自己要做什麼，不料皮條客先聯絡他，除了聲明自己與此事毫無關聯，並且要雇用史卡德查明真相。

在妓女出現之前，史卡德做的事不大像一般的推理小說；接下皮條客的委託之後，史卡德的工作方式則與前幾部作品一樣，不是推敲手上的線索就看出應該追查的方向，而是透過皮條客手下的其他妓女以及史卡德過往在黑白兩道建立的人脈，扎扎實實地四處查訪。因此之故，《八百萬種死法》有不少篇幅耗在史卡德從紐約市的這裡到那裡，敲門按電鈴，問問這個問問那個；其他篇幅一部分用來講述史卡德的生活狀況——主要是他日益嚴重的酗酒問題，酒精已經明顯影響他的神智和健康，但他對戒酒無名會那種似乎大家聚在一起取暖的進行方式嗤之以鼻，另一部分則記述了史卡德從媒體或對話裡聽聞的死亡新聞。

《八百萬種死法》的書名源於當時紐約市有八百萬人口，每個人可能都有不同的死亡方式；這些死亡事件與史卡德接受的委託沒有關係，史卡德也沒必要細究每樁死亡背後是否藏有什麼祕密。如此安排容易讓讀者覺得莫名其妙——我要看史卡德怎麼查線索破案子，卜洛克你講這些無關緊要的東西做什麼？不過讀者也會慢慢發現：這些插播進來的死亡新聞，讀起來會勾出某些古怪的反應，有時是深沉的慨嘆，有時是苦澀的笑意。它們大多不是自然死亡，有的根本不該牽扯死亡——例如有人扛回被丟棄的電視機想修好了自己用，結果因電視機爆炸而亡，這幾乎有種荒謬的喜感——讀者認為它們「無關緊要」，是因它們與故事主線互不相涉，但對它們的當事人而言，那是生命的瞬間消逝，可一點都不「無關緊要」。

是故，這些死亡準確地提出一個意在言外的問題：反正每個人都會死，所以呢？每個人如何迎來生命終點都無法預料，甚至不可理喻，沒有善惡終報的定理，只有無以名狀的機運；在這樣的世界裡，執著地追究某個人的死亡，有沒有意義？或者，以史卡德的處境來說，遠離酒精，讓自己清醒地面對痛苦，有沒有意義？

推理故事大多與死亡有關。古典和本格派將死亡案件視為智力遊戲，是偵探與凶手、讀者與作者之間鬥智的謎題；冷硬和社會派利用死亡案件反映社會與人的關係，什麼樣的環境會讓人做出什麼樣的掙扎，什麼樣的時代會讓人犯下什麼樣的罪行。其實，推理故事一直是最適合用來揭示人性的故事，因為要查明一個或數個角色的死因，調查會以死者為圓心向外輻射，觸及與死者有關的其他角色，釐清他們與死者的關係、死亡對他們的影響、拼湊死者與他們的過往，這些調查會顯露角色們的個性，死因與行凶動機往往就埋在這些人性糾葛之中。

《八百萬種死法》不只是推理小說，還是一部討論「人該怎麼活著」的小說。

「馬修．史卡德」是個從建立角色開始的系列，而《八百萬種死法》確立了這個系列的特色，這些故事不僅要破解死亡謎團、查出凶手，也要從罪案去談人性。

我們終將孤獨

在《八百萬種死法》之後，卜洛克有幾年沒寫史卡德。

據聞《八百萬種死法》本來可能是系列的最後一個故事，從故事的結尾也讀得出這種味道——史卡德解決了事件，也終於直視自己的問題，讓系列在劇末那個悸動人心的橋段結束，是個合理的選擇，也是個漂亮的收場——不過從隔了四年、一九八六年出版的《酒店關門之後》來看，卜洛克還想繼續以史卡德的視角看世界，沒有馬上寫他的故事，可能是自己的好奇還沒尋得答案。

因為大家都知道，故事會有該停止的段落，角色做完了該做的事、有了該有的領悟；但在現實生活裡，時間不會停在「全書完」三個字出現的那一頁，就算人生因為某些事件而轉往新方向，等在眼前的也不會是一帆風順「從此幸福快樂」的日子。卜洛克的好奇或許是：在史卡德直視自身問題、做了重要決定之後，他還是原來設定的那個史卡德嗎？那個決定會讓史卡德的生活出現什麼變化？那些變化是否會影響史卡德面對世界的態度？

倘若沒把這些事情想清楚就動手寫續作，大約會出現兩種可能：一是動搖前五部作品建立的系列基調——既然卜洛克喜歡這個角色，那麼就會避免這種情況發生；二是保持了系列基調但破壞了《八百萬種死法》那個完美結局的力道——真是如此的話，不如乾脆結束系列，換另一個主角講故事。

《酒店關門之後》是卜洛克思考之後的第一個答案。

這個故事裡出現三樁不同案件，發生在《八百萬種死法》之前。案件之間乍看並不相干（不過後來發現其中兩起有點關聯），史卡德甚至不算真的在調查案件——第一樁案件是酒吧常客妻子被殺，史卡德被委任去找出兩名落網嫌犯的過往記錄，讓他們看起來更有殺人嫌疑；第二樁事件是另一家起酒吧帳本失竊，史卡德負責的是與竊賊交涉、贖回帳本，而非查出竊賊身分。至於第三樁事件，史卡德完全沒被指派工作，那是一樁搶案，史卡德只是倒楣地身處事發當時的酒吧裡頭，而且也沒被搶。

三樁案件各自包裹了不同題目，這些題目可以用「愛情」、「友誼」之類名詞簡單描述，但真要說明白它們內裡的複雜層次，卻常讓人找不著最合適的語彙。卜洛克擅長用對話表現角色個性和推進情節，因此故事讀來一向流暢直白；流暢直白不表示作家缺乏所謂的文學技法，因為《酒店關門之後》完全展現出這類文字的力量——倘若作家運用得宜，這類看似毫不花巧的文字其實能夠帶領讀者無限貼近這些題目的核心，將難以描述的不同面向透過情節精準展演。

同時，卜洛克也在《酒店關門之後》為自己和讀者重新回顧了史卡德的完整形象，他的私人生活，他的道德判準，以及酒精。《酒店關門之後》的案件都與酒吧有關，故事裡也出現了非常多酒吧——高檔的酒吧、簡陋的酒吧、給觀光客拍照留念的酒吧、熟人才知道的酒吧、正派經營的酒吧、非法營業的酒吧、具有異國風情的酒吧、屬於邊緣族群的酒吧。每個人都找得到自己應該歸屬、宛如個人聖殿的酒吧，每個人也都將在這樣的所在，發現自己的孤獨。

史卡德並非沒有朋友，但每個人都只能依靠自己孤獨地面對人生，不是沒有伴侶或好友的孤獨，而是有了伴侶和好友之後才會發現的孤獨，在酒店關門之後、喧囂靜寂之後，隔著酒精製造出來的朦朧迷霧，看見它切切實實地存在。事實上，喝酒與否，那個孤獨都在那裡，只是少了酒精，有時就會缺乏直視的勇氣；可是理解孤獨，便是理解自己面對人生的樣貌，有沒有酒精，這都是必要的人生課題。

同時，《酒店關門之後》確立了這系列的另一個特色。假若從首作讀起，讀者會知道系列故事按著時序發生，不過與現實時空的連結並不明顯——那是二十世紀七、八〇年代發生的事，至於確切是哪一年則不大要緊。不過《酒店關門之後》開場不久，史卡德便提及事件發生在很久之前、一九七五年，是過去的回憶，而結尾則說到時間已經過了十年，也就是故事裡「現在」的時空應當是一九八五年，約莫就是《酒店關門之後》寫作的時間。史卡德不像某些系列作品的主角那樣，似乎固定停留在某段時空當中，他和作者、讀者一起活在同一個現實裡頭。

再過三年，《刀鋒之先》在一九八九年出版，緊接著是一九九〇年的《到墳場的車票》。卜洛克準備答案所花的數年時間沒有白費，結束了在《酒店關門之後》的回顧，史卡德的時間繼續前進，他用一種與過去不大一樣的方式面對人生，但也維持了原先那些吸引人的個性特質。

從《八百萬種死法》至《到墳場的車票》是我私心分類的「第二階段」，卜洛克在這個階段重新整理了對角色的想法，讓史卡德成為一個更有血有肉、會隨著現實一起慢慢老去、仿若與讀者一同生活在現實的真實人物。而系列當中的重要配角在前兩階段作品中也已全數登場，史卡德的人生即將邁入新的篇章。

我認定的「馬修・史卡德」系列「第三階段」從一九九一年的《屠宰場之舞》開始，到一九九八年的《每個人都死了》為止，卜洛克在八年裡出版了六本系列作品，寫作速度很快，而且每個故事都很精采，人性描寫深刻厚實，情節絞揉著溫柔與殘虐。

雖說先前談到前兩階段共八部作品時一直強調角色塑造，但不表示卜洛克沒有好好安排情節。卜洛克的確認為角色很重要——他在講述小說創作的《小說的八百萬種寫法》中明確寫道：「幾乎所有讀者持續翻閱任何小說的主要原因，就是想知道接下來發生的事，讀者之所以在乎接下來發生的事，則是因為作者描寫人物性格的技巧。小說中的人物若有充分描繪，具有引起讀者共鳴與認同的力量，讀者就會想知道他們下場如何，並深深擔心他們的未來會不會好轉，」「馬修・史卡德」系列可以視為這番言論的實際作業成績。不過，同一本書裡，他也提及寫作之前應該重新閱讀，不是以讀者的眼光閱讀，而是以作者的洞察力閱讀。卜洛克認為這樣的閱讀不是可以學到某種公式，而是能夠培養出一些類似「直覺」的東西，知道創作某類小說時可以用什麼方式。

說得具體一點，「以作者的洞察力閱讀」指的不單是享受故事，而是進一步拆解故事，找出該故事的作者用什麼方法鋪排情節，如何埋設伏筆、讓氣氛懸疑，如何製造轉折、讓發展爆出意外。

開始寫「馬修・史卡德」系列時，卜洛克已經是很有經驗的寫作者；要寫犯罪小說之前，他已經拆解了不少相關類型的作品。史卡德接受的是檢調體制不想處理、或當事人不願交給體制處理的案件，這些案件不大可能牽涉某種國際機密或驚世陰謀，但往往蘊含隱在社會暗角、體制照料不到之處的幽微人性——而史卡德的角色設定，正適合挖掘這樣的內裡。

從《父之罪》開始，「馬修・史卡德」系列就是角色與情節的適恰結合，而在寫完前兩個階段、史卡德的形象穩固完熟之後，卜洛克從《屠宰場之舞》開始加重了情節的黑暗層面。《屠宰場之舞》出現性虐待受害者之後將其殺害、並且錄影自娛的殺人者，《行過死蔭之地》出現綁架、性侵，並以切割被害者肢體為樂的凶手，《一長串的死者》裡一個祕密俱樂部驚覺成員有超過正常狀況的死亡機率，《向邪惡追索》中的預告殺人魔似乎永遠都有辦法狙殺目標。

這些故事都有緊張、刺激、驚悚、駭人的橋段，而在經營更重口味情節的同時，卜洛克持續讓史卡德面對自己的人生課題——前女友罹癌、要求史卡德協助她結束生命；原來已經穩固的感情關係，忽然出現了意想不到變化；調查案子的時候，自己也被捲入事件當中，更糟的是，自己的朋友也被捲入事件當中、甚至因此送命——諸如此類從系列首作就存在的麻煩，在第三階段一個都沒少。

史卡德在一九七六年的《父之罪》裡已經是離職警察，可以合理推測年紀可能在三十到四十之間，因此到一九九八年的《每個人都死了》為止，史卡德處於從三十多歲到接近六十歲的中壯年時期。在人生的這段時期當中，大多數人已經成熟、自立，有能力處理生活當中的大小物事，但也必須承受最多生活壓力——年長者的需求、年幼者的照料、日常經濟來源的提供、人際關係的維繫——而總也在這類時刻，一個人會發現自己並沒有因為年紀到了就變得足夠成熟或擁有足夠能力，毋需面對罪案，人生本身就會讓人不斷思索生存的目的，以及生活的意義。

「馬修．史卡德」系列的每一個故事，都在人間與黑暗共舞，用罪案反映人性，都用角色思考生命。

新世紀之後

進入二十一世紀，卜洛克放緩了書寫史卡德的速度。

原因之一不難明白：史卡德年紀大了，卜洛克也是。

卜洛克出生於一九三八年，推算起來史卡德可能比他年輕一點，或者同樣年紀。在歷經種種人生關卡、頻繁與黑暗對峙的九〇年代之後，史卡德的生活狀態終於進入相對穩定的時期，體力與行動力也逐漸不比以往。

原因之二也很明顯：九〇年代中期之後，網際網路日漸普及，犯罪事件利用網路及相關科技的比例也慢慢提高。卜洛克有自己的部落格、發行電子報，會用電腦製作獨立出版的電子書，也有臉書帳號，這表示他是個與時俱進的科技使用者，但不表示他熟悉網路犯罪的背後運作。要讓史卡德接觸這類罪案並無不可——早在一九九二年的《行過死蔭之地》裡，史卡德就結識了兩名年輕駭客，真要寫這類罪案，卜洛克想來也不會吝惜預做研究的功夫；但倘若不讓史卡德四處走動、觀察人間，那就少了這個系列原有的氛圍。

另一個原因則相對沒那麼醒目：卜洛克長年居住在紐約，世貿雙塔就是史卡德獨居的旅店房間窗景，二〇〇一年九月十一日發生在紐約的恐怖攻擊事件，對卜洛克和史卡德這兩個紐約客而言都是巨大的衝擊。卜洛克在二〇〇三年寫了獨立作品《小城》，描述不同紐約人對九一一的反應與後續生活；史卡德沒在系列故事裡特別強調這事，但更深切地思考了死亡——史卡德這角色是因為死亡才成形的，那樁跳彈誤殺街邊女孩的意外，把史卡德從體制內的警職拉扯出來，變成一個體制外孤獨抵抗人性黑暗的存在。過了二十多年，人生似乎步入安穩境地之際，世界的陡然巨變與個人的生理狀態，則提醒每個人：死亡非但從未遠去，還越來越近。而這也符合史卡德與許多系列配角的狀況，他們和史卡德一樣，都隨著時間無可違逆地老去。

「馬修．史卡德」系列的「第四階段」每部作品間隔都較「第三階段」長了許多。第一本是二〇〇一年《死亡的渴望》，這書與二〇〇五年的《繁花將盡》是本系列僅有「應該按順序閱讀」的作品。下一部作品是二〇一一年出版的《烈酒一滴》，不過談的不是二十一世紀的史卡德，而是《八百萬種死法》之後、《刀鋒之先》之前的史卡德——這兩本作品之間的《酒店關門之後》談的是一九七五年發生的往事，以時序來看，讀者並不知道史卡德在那段時間裡的狀況，那是卜洛克正在思索這個角色、史卡德正在經歷人生轉變的時點，《烈酒一滴》補上了這塊空白。

餘下的兩本都不是長篇作品。《蝙蝠俠的幫手》是短篇合集，可以讀到不同時期史卡德遭遇的事件，讀者會發現即使沒有夠長的篇幅，卜洛克一樣能夠巧妙地運用豐富立體的角色說出有趣的故事。二〇一九年的《聚散有時》則是中篇，也是「馬修．史卡德」系列迄今為止的最後一個故事，事件本身相對單純，但對系列讀者、或者卜洛克自己而言，這故事的重點是交代了史卡德以及系列當中重要配角的生活，他們有的長大了，有的離開了，有的年老了，但仍然在死亡尚未到訪之前，在生命裡碰撞出新的火花，發現新的意義。

最美好的閱讀體驗

「馬修．史卡德」系列的起始是犯罪故事，屬於廣義的推理小說類型，每個故事裡也都能讀出推理小說的趣味，縱使主角史卡德並非智力過人的神探，但他踏實地行走尋訪，反倒看到了更多人間光景、接觸了更多人性內裡。同時因為史卡德並不是個完美的人，所以他的頹唐、自毀、困惑，以及堅持良善時迸出的小小光亮，才會顯得格外真實溫暖。

是故，「馬修．史卡德」系列不只是好看的推理小說，還是好看的小說，不只是好看的小說，還是好的小說——不僅有引發好奇、讓人想探究真相的案件，不僅有流暢又充滿轉折的情節，還有深刻描繪的人性。

讀這個系列會讓讀者感覺真的認識了史卡德，甚至和他變成朋友，一起相互扶持著走過人生低谷、看透人心樣貌。這個朋友會讓人用不同視角理解世界、理解人，或者反過來理解自己。

我依然會建議初識這個系列的讀者，從《八百萬種死法》開始試試自己和史卡德合不合拍，不過或許除了《聚散有時》之外，任何一本都會是很好的選擇——不同時期的史卡德作品會有些不同的質地，但都保持了動人的核心。

這些年來我反覆閱讀其中幾本，尤其是《酒店關門之後》，電子書出版之後，我又從《父之罪》開始依序閱讀，每次閱讀，都會獲得一些新的體悟。史卡德觀看世界的視角未曾過時，卜洛克對人性的描寫深入透澈，身為讀者，這是最美好的閱讀體驗。

〈導讀〉

日已西夕。笑話遠矣

唐諾

快樂是不可能的，
只有平靜的自由
才是人應該拚命爭取的。

——普希金

我是馬修，我只聽不說——

這句近日來開始在台北某個文化圈流傳開來的話原是卜洛克筆下這名紐約無牌私探馬修・史卡德參加戒酒聚會時最常講的。這裡，我們不上綱延伸這句話呼之欲出的象徵意思，但我們讀小說的人的確一再感覺到，史卡德真的是一個欲說還休的沉靜之人，在紐約這麼一個喋喋囔囔的城市中，他不停的走、看、聽，話不多而且語常簡短，這些簡短的話又通常只是即興的幾句機智好笑的話，但總是譏諷的意思少，自嘲的成分多。

我個人曾讀過一本卜洛克的訪談專書*After Hours*，書中卜洛克自言，一九八二年他的馬修・史卡德系列寫完第四部《八百萬種死法》，尤其是書末史卡德在戒酒聚會中崩潰般大哭起來時，感覺上這個系列好像該告一段落了。然而，捨不下的反而是卜洛克自己，他喜歡史卡德這個人，「我喜歡透過他的眼睛來看這個世界，喜歡通過他的感受來說這個世界。」於是，他努力想為史卡德打開另一條新路。廢掉過六本書的草稿，直到四年之後的一九八六年，才有《酒店關門之後》問世，從此，這位重生的前酒鬼偵探重新走上紐約市街，性格也穩定下來，卜洛克真的找到一雙屬於他自己的敏感眼睛和一個屬於他自己的敏感心靈，自在的看待並述說這個他愛恨交加的城市和世界。

重生後的史卡德，已經不怎麼像系列偵探小說中的主人翁了。毋寧更接近卜洛克自己——因此，不只一次有朋友談到當前哪個明星演員適合扮演史卡德時，我雖然以為某人提議的湯米・李・瓊斯還不壞（但不能演得那麼帥，得低調沉靜點），但最終仍覺得還是卜洛克本人最合適，尤其我們看過他照片裡長的樣子，也很接近我們所了解的史卡德。

這次的《行過死蔭之地》，是卜洛克一九九二年的作品，險刻緊張，一氣呵成，是一本深沉動人的傑作，我們留給大家自己讀，這裡談談別的。

一個人對抗一個世界

朱天心曾這麼說雷蒙・錢德勒筆下的高貴私探菲力普・馬羅：「令我歎為觀止的是，這個人好像任何狀況底下，面對任何事情，他總有辦法找出一堆聰明譏誚的話來。」

這個觀察，當然是準確的——打從半世紀前達許・漢密特創造了舊金山的冷酷私探史貝德，以及雷蒙・錢德勒創造了洛杉磯的高貴私探馬羅以來，這一支被稱之為「冷硬私探」的偵探小說家族，便差不多確立了看待這個世界的基本態度：一個孤獨的個人，對抗一整個不義的龐大世界。

誰都看得出來，這是一場實力極其懸殊的爭戰（奇怪的是，一開始他們居然還有自己會贏的僥倖之心），因此，這個孤獨的人便不得不有某些特質：

（一）他是瘋子神經病秀逗桑，否則不會呆到去挑起這場戰鬥。這是堂吉訶德先生。

（二）他若精神狀態沒太大問題，那就得是個有信念、聰明、在現實頗潦倒且滿口譏誚之言的人。這正是冷硬私探的根本造型。

為什麼非有信念不可？因為若不為著某些不合時宜的信念，世界不義就去他的不義吧，干我何事？為什麼非得聰明不可？因為若不夠聰明，大約是不大可能穿透外表的假象，察覺出隱藏的不義來；而且若真不夠聰明，那這場懸殊的戰爭更是打都別想打了。

為什麼非有點落魄潦倒不可？因為若設定這個世界如此不義，富且貴，不正代表一定得扭曲自己的部分人格體格骨骼，去附合某些正直之人絕不願玷污自己的罪惡嗎？

那又為什麼非得語帶譏誚呢？

這就一言難盡了。

穿透不義的笑話

我承認我個人一直有個嚴重的偏見，認為：愈是聰明的人愈愛講笑話，而且愈難忍住不講，想到個好笑話硬要自己不說，其委屈如錦衣夜行，正是所謂的：威武不能屈，富貴不能淫，笑話不能忍。

然而，當笑話穿透過一個不義的世界時，就像光線穿透過三稜鏡成為一道彩虹一般，笑話成了譏誚。

在這折射過程之中，笑話找到了它更豐饒的滋生土地，同時它也發現自己從博君一粲的表演轉換成某種攻擊的武器。

什麼樣的豐饒大地呢？一般而言，笑話的主要養分來源不外乎愚昧、虛偽和過度的神聖，而這些恰恰好也是不義世界的最基本特質。這解釋了，何以在社會主義國家崩解之前，所謂的「鐵幕笑話」總是質精且量多，數十年來供應源源不斷；這也同時解釋了，為什麼政治和宗教總孕育了最多好笑話，古今中外皆然，笑話中最常出現的角色一直是官員和僧侶。

不信的人，可撥個電話去問問畫漫畫的著名影像政論家 CoCo。

那，笑話成了攻擊什麼的武器呢？當然就是那些它嘲笑不遺餘力的愚昧、虛偽和神聖。在攻擊這些不義元素的眾多武器之中，笑話一直不失為較優雅較有教養的一種，活躍於孤注一擲的暴力革命之前和絕望放棄的虛無之前——以暴力打倒不義的革命分子通常沒心思也沒足夠聰明說笑話，至於放棄爭鬥的虛無主義者則早就連講笑話的心情都沒了。

講笑話的人，一般稍帶貶意的稱之為「犬儒」。

我個人比較不能同意「犬儒」這個稱謂中所攜帶的負面意思，我同情說笑話的人。畢竟，犬儒笑話中的陣陣酸氣，很大一部分係來自於對抗整個不義世界的必然疲憊和辛酸，菲力普·馬羅正是如此。

我喜歡的說法出自房龍之口，這位以寫《人類的故事》、《聖經的故事》、《寬容》的聰明溫厚有教養史家，在敘述人類數千年的歷史同時，他說的是：「嘲諷和憐憫是我們生命中兩個好顧問，前者以它的微笑令生命更欣然，後者以它的眼淚賦生命以神聖。」「如果我們不懂得嘲笑，我們甚至會懦怯到去恨那些人。」

神不對還是拜神不對

做為一種武器，或說做為一種藥物（您不覺得這兩者常常是同一種東西嗎？）笑話最有效的對象或說病症是什麼？

以我們前面所列舉的愚昧、虛偽和神聖三者來排名，依序是神聖、虛偽，然後才是愚昧。

以笑話來醫治神聖熱病是最有用的，這個主張，在我個人所讀過的有限書籍中，講得最好最透徹入理的極可能是聰明詭譎也愛講笑話的著名記號學者兼小說家安博多·艾可，他在他那部仿推理的中世紀修道院謀殺小說《玫瑰的名字》中，把一部亞里斯多德有關喜劇論述的著作，安排為一連串修道院謀殺的原因。理由是，過度虔誠的老僧侶認定，維護神聖純淨的基督信仰，最可怕的敵人是「笑」，而不是任何激烈的反基督另類崇拜——因為，任何反基督信仰，只是基督信仰之光所存在的陰影，它仍在信仰範疇之中，仍保有神聖的元質，只是「暫時」膜拜的對象不同罷了；相反的，老僧侶說，如果說「信仰基督讓我覺得好笑」，那所有的神聖意味便當場解體，讓人直接走到非信仰的另一條路上去了。

在這裡，笑話和人類的理性接上了頭，扮演著最有效的除魅功能。

這也說明了，為什麼歷史上的革命者，尤其是十九世紀以來的社會主義革命者，總如此鄙夷甚至痛恨笑話，不惜把笑話說成資產階級小知識分子的蒼白囈語小丑行徑，是布爾喬亞的麻醉劑，只會癱瘓革命的覺醒和行動。他們的痛惡和老僧侶的不惜殺人是對的，因為社會主義者有他們更神聖的神要膜拜，不義，對他們而言，只是拜的神不對，而不是拜神的行為不好，他們一直是歷史上最像艾可筆下老僧侶的一種人，怕笑話的摧毀力量把人引導到不信任何神祇的另一道路上。

歷史上的聰明人之中，我一直以為最沒幽默感的人極可能是社會主義的永恆革命導師卡爾・馬克思。外表嚴謹不苟言笑的康德和佛洛伊德，我們都不難發現他們極力掩藏之下的某種狡獪和欣喜，馬克思則從頭到尾像一隻蹲在樹枝上睜大眼睛的貓頭鷹。

笑話有時而窮

到此，可能有人察覺了，所謂的不義，難道就只有愚昧、虛偽和神聖三者嗎？您是對的，當然不止這些，至少還有殘酷、狡詐和有組織有持續性的暴力等等。

這當然是笑話做為一種武器的悲哀所在，美國以講笑話著名的小說家寇特・馮內果（當然也是個聰明絕頂的人）便說過這麼一句蒼涼的話：「笑話涼了，但不幸砲筒仍是熱的。」

想想，如果你面對的是史大林這樣一個既沒有足夠聰明聽懂笑話，又沒幽默感可容忍笑話，更無心思理會笑話的殘酷粗鄙人物，你能講得出什麼好笑嘲諷的話來？或者說，你面對一整排無生命、沒感覺、製造出來除了殺人沒任何其他功能的槍枝大砲，你能像宗教的聖者為石頭鳥獸說法一樣，跟他們也講個笑話嗎？

再聰明的說笑者，至此都顯得再愚蠢不過了。

當然，從錢德勒的馬羅以降，這些滿口譏誚之言的冷硬私探所面對的美國社會並非這般光景，他們所感受的不義並不存在史大林這樣的屠夫人物，而是逐步證實了一些了不起學者對資本主義社會的預言和診斷，比方說韋伯，不義是起自於科層化的窒息組織結構；或比方說佛洛姆，不義是非人的、匿名的云云。

弔詭的是，一種不是自然人的所謂組織、結構、法人等等，在某種意義上，是一種更徹底的史大林，它不存在著任何感受、同情和理解，它自然也更不是嘲諷所能穿透抵達的對象。

於是，五十年來的冷硬派作家遂如同逐步喪失目標的弓箭手一般——不義的不再只是某個警察，某個律師檢察官法官，某個政客或上流社會的虛假慈善家，某個幫派組織的幕後頭子，而是躲藏在所有這些背後的那個匿名結構。嘲諷這些受操控支配的棋子人物，既無意義，也勝之不武不覺得有什麼光榮可言。

所以，我們在距離馬羅小說半世紀之久的史卡德小說中極容易發現，書中的「壞人」少了，過往習慣扮演歹角的警察、律師、法官、政客或幫派頭子這些人物，也逐漸褪去他們的象徵性角色，回復成有血有肉、會正常做壞事、但也會正常同情的普通人。警察有他的無奈，毒蟲有他的悲哀，政客有他的懦怯，幫派頭子有他的弱點和無力，而追索凶手的固執偵探，也從對抗不義的馬羅騎士老化成時時忍著不語的史卡德局外人。

五十年來時路

這輩子他唯一能得到安寧的時刻，就是把海洛因注射到靜脈裡的時刻。海洛因除了能夠讓你突然嗨之外，最美的事就是它的感覺跟死亡一模一樣，當然，那只是暫時的，所以才會那麼棒。

這段話，是《行過死蔭之地》書中用來講庫里爾老大的，他是個腓尼基裔的毒蟲，他喜歡水、喜歡橋，希望自己死後水葬，書中他開車載史卡德過橋那段談話，是全書最感傷的一段。

我們今天回頭再看冷硬私探小說五十年（註：本文寫於二〇〇二年中文版出版時）的來時路，只覺得笑話涼了、老了、遠去了，像布魯克林橋上的夕暉晚景。

—

三月的最後一個星期四，大約上午十點三十分到十一點之間，法蘭欣・庫爾里對丈夫說她要出去一下，上街去買菜。

「開我的車吧，」他建議，「我不出門。」

「你的車太大了，」她說，「每次開你的車都覺得好像在開船。」

「隨你。」他說。

他那輛別克公園大道和她的豐田冠樂拉都停在他們家房子後面的車庫裡。房子位在布魯克林灣脊區七十八街和七十九街之間的殖民路上，是一幢仿都鐸式半木造的白粉泥建築。法蘭欣發動她那輛冠樂拉，倒車出庫，按了遙控按鈕，降下車庫門，一路倒出街外。開到第一個十字路口時，她把一捲古典音樂卡帶插進卡帶匣裡；是貝多芬晚期的四重奏。在家裡她聽爵士樂，因為那是基南最喜歡的，可是自己開車的時候她總是放古典音樂。

她是個很有吸引力的女人，五呎六吋，一百一十五磅，大胸脯，蜂腰窄臀。往後梳的黑髮捲曲而有光澤，露出整個臉龐。黑眸，鷹勾鼻，嘴唇極豐滿。照相的時候她總是緊閉嘴唇。據我知道她上面兩顆虎牙是暴的，上排牙齒比下排牙齒突出很多，因為對這項缺陷感到自卑，她很少笑開。結婚照片裡的她春風滿面，洋溢著幸福，但仍然沒有露出牙齒。

她有橄欖色的皮膚，很容易曬黑。當時她已經有了夏天流行的古銅膚色，因為二月的最後一個星期她和基南是在牙買加奈古洛的海灘上度過的。以前她曬得更黑，可是現在基南規定她得用防曬油，還限制她做日光浴的時間。「對你不好，」他對她說，「太黑了就不好看了。一直躺在太陽下面會讓一顆李子變成一粒梅乾。」李子就這麼好嗎？她可真想知道。李子又熟又多汁，他對她說。

等她從家裡的車道開出去，開了半條街左右，也就是開到七十八街和殖民路交口的時候，一輛藍色箱形貨車的司機也跟著發動引擎。他先讓她再往前開半個街區，便從路肩駛進路中間，跟在她後面。

她在灣脊大道上右轉，開到第四大道再左轉往北。到六十三街轉角上的阿戈斯蒂諾超級市場時，她減慢車速，滑進半條街以外的一個停車位裡。

那輛藍色箱形貨車經過她的冠樂拉繼續往前開，在附近繞了一圈，然後就停在那家超市正前方的消防栓旁邊。

8

法蘭欣．庫爾里離家的時候，我還在吃早餐。

前一天晚上我睡得很晚，伊蓮和我在東六街上的一家印度餐廳吃飯，然後趕到拉法葉街上的市民劇院看新改編演出的《勇氣媽媽》。我們的位子不好，很多演員講話根本聽不清楚。本來中場休息的時候就想走，可是其中一位男演員是伊蓮鄰居的男友，我們想等謝幕之後到後台去稱讚他的演技，搞到後來決定跟他一起到附近街角的一家酒吧喝一杯。結果那地方擠得水洩不通，真讓我搞不懂。

「太棒了，」走出酒吧時我對伊蓮說，「他在台上三個小時，講的話我一句都聽不清楚，剛才我坐在他對面一個小時，也聽不清楚他在說什麼。我懷疑他其實是個啞巴。」

「那齣戲沒有三個小時，」她說，「大概才兩個半小時吧。」

「感覺像三個小時。」

「感覺像五個小時！」她說：「咱們回家吧。」

我們回她的地方。她替我煮了咖啡，自己泡了杯茶。我們一起看CNN半小時，廣告時聊天。然後我們上床，一個小時之後我起床摸黑穿好了衣服。走出臥室時她問我上哪兒去。

「對不起，」我說，「我並不想吵醒你。」

「沒關係。你睡不著？」

「顯然是囉。我覺得好像透不過氣，不知道為什麼。」

「去客廳看書嘛，或把電視打開，不會吵到我的。」

「算了，」我說，「我有點坐不住，走路回旅館或許能讓我平靜點。」

伊蓮的公寓在五十一街，第一和第二大道之間。我住的西北旅館在五十七街，第八和第九大道之間。外面很冷，本來我考慮搭計程車，可是走一條街之後就不那麼覺得了。

在一個街口等紅綠燈時，我無意瞥見兩棟高樓之間的月亮。幾乎快月圓了；難怪。那個晚上就是有月圓的感覺，血管裡潮汐翻攪。我老覺得想做點什麼事，可就不知道那事該是什麼。

要是米基．巴魯在城裡，或許我會去他酒吧找他。可是他現在人在國外，而且我此刻的情緒，進哪個酒吧都不妥。回到家後，我拿起一本書，挨到大約四點左右，才把燈關了，上床睡覺。

早上十點鐘我人已經在街角的火焰餐廳，吃了一份精簡早餐，順便讀讀報，主要看社會版犯罪新聞和體育版。全球版永遠只報導危機，我關心不起，除非國內或國外真大禍臨頭，否則無法引起我的興趣；太遙遠了，我的心智拒絕為之煩憂。

天曉得，我閒得很，每條新聞都可以細細讀，再加上人事欄、租售版。前一個星期辦公室設在佛拉提大樓裡規模頗大的可靠偵探社，給了我三天工作，可是後來就沒音訊了，而我最後一次靠自己關係做的工作，更不知已是哪年哪月的事。我的錢沒有問題，所以並不是非工作不可，而且我也已經學會每天給自己找點事做，不過我還是希望能做點什麼。月亮雖已西沉，但昨夜的焦躁之感並未因此沉寂。它還在那兒；血液裡輕微的發燒，皮膚下說不上哪裡搔癢。無論如何，你就是搔不到。

法蘭欣．庫爾里在阿戈斯蒂諾超市裡逛了半個鐘頭，裝滿一個購物車，付了現金。提物僮替她把三大袋什物裝進購物車裡，跟隨她出了超市，走到她停車的地方。

那輛藍色箱形貨車還停在消防栓前面。貨車的後門敞開，兩個男人下了車站人行道上，顯然在研究其中一個人手上拿的記事板。帶領著提物僮的法蘭欣經過他們面前時，兩人都朝她這邊看。等她把她那輛冠樂拉的後車廂打開時，那兩名男子已鑽回貨車，關上車門。

提物僮將購物袋放入後車廂，法蘭欣給了他兩塊錢小費，這是普通人出手的兩倍，遑論有極高百分比的顧客連一個蹦子兒都不會給。基南教她給小費要大方；不必過頭，但要慷慨。「慷慨是誰都負擔得起的。」他對她說。

提物僮把購物車推回超市，法蘭欣坐進駕駛座，發動引擎，沿著第四大道朝北駛。那輛藍色箱形貨車隔著半個街區的距離繼續跟她。

我不確定法蘭欣從阿戈斯蒂諾超市到亞特蘭大大道上那家進口食品店走的路線。她可以一直走第四大道，接亞特蘭大；也可能上戈溫納斯快速道路進入布魯克林南區。我不可能知道，不過也不要緊；總之她駕著那輛冠樂拉到了亞特蘭大大道與柯林頓街交口。西南邊的街角上有一家名叫阿列波的斯里蘭卡餐廳，隔壁位在亞特蘭大大道上的就是那家食品商。其實那是家大型的熟食店，店名叫做「阿拉伯美食店」。（法蘭欣從來不用這個名字，跟大部分去那兒買東西的人一樣，她總是稱它為「阿尤伯的店」，阿尤伯是以前的店主，十年前搬去聖地牙哥了。）

法蘭欣把車停亞特蘭大大道北邊設有計時器的停車位上，幾乎就在阿拉伯美食店的對街。她走到街角等綠燈，過了街。等到她走進店裡時，那輛藍色箱形貨車已經在阿列波餐廳的卸貨區停下，就停在阿拉伯美食店隔壁。

她沒在店裡待太久，只買了幾樣東西，不需要別人幫忙提。大約在十二點二十分時她走出店門。當時她身上穿著駱駝毛大衣，煤灰色長褲，兩件毛衣，外面是象牙白的粗毛線衣，裡面是件巧克力色的套頭毛衣；肩膀上掛著皮包，一手拎著塑膠袋，另一隻拿著車鑰匙。

此時貨車的後門打開，兩名先前鑽出貨車的男子又站人行道上。法蘭欣一從店裡走出來，他們立刻一左一右走到她身邊。同時，車裡的另一名男子發動了引擎。

其中一名男子開口說：「庫爾里太太嗎？」她轉過頭去，他很快把皮夾打開又闔上，讓她瞄到一個徽章；不過也可能什麼都沒看清楚。第二名男子說：「你得跟我們走。」

「你們是什麼人？」她說：「到底怎麼回事？你們想幹什麼？」

兩名男子一人抓住她一隻手臂，在她還搞不清楚之前，便急急扯著她穿過人行道，一起鑽進貨車後面。才不過幾秒鐘，他們已經架著她進了貨車，關上車門。貨車隨即駛離路肩，沒入繁忙的交通之中。

儘管當時是正午時分，儘管這宗綁票案就發生在繁忙的商業街上，但沒有一個人看清楚整個過程，僅有的幾位目擊者對於自己目睹的部分也不是很確定。整件事想必發生得極快。

如果法蘭欣在他們開始動手那一剎那往後退一步，大叫……

但她沒有這麼做。在她恢復行動能力以前，她已經上了貨車，車門也已經關了。或許那時她開始叫，或掙扎，或企圖尖叫、掙扎，但太遲了。

我很確定當他們抓走她時我在做什麼，我去參加法爾賽團體的中午聚會，十二點三十分到一點三十分在西六十三街的基督教青年會舉行。那天我去得比較早，所以那兩名男子架著法蘭欣穿過人行道鑽進貨車後面時，我肯定正坐在那兒喝咖啡。

我不記得那次聚會的細節。這幾年來我一直在參加戒酒無名會的聚會，頻率之固定，令我自己也感到驚訝。雖然現在去得不如剛戒時勤快，不過平均一個星期也總會去個五次。那次聚會應當是遵循那個團體的老規矩，前十五到二十分鐘先讓一位主講者敘述個人經驗，接下來一個鐘頭再進行團體討論。我在討論時間好像沒發言；如果有，我應該會記得。我相信那天一定有人說了些有趣的話；每次聚會都有。只是那次聚會沒什麼事讓我印象特別深。

聚會之後我到某處午餐，之後我打電話給伊蓮。接電話的是答錄機，表示要不是她出門了，就是她有伴。伊蓮是個應召女郎，陪伴客人是她的謀生之道。

我在兩輩子前遇見伊蓮，當時我是個口袋裡揣著一枚簇新金質警徽的酗酒警察，有一個住在長島的老婆和兩個兒子。我們倆的關係維持了兩年，當時對我們倆都有好處。我是她工作上的好朋友，能夠幫她避開麻煩，還有一次在接到電話傳呼後立刻趕到，將一個死在她床上的客戶運送到商業區的一條小巷裡。她則是典型的夢中情婦，美麗、聰明、風趣、專業技術高明；而且從頭到尾都要求不多，令人愉悅。只有妓女才能如此完美，你夫復何求？

我離開家人與工作之後，伊蓮和我便斷了線。直到有一個從我們共同的過去中鑽出來的怪物露面了，同時威脅到我們兩人，才又讓我們倆聚在一起。令人驚異的是，從此我們便一直沒分開。她有她的公寓，我有我的旅館。一個星期有兩天、三天或四天我們會見面。那些晚上到最後通常會以回她公寓收場，我在那兒過夜的機率也比不過的大。我們偶爾一起出城一週，或過個週末。就算哪天不見面，也幾乎都會通個電話，有時還不只打一次。

雖然我們從未談到要放棄別的對象，但基本上我們倆都已經這麼做了。我沒和別人約會，她也一樣——當然客戶除外。隔一段時間她便會踩著高跟鞋走進某旅館房間，或是帶某人回她公寓。在我們剛開始在一起時我對這件事從不介意；老實說，也許這還是她的吸引力之一，所以我覺得現在我也不應該介意。

哪天我真的介意了，我隨時都可以開口要她別做了。這些年下來她賺了不少錢，大部分都存了起來，投資在收入不斷增加的房地產上。即使停止此種生活方式，她的生活水準也不會受影響。不知道為什麼我卻一直沒有開口，或許因為我不想對自己或對她承認我介意吧，同時我更不願意做出可能改變我倆關係中任何元素的舉動。這份關係並沒破裂，我不想開始彌補什麼。

但情況還是變了；沒有別的可能。只因為我們一直都沒變的這個事實，情況遂改觀了。

我們都避免用「愛」這個字，雖然愛無疑是我對她，和她對我的感覺。我們避免討論結婚或同居的可能，雖然我知道自己想過，顯然她也想過，但我們就是沒談。這是一個我們從來沒碰過的話題，除此之外，我們也從來不談愛，或是她的職業。

當然遲早我們得考慮這些事，得討論它們，甚至處理它們。但現在我們過一天算一天；自從我消耗威士忌不再比別人蒸餾威士忌快之後，我學會以這種態度面對整個人生。有人說過，就算是天大的事，你也只能一天一天過。這世界不正是這麼對待我們的嗎？

∞

同一個星期四的下午四點差一刻，庫爾里殖民路上家裡的電話鈴響了。基南・庫爾里拿起電話，一個男人的聲音說：「嘿，庫爾里，她一直沒回家，是吧？」

「你是誰？」

「我是誰不干你的鳥事。你老婆在我們手上，你這個死阿拉伯佬。你到底要不要她回去？」

「她人在哪裡？讓我跟她講話？」

「嘿，庫爾里，操你媽去吧！」那男人說完就掛斷了。

庫爾里站在原地好一會兒，對著死寂的電話筒大吼「喂」，拚命想下一步該怎麼做。他跑到屋外，衝進車庫，確定了自己的別克還在，而她的冠樂拉不在。接著他沿著車道跑到外面街上左右張望，再回屋內，拿起電話。他聽到撥號訊號，拚命想，卻不知該打給誰。

「耶穌基督！」他大叫，然後放下電話筒，又大吼，「法蘭欣！」

他衝到樓上主臥室，嘴裡還叫著她名字。她當然不在房裡，但他還是忍不住要去看，他非把每個房間都看過一遍不可。那棟房子很大，他叫著她名字，衝進衝出每個房間，對於自己的恐慌，他既是旁觀者，亦是當事人。最後他終於回到客廳，這才發現剛剛沒把電話掛好。太棒了，如果剛才他們想找他，一定打不通。他把電話掛好，用意志力命令它響，果真幾乎就在同時，電話響了。

這次是另一個男人的聲音，比較平靜，比較有修養。他說：「庫爾里先生，我剛才一直撥電話給你，但一直占線，你在跟誰講話？」

「沒有，我電話沒掛好。」

「我希望你沒打電話報警。」

「我沒有打電話給任何人，」庫爾里說，「我以為我把電話掛了，結果發現話筒擺在旁邊。我太太在哪裡？讓我跟我太太講話。」

「你不應該不掛好電話，也不應該打電話給任何人。」

「我沒有。」

「尤其是不應該打電話報警。」

「你要什麼？」

「我想幫你把你太太找回來，如果你還要她回來的話。你要她回來嗎？」

「老天，你到底……」

「回答我的問題，庫爾里先生。」

「對，我要她回來。我當然要她回來。」

「我想幫你。別讓你的電話占線，庫爾里先生，我會再跟你聯絡。」

「喂？」他說：「喂？」

但電話掛了。

接下來十分鐘他在房裡踱方步，等電話鈴再響。然後一陣冰冷平靜的情緒慢慢浸透他，他逐漸放鬆，不再踱方步，走到電話旁一把椅子上坐下。等電話鈴響時他拿起聽筒，卻沒吭聲。

「庫爾里？」又是頭一個男的，粗鄙的那個。

「你們要什麼？」

「我要什麼？你以為我要什麼？幹！」

他沒有回答。

「錢！」隔了一會兒那男子說：「我們要錢。」

「多少？」

「操！你這個半黑不黑的砂黑鬼，有你問問題的份嗎？你還有話說？」

他等著。

「一百萬。如何，混球？」

「太荒謬了，」他說，「聽著，我沒辦法跟你講話，叫你的朋友打電話給我，或許我可以跟他談。」

「嘿，你這個頭裹臭抹布的傢伙，你還想……」

這一次掛電話的是庫爾里。

∞

他覺得這似乎是一場爭奪控制權的遊戲。

企圖控制這樣的局面令人發狂，因為你辦不到。王牌全在他們手上。但你不能因此放棄爭奪，至少你可以不必對他們唯命是從，像隻保加利亞馬戲團裡隨著音樂前後搓腳的熊。

他進廚房沖了一壺既濃又甜的咖啡，裝在長把柄的銅壺裡。等咖啡涼時，他從冰庫裡拿出伏特加，替自己倒了兩盎司，一口飲盡，感覺那股冰涼平靜的情緒占據他整個身體。然後他把咖啡端進另一個房間裡，才剛喝完，電話鈴就響了。

是第二個男的，比較好的那個。「你惹火了我的朋友，庫爾里先生，」他說，「他生起氣來很難應付。」

「我想從現在開始最好都由你來對話。」

「我不認為……」

「只是這樣我們才能處理這件事，不必搞得這麼戲劇化，」他說，「他提到一百萬元，這是不可能的。」

「難道你不覺得她值這個數？」

「她是無價的，」他說，「可是……」

「她的體重多少，庫爾里先生？一百一十磅，一百二十磅？差不多吧。」

「我不懂……」

「差不多五十公斤，對不對？」

真俏皮！

「五十公斤，一公斤兩千元。你何不替我算一算，庫爾里先生？不正是一百萬嗎？」

「你到底想說什麼？」

「我的意思是，庫爾里先生，如果她是貨，你就會付一百萬買她。如果她是白粉，你就會付這個錢。但她是血肉之軀，難道不值得？」

「我沒有，怎麼付？」

「你有錢得很。」

「我沒有一百萬。」

「你有多少？」

剛才他有很充裕的時間思考這個問題，「四十。」

「四十萬。」

「對。」

「一半還不到。」

「我有四十萬，」他說，「雖然比某個數目少，卻比很多數目多。我只有這麼多。」

「剩下的你可以去籌啊。」

「我覺得不可能。我是可以答應你，然後打幾個電話去求別人，湊點錢出來，可是絕不可能籌到那麼多，而且至少要等個幾天，甚至等上一個星期。」

「你認為我們很急？」

「我很急！」他說：「我要我太太回來，我要你們從我的生活裡消失，這兩件事，我急得很。」

「五十萬。」

你瞧，畢竟某些元素他還是可以控制。「不成，」他說，「我不跟你討價還價，這關係我太太的生命。一開始我就告訴你我能付的最高價。四十！」

靜了一陣，接著是一聲歎息。「好吧！我真傻，還以為能跟你們這種人談生意不吃虧。你們這種人玩這種遊戲已經玩了不知幾千年了，對不對？你們跟猶太人一樣壞。」

他不知道該如何回答這個問題，所以他沒搭理。

「就四十吧，」那男人說，「要多久才能準備好？」

十五分鐘，他心裡想。「兩小時。」他說。

「我們可以今晚交易。」

「成。」

「把錢準備好。別打電話給任何人。」

「我能打給誰？」

8

半個鐘頭之後他坐在廚房桌子前面瞪著四十萬美元。他地下室有個保險箱，舊型莫斯勒牌，非常巨大，重達一噸以上，崁在牆裡，外面有松木木板做掩護，除了本身的鎖，還加了一套防盜系統。所有鈔票都是百元大鈔，每五十張捆一起，總共八十綑，每綑五千元。他一一數過，一次抓起三四綑往法蘭欣拿來放髒衣服的塑膠編織蒲式耳籃裡丟。

她哪需要自己洗衣服呢!?她要請幾個佣人都行，任何事都可以交給別人做；他告訴她多少遍了。可是她喜歡做家事，她很傳統，就是喜歡燒飯洗衣服，打理房子。

他拿起電話筒，但手臂伸得老遠，終究又把話筒放回座上。別打電話給任何人，那男人說過。我能打給誰？他問。

誰會對他做這種事？布下陷阱，把老婆從他身邊偷走。誰會做出這種事？

或許很多人都會吧。或許任何人都有可能，如果對方覺得他們能逃過制裁的話。

他又拿起電話。這支電話很乾淨，沒有人竊聽。其實這整棟房子裡都沒有竊聽器。他裝了兩套設備，兩套據稱皆是尖端科技；花了他這麼多錢，應該名副其實。一套是電話竊聽警報系統，裝在電話線裡。只要是電話線上的伏特數、電阻或傳導體容量有任何變化，他一定會知道。另一套是追蹤鎖，能夠自動掃描無線電光譜，尋找隱藏式麥克風。兩套系統花了他五、六千美元左右，不過只要能讓他的私人談話內容保持隱私，這個數目也是值得的。

他幾乎覺得有點遺憾，過去兩個小時沒有警察能夠竊聽他的電話。沒有警察能夠追蹤打電話的人，突襲綁架者，把法蘭欣送還給他……

不！這是他最不希望發生的情況。警察只會把整件事搞到不可收拾。他有錢，他會照付。至於她能不能回來，就是他沒辦法控制的事了。有些事情你可以控制，有些事情你不能——他可以控制付錢，他也多少可以控制怎麼付法，可是再後來的事，就在他控制範圍之外了。

別打電話給任何人。

我能打給誰？

他再一次拿起電話，撥了一個他不用去查的號碼。他哥哥在鈴響第三聲時接了。

他說：「彼得，這裡需要你。你坐計程車過來，車錢我付，不過你得立刻過來，你聽清楚了沒？」

靜了一會兒。然後，「寶貝，為了你我什麼事都願意做，你也知道……」

「那就快坐計程車過來，老哥！」

「……可是我絕不能跟你的生意扯上關係。我真的不能，寶貝。」

「這跟生意無關。」
「那是什麼事？」
「是法蘭欣。」
「老天爺，怎麼了？好啦，等我到了你再告訴我。你在家是吧？」
「沒錯，我在家裡。」
「我坐計程車，馬上過去。」

∞

當彼得．庫爾里在等一輛願意載他去布魯克林弟弟家的計程車時，我正在看ESPN台一堆記者討論訂定運動員薪資上限的可能性，因此電話鈴響時我可不覺得和電視難分難捨。是米基．巴魯從愛爾蘭梅約郡的卡斯爾巴城打來的；音質清晰得不得了，跟他從葛洛根酒吧後面房間裡打來沒兩樣。

「這裡太棒了，」他說，「如果你覺得在紐約的愛爾蘭人全是瘋子的話，你應該來他們老家瞧瞧。街上每隔一家店就有一間酒吧，而且不到打烊時間，沒人會離開。」
「他們打烊得很早，不是嗎？」
「的確他媽的太早了，不過不是全部。旅館裡只要是登記了名字的房客要求，無論多晚都得送酒上來。不愧是文明國家，你說是不是？」

「那當然。」

「不過他們每個人都抽菸，永遠都在點菸，拿包菸到處敬菸，這一點比法國人還糟糕。上一次我去法國探望我父親那邊的親戚，他們還因為我不抽菸生我氣。我覺得美國人是世界上唯一頭腦清楚、曉得戒菸的國家。」

「你會發現美國抽菸的人還是不少，米基。」

「我祝他們好運，現在飛機上、電影院裡、公共場所到處都禁菸，他們可有苦頭吃了。」接著他講了一個關於他前幾天晚上遇見的一對男女的故事，很好笑，我倆都笑了。之後他問我近況如何，我說我很好。「那此刻是不是也很好呢？」他說。

「或許有點躁吧。最近我閒得很，又碰到滿月。」

「是嗎？」他說：「這裡也一樣。」

「真是巧。」

「不過在愛爾蘭永遠都是滿月，幸好老天總是下雨，你可以不必每天盯著滿月瞧。馬修，我有個主意。你乾脆跳上飛機飛過來算了。」

「什麼？」

「我敢打賭你一定從沒到過愛爾蘭。」

「我從來沒出過國，」我說，「等等，這話不對。我去過加拿大兩次，去過一次墨西哥，不過……」

「你從沒來過歐洲？」

「沒有。」

「那麼就看在耶穌份上，跳上飛機飛過來吧，可以帶她一起來嘛——」指的是伊蓮——「或是你自己來也好，都行。我跟羅森斯坦談過，他說我最好還是暫時先別回國。他說他可以擺平一切，但是有他媽的聯邦勤務組在前面，在還不確定所有障礙都已清除之前，他不要我踏上美國領土。我很可能還得在這個鳥不拉屎的地方困上一個月或更久。你笑什麼？」

「我還以為你愛那裡咧，現在又變成鳥不拉屎的地方了。」

「只要朋友不在身邊，任何地方都是鳥不拉屎的地方。快點來吧，兄弟，你怎麼說？」

8

彼得．庫爾里到達弟弟家時，基南剛和比較溫和的那位綁架者通過一次電話，不過這次那名男子似乎不那麼溫和了，尤其是講到最後基南要求他提出法蘭欣仍然好好活著的證據時。他們的對話大約是這樣的：

庫爾里：我要跟我太太講話。

綁票者：不可能。她待在一個安全地點，現在我在打公用電話。

庫爾里：那我怎麼知道她沒事？

綁票者：因為我們有很好的理由細心照顧她，你瞧她對我們而言值多少錢。

庫爾里：老天，我怎麼能確定她真的在你們手上呢？

綁票者：你對她的乳房應該很清楚吧？

庫爾里：吭？

綁票者：你應該認得其中一個吧？這個方法最簡單。我把她的一個奶子切下來，放在你前門口，這樣就可以讓你安心了吧。

庫爾里：老天，別說這種話，連說都不要說。

綁票者：那麼我們就別再談什麼證據了，好嗎？我們必須彼此信任，庫爾里先生。相信我，這項交易只能靠誠信兩個字。

事情就是這樣了！基南告訴彼得。他非信任他們不可，但怎麼可能呢？他連他們是誰都不知道。

「我一直在想我可以打電話給誰呢？」他說：「只有找同行的人囉，哪一個可以幫我，支援我，結果我想到的每個人都有可能就是綁票的人。我怎麼能排除任何可能呢？這是預謀。」

「他們怎麼能……」

「我不知道。我什麼都不知道。我只知道她出去買菜，然後一直沒有回來。她開車出門，然後五個小時之後電話鈴響了。」

「五個小時？」

「我不知道，大約吧。彼得，我不知道自己現在在幹什麼，應付這種鳥事我毫無經驗。」

「你不是無時無刻都在談交易嗎，寶貝？」

「毒品交易跟這完全是兩碼事，你安排一切就是為了保障每個人的安全，考慮到每個人，這件事……」

「但每天還是有人因毒品交易送命。」

「沒錯，可是通常都有理由的。第一，跟你不認識的人交易，這最要命了。表面上看起來很不錯，結果卻被坑。第二，或許應該說是第一點半吧，跟你以為你認識、其實你並不認識的人交易。還有一點，隨便你說它是第幾點都可以，很多人惹禍上身，是因為他們想耍詐。他們想做無本生意，以為下一次再照規矩來。腦筋一糊塗，這一次躲過了，下一次可不然。你知道這種情況十之八九都是因為那些人自己也在用自己的貨，所以判斷力全沖下馬桶了。」

「不然就是每件事都按部就班，結果碰上六個牙買加人破門而入，開槍把所有人射死。」

「這種事也有，」基南說，「而且不一定是牙買加人。前幾天我在報上讀到舊金山現在最悍的是寮國人，每個星期都會冒出來一個新種族威脅要宰你。」他搖搖頭，「但重點是，只要是正派的毒品交易，一覺得不對勁，隨時可以掉頭走開。只要有錢，大可以到別處花；只要有貨，大可以賣給別人。做一次交易算一次，可以替自己鋪後援，沿線布置安全設備，一有動靜，馬上知道是不是可以信任對方。」

「但是現在……」

「現在我們什麼都沒有，唯一有的就是自己的拇指插在自己的屁眼裡，還有什麼？我說我們會帶錢去，你們帶我太太來；他們說不。說這種交易不是這麼幹的。我能說什麼，你留著我太太好了？你不喜歡我做生意的方式，把她賣給別人嘛？我不能這麼說啊。」

「是不行！」

「只有一件事我能做。他說一百萬，我說四十萬。我說幹！就是這麼多啦，結果他買了。如果我說……」

這時電話鈴響了。基南講了幾分鐘，在便條紙上做了些筆記。「我不是一個人，」談話間他這麼說：「我哥哥在這裡，他會跟我去。這件事沒得討論。」他聽了一會兒，正待說話，電話「喀」一聲掛斷了。

「得上路了，」他說，「他們要我把錢裝在兩個大塑膠袋裡。這簡單。但為什麼要分兩袋裝呢？或許他們沒看過四十萬現金，不曉得體積多大。」

「也許醫生交代他們不可以提重物。」

「也許。我們得去海洋大道和法拉格特路交口。」

「那裡不是平林區嗎？」

「應該是吧。」

「當然是，法拉格特路，隔兩個街區就是布魯克林大學嘛。那兒有什麼？」

「一個電話亭。」等錢分別裝進兩個垃圾袋之後，基南遞支九釐米口徑自動手槍給彼得。

「拿著，」他堅持，「我們不該手無寸鐵去。」

「我們根本不想去，帶把槍夠幹什麼？」

「不知道，反正帶著就是了。」

出門的時候彼得一把抓住弟弟的臂膀。「你忘了啟動警報系統。」他說。

「又怎樣？法蘭欣被他們抓走了，錢揣在我們身上，家裡還有什麼可偷的？」

「既然裝了警報器就用嘛。要說沒用，帶把槍還不是一樣沒用。」

「嗯，你說得有理。」基南說罷便鑽回屋裡，再出現時他說：「尖端科技的安全系統，不能闖進我家、竊聽我的電話或監聽我的房子，只能架走我老婆，使喚我拎著兩個裝滿百元大鈔的垃圾袋在城裡疲於奔命。」

「哪一條路好走，寶貝？我打算走灣脊公園大道，然後由金恩斯快速道路接海洋大道。」

「隨便。有十幾種走法，每條都差不多。你想開車嗎，彼得？」

「你要我開嗎？」

「嗯，最好讓你開。我現在這個樣子，很可能會去撞警車屁股，或輾過一個修女。」

∞

本來他們應該在八點三十分的時候抵達法拉格特路上的電話亭，結果彼得的錶顯示他們早到了三分鐘。彼得待在車裡，基南走到電話前站在那兒等電話鈴響。之前彼得已經把那支槍塞進後腰，開車途中他一直感覺到那把槍的壓力，後來又把它掏出來，放膝頭上。

電話鈴響了，基南拿起電話。八點三十分，對方在對時行動，還是在監視整個地區？此刻在對街的某一棟樓裡，是否正有一個人坐在一扇窗戶後面看得一清二楚？

基南大步踱回車旁，斜倚車身。「退伍軍人大道。」他說。

「從來沒聽過。」

「在平原區和米爾盆地中間那一帶。他告訴我怎麼走。法拉格特接平林區，從平林區再接N大道，直通下去就會接到退伍軍人大道。」

「然後呢？」

「去另一個電話亭，退伍軍人和東六十六街交口。」

「幹嘛要這樣跑來跑去？你知道為什麼嗎？」

「想讓我們抓狂，確定我們沒找後援。我不知道，彼得，或許他們就是想整整我們。」

「這招很管用。」基南繞到左邊，上了車。彼得又說：「法拉格特接平林，平林接N；那應該在平林區上右轉，到了N大道再左轉囉？」

「右！我是說沒錯，到平林區右轉，N大道左轉。」

「給我們多少時間？」

「他們沒講，我不記得他們提到時限。但他們說盡快。」

「那大概不能停下來喝杯咖啡了。」

「應該不行。」基南說。

∞

到了退伍軍人大道和六十六街轉角，同樣情況又演練一遍。彼得等在車裡，基南走到電話前面，電話鈴幾乎立刻就響了。

綁架者說：「非常好，動作很快。」

「現在怎麼樣？」

「錢在哪裡？」

「擺在後座，用兩個塑膠袋裝著，都照你們說的。」

「很好。現在我要你和你哥哥沿著六十六街走到M大道上。」

「你要我們走路過去？」

「對。」

「帶著錢？」

「不，錢留在原處。」

「留在車子後座。」

「對，車門別鎖。」

「我們把錢留在沒上鎖的車裡，然後走到一個街區以外……」

「其實要走兩個街區。」

「然後呢？」

「到了M大道轉角等五分鐘，再回你們的車上，開車回家。」

「那我太太呢？」

「你太太很好。」

「我怎麼……」

「她會在車上等你們。」

「最好是這樣。」

「你說什麼？」

「沒什麼。聽著，有一件事我覺得很不妥，就是把錢留在沒鎖的車裡，沒人看著，萬一別人搶先一步怎麼辦？」

「不用擔心，」那男人說。「這個區治安很好。」

他們沒鎖車，把錢留在車上，先走一條短街，又走了一條長街，走到M大道街口，等了五分鐘，然後回頭，走回那輛別克停車處。

我大概還沒描述他們的長相吧？基南和彼得外表看起來就像兄弟，基南身高五呎十吋，比哥哥高一吋，兩人體型都像四肢瘦長的中量級拳手，不過彼得的腰已經開始變粗了。兩人都有橄欖色皮膚，黑色直髮，偏分，整潔的往後梳。基南三十三歲，髮際已經開始後移，額頭顯得比較高；彼得雖然長兩歲，卻還沒開始掉頭髮。

他們都是英俊的男人，長而直的鼻子，眉骨突出，下面是一對深陷的黑色眼睛。彼得留了個小鬍子，修得很整齊；基南沒留鬍子。

如果你以貌取人，又看他們倆不順眼，一定會先設法撂倒基南，或至少試著去撂倒他。他就是有那種說不出來的調調，讓人覺得他比較危險，反應會比較突然且果決。

當時他們倆看起來就是那樣，腳步邁得很快，但不是太快，走回基南停車的地方。車還在原處，仍然沒鎖。後座的錢已不見蹤影，法蘭欣．庫爾里也不見蹤影。

基南說：「幹，搞什麼鳥！」

「後車廂？」

他打開前座置物箱，按下開啟後車廂的開關，然後繞到車子後面，拉起車廂蓋；除了備胎和千斤頂，後車廂裡什麼都沒有。他剛把後車廂蓋上，十幾碼外的公用電話鈴就響了。

他跑過去抓起電話。

「回家去，」那男人說，「或許她在你回去之前就已經到了。」

∞

我依照慣例去我住的旅館對街轉角上的聖保羅教堂參加晚間聚會，可是在休息時間就先離開了。回旅館房間後打電話給伊蓮，告訴他我和米基的談話內容。

「我覺得你應該去，」她說，「我覺得這個主意挺好。」

「我們一起去如何？」

「我不知道欸，馬修。去的話我就要缺課了。」

她在杭特學院修了一門課，〈蒙古人統治下的印度藝術及建築〉，每週四晚上上課，我打電話過去時她正好下課回家。「我們只去一星期或十天，」我說，「頂多只缺一堂課。」

「一堂課並不是很要緊。」

「就是啊……」

「那我想真正的原因是其實我並不想去。我會變成拖油瓶，對不對？我現在就可以想像你和米基在鄉村裡衝來撞去，教那些愛爾蘭人怎麼樣才算胡鬧。」

「你想像力還真豐富。」

「我的意思是，那是男孩子的聚會，對不對？誰要個女生跟著呢？真的，我不是很想去，我知道你最近有點煩，我覺得去了對你會很好。你從來沒去過歐洲？」

「從來沒有。」

「米基出國多久了？一個月？」

「差不多。」

「我覺得你應該去。」

「或許吧，」我說，「我會考慮考慮。」

∞

她不在。

整個房子都找遍了。基南無法自制的從一個房間找到下個房間，儘管他心裡明白這樣做毫無意義，她不可能在不觸動警報或解除警報系統的情況下進到屋內。檢查過每個房間之後，他走回廚房，彼得正在那兒煮咖啡。

他說：「彼得，真幹他媽的！」

「我知道，寶貝。」

「你在煮咖啡？我不想喝。如果我喝杯酒會不會影響你？」

「我喝一杯才會影響我，你喝沒事。」

「我剛才只是想……算了，我其實根本不想喝。」

「我們不同的地方就在這裡，寶貝。」

「大概吧，」他突然轉身，「他們為什麼要這樣耍我，彼得？他們說她會在車裡，結果她不在。他們說她會在這裡，結果她還是不在。到底搞什麼鬼？」

「也許他們碰到塞車。」

「現在怎樣？他媽的坐在這裡等是不是？我連我們在等什麼都不知道。他們拿到錢了，我們拿到什麼？我們被整了，這就是我們唯一得到的東西。我不知道他們是誰，在哪裡，什麼屁都不知道，還有……彼得，我們怎麼辦？」

「我不知道。」

「我覺得她已經死了。」他說。

彼得沉默不語。

「為什麼不呢？那些王八蛋！她可以指認他們，殺了她比放她回來安全。殺了她，埋掉，事情就結束了。結案！如果我是他們，我就會這麼做。」

「你不會的。」

「我說如果我是他們的話，但我不是！第一，我不會去綁架女人。一個無辜好心的女人，從來沒傷害過任何人，從來沒有一點壞心眼……」

「別激動，寶貝。」

他們一再陷入沉默，又重新拾起話頭，因為沒有別的事情可做。半小時之後電話鈴響了，基南一躍而起，拿起電話。

「庫爾里先生？」

「她人在哪裡？」

「我向你道歉。我們的計畫稍微改變了。」

「她在哪裡?!」

「就在你家出去的轉角，呃，七十九街口。我想應該是街道南方，街角算過去第三或第四棟房子。」

「什麼？」

「消防栓前面違規停了一輛車，灰色的福特Tempo。你太太就在裡面。」

「她在車裡？」

「在後車廂裡。」

「你們把她放在後車廂裡？」

「裡面空氣多得很，不過今天晚上很冷，你應該盡快把她弄出來。」

「有鑰匙嗎？我怎麼……」

「鎖壞了，你不需要鑰匙。」

他順著街道跑出去，衝過街角，對彼得說：「他是什麼意思，鎖壞了？如果後車廂沒鎖，她自己為什麼不爬出來？他到底在說些什麼？」

「我不知道，寶貝。」

「也許她被綁起來了，貼了膠布，上了手銬，所以不能動。」

「也許吧。」

「噢，老天，彼得……」

車子果然在那裡，一輛年份已久的破爛Tempo，擋風玻璃碎成星狀，乘客那一邊的車門凹陷得很厲害。後車廂的鎖已經整個不見了。基南豁的把車蓋掀起。

裡面沒人。只有一些包裹，一綑一綑的。不同大小，用黑色塑膠袋裹住，寬膠帶綁得緊緊的。

「不！」基南說。

他站在那兒，不斷說「不！不！不！」過了一會兒，彼得把其中一個包裹從後車廂裡拿出來，從口袋裡掏出一把小刀，切開膠帶。他把黑色大塑膠袋拉開——和他們裝錢的垃圾袋差不多——從裡面拉出一隻人腳，自腳踝兩吋以上的部位切除。三隻腳趾甲上塗著指甲油，另外兩隻腳趾不見了。

基南把頭往後一仰，像隻狗似的嚎叫起來。

2

那天是星期四。禮拜一我吃完中餐回來，櫃檯給我一個口信，請打電話給彼得咖哩，對方留了電話號碼，城市碼是七一八，表示是從布魯克林或皇后區打來的；我不記得認識一個住在布魯克林或皇后區叫彼得·咖哩的人或地方，不過素昧平生的人打電話給我也不是頭一遭。我回到房間撥了紙條上的號碼，一個男人接的電話，我說：「咖哩先生嗎？」

「哪一位？」

「我是馬修·史卡德，我接到一個口信，叫我打電話給你。」

「你接到口信，叫你打電話給我？」

「正是，上面說你是十二點十五分打來的。」

「對方說他姓什麼？」我重複了一次。他說：「噢，等一下，你是那個偵探，對不對？是我哥打給你的，我哥哥彼得。」

「上面說是彼得·咖哩。」

「等一下。」

我等著，過了一會兒另外一個聲音來了，跟前一個很像，但比較低，也比較柔，「馬修，我是彼得。」

「彼得，」我說，「我認識你嗎？」

「嗯，我們認識，可是你不見得知道我的名字。我常去聖保羅教堂，有一次聚會還是由我開場的，大概五、六個星期以前吧。」

「彼得．咖哩。」我說。

「是庫爾里，」他說，「我是黎巴嫩裔。讓我想想該怎麼描述我自己，我已經戒了差不多一年半了，住在五十一街很西邊一間分租的公寓裡，一直在做快遞和送貨員，但本行是影片剪接，只不過不知還能不能再回去做……」

「你的故事常提到毒品。」

「沒錯，可是到頭來真正擺脫不掉的卻是酒精。你現在記起我了？」

「嗯，你主講的那天我去了，只是我一直不知道你姓什麼。」

「這會兒你知道了。」

「我能替你效勞嗎，彼得？」

「我希望你可以過來跟我和我弟弟談談。你是私家偵探，我想我們需要的就是你。」

「你可不可以大概告訴我一下是為什麼？」

「這個……」

「不方便在電話裡說？」

「最好不要，馬修。是件調查工作，非常重要，而且你開多少價錢我們都願意付。」

「嗯，」我說，「其實我不確定我現在是不是有空接案子，彼得。我才剛剛計畫好要出國度假，這個週末去。」

「去哪裡？」

「愛爾蘭。」

「聽起來很棒，」他說，「不過，馬修，你能不能還是過來一趟，讓我們把經過告訴你，你只要聽，就算你決定不替我們工作，大家也不傷感情，我們會付你鐘點費和來回計程車費。」這時在後面的弟弟說了些話，我聽不太清楚，然後彼得說：「我會告訴他。馬修，基南說我們可以開車進城去接你，可是我們還是得回這裡，所以我覺得如果你直接坐計程車過來會比較快。」

我突然覺得一位幹快遞和送貨的人開口閉口都是計程車有點奇怪，而且他弟弟的名字聽起來也好耳熟。我說：「你不只一個弟弟吧，彼得？」

「就一個。」

「我彷彿記得你演講時提過他，跟他的職業有關。」

一陣靜默。然後，「馬修，我只要求你過來聽聽。」

「你們在哪裡？」

「你對布魯克林熟不熟？」

「除非我死。」

「怎麼說？」

「沒什麼，我只是想到就說出口了。有一個很有名的短篇小說，〈只有死者才熟悉布魯克林〉。以前我對那區某些地方還滿熟的，你們在布魯克林哪裡？」

「灣脊區，殖民路。」

「那簡單。」

他告訴我地址，我記下來。

8

R線地鐵，也就是大家說的BMT百老匯街慢車，從牙買加區一百七十九街一直開到布魯克林西南角離維拉扎諾橋幾條街的地方。我在五十七街和第七大道站上車，坐到終站前兩站下車。有很多人說一旦離開曼哈頓，就等於離開紐約市了。他們錯了，你只是進入紐約市另一個部分罷了。無疑，其間的差別非常明顯，閉上眼睛都可以感覺得出來。能量水平很不一樣，空氣裡沒有那種嗡嗡作響的緊迫感。

我沿著第四大道走了一條街，經過一家中國餐廳、一家韓國蔬果店、一家投注站和兩家愛爾蘭酒吧，接著穿到殖民路上，找到基南．庫爾里家。它坐落在一堆各自獨立的獨戶住宅之中，所有建築都方方厚厚的，看起來像是兩次大戰之間蓋的。他家前院有塊小草坪，一道四分之一層樓高的木頭階梯通往前門。我爬上階梯，按了門鈴。

彼得開門讓我進去，領我去廚房。他介紹他弟弟給我，後者起身跟我握了個手，然後作個手勢請我坐下，自己仍然站著，踱到爐旁，轉過來看我。

「很感激你能趕來，」他說，「在開始之前，你不介意我問幾個問題吧，史卡德先生？」

「當然不會。」

「要不要先喝點什麼？不是含酒精的東西，我知道你是在戒酒無名會裡認識彼得的。我們這裡有現成的咖啡，也有汽水可樂。咖啡是黎巴嫩式的，就是一般說的土耳其咖啡或亞美尼亞咖啡，非常濃。如果你都不喜歡，我還有一罐尤本即溶咖啡。」

「黎巴嫩咖啡聽起來很好。」

喝起來味道也很好。我啜了一口，他說：「你是私家偵探，對不對？」

「沒執照的。」

「什麼意思？」

「表示我沒有正式的身分。偶爾我會接一些大介紹所安排給我按件計酬的案子，在那樣的情況下我會借用他們的執照行動，除此之外，我做的工作完全屬於私人性質，非正式的。」

「你以前是警察？」

「沒錯，很多年以前。」

「嗯，警員還是便衣警官？」

「我是刑警。」

「有個金徽，對不對？」

「沒錯。我在格林威治村第六分局幹了幾年，在那以前還在布魯克林做了短短一段時間，七十八街分局，管的是大家叫波朗坡的那個區域、公園坡地和它以北一小塊地方。」

「嗯，我知道那裡，我就是在七十八街那一帶長大的。你知道柏根街吧？在邦德街和尼文街中間？」

「當然知道。」

「我和彼得就是在那兒長大的。你會發現那一帶住了很多中東人，法院大道和亞特蘭大大道附近那幾條街，黎巴嫩人、敘利亞人、葉門人、巴勒斯坦人。我太太就是巴勒斯坦人，她的家人住在亨利街旁的總統街上。那裡應該算是布魯克林南區，可是現在大家好像都管那裡叫卡羅爾公園了。咖啡味道如何？」

「很棒。」

「如果你還要，儘管說。」他還想說些什麼，然後突然轉過頭去對他哥哥說，「我不知道欸，老哥，」他說，「我不知道這行得通行不通。」

「把情況告訴他，寶貝。」

「我真的不知道。」他轉過來看我，把一張椅子轉個方向，抱著椅背跨坐在上面。「事情是這樣的，馬修。我可以叫你馬修吧？」我說可以。「事情是這樣的。我必須知道我能不能告訴你一些事情，而不必擔心你會告訴別人。我想我擔心的是，你到底還殘留多少警察的成分？」

好個問題，我自己也時常思考這個問題。我說：「我幹警察很多年，離職之後，每過一年，我就變得更不像警察一點。你其實要問的是，你告訴我的事情是否能保密。就法律上來說，我並不是律師，你對我說的話並不具有豁免權；但我也不是法院裡的官員，所以我和任何一位公民一樣，並沒有義務對外報告我所知道的事。」

「答案就是——」

「我不知道答案會是什麼，答案似乎總有各種可能。我不可能給你太多承諾，因為我不知道你想告訴我的事情是什麼。我這麼大老遠趕來，是因為彼得說電話裡講不方便，現在到了這裡你好像也什麼都不願意講，也許我該回家了。」

「也許。」

「寶貝……」

「不，」他說著便站起來，「這個主意不錯，老哥，可是行不通。我們自己會找到他們的。」他從口袋裡掏出一捲百元大鈔，抽出一張，隔著桌子遞過來給我，「你的來回計程車費，還有占用你的時間，史卡德先生。很抱歉老遠把你拖過來，卻沒談出個結果。」我沒去拿錢，他說：「或許你的鐘點費比我想像得高。嗯，不傷感情吧？」他又加了一張，我還是沒伸手去拿。

我把我的椅子往後一推，站起來。「你一毛錢也沒欠我，」我說，「我不知道我的鐘點費是多少，就算用咖啡交換吧。」

「看在老天的份上，把錢拿著好不好？計程車跑個單程至少也要二十五元。」

「我搭地鐵來的。」

他瞪著我。「你坐地鐵來這裡？我哥哥不是叫你搭計程車來嗎？你幹嘛要省這些小錢，我不是說要付你錢嗎？」

「把你的錢收起來，」我說，「我搭地鐵，是因為這樣比較簡單，也比較快。我怎麼樣往返是我的事，庫爾里先生，我怎麼樣辦案也是我的事。你不必教我怎麼樣出城進城，我也不會教你怎麼樣賣快克給小學生，你覺得如何？」

「耶穌基督。」他說。

我對彼得說：「很抱歉，我們浪費了彼此的時間，謝謝你想到我。」他問我要不要送我進城，或至少送我去地鐵車站。「不用了，」我說，「我大概會在灣脊附近走走，好多年沒回這裡了。以前我辦過一個案子，只隔這裡幾條街，也在殖民路上，不過要往北走一點，得穿過公園，應該就叫梟首公園吧。」

「距離這裡還有八到十個街區。」基南．庫爾里說。

「應該差不多。雇我的那個男人被控殺妻，我接案幫他開脫了嫌疑。」

「他真的是無辜的？」

「不，是他殺的，」我說的時候，腦袋想起整件事情。「本來我不知道，後來才發現。」

「可是你已經不能再做什麼了。」

「我當然可以，」我說，「他叫湯米．狄樂瑞，我忘了他太太叫什麼名字，可是他女朋友叫凱若琳．曲珊。等到她死的時候，他就為此下獄了。」

「也是他殺的？」

「不，她是自殺的。但經過我安排之後，看起來就像謀殺，而且我安排得就像他殺的。我替他開脫了一次，他並不值得，所以我覺得陷害他一次似乎正好扯平。」

「他被判多少年？」

「夠久了。後來他死在監獄裡，有人在他身上戳了一刀。」我歎了口氣，「我想走回他家門前看看是否能喚回一些記憶，沒想到那些記憶已經先回來了。」

「讓你覺得不自在嗎？」

「回憶這件事？我並不覺得有什麼，我做過很多更令我不自在的事。」我四下找我的大衣，才想起我根本沒穿大衣出來。外面是春天的天氣，穿運動夾克的天氣，不過聽說今晚氣溫會降到華氏四十度。

我朝門口走時他說：「等等好嗎，史卡德先生？」

我看看他。

「剛才我太不客氣了，」他說，「我道歉。」

「你不必道歉。」

「我應該道歉，我失控了。其實這不算什麼，今天早上我還摔爛了一個電話。我打一個電話，對方占線，我突然怒不可遏，抓起聽筒就往牆上敲，敲到外殼碎掉才住手。」他搖搖頭，「我從來不會這樣子，可是最近我壓力很大。」

「很多人壓力都很大。」

「嗯，大概吧。前幾天有幾個男人把我太太綁走了，然後把她切成一小塊一小塊用塑膠袋包著，放在一輛車的後車廂裡送回來給我。是不是很多人都有我這樣的壓力，這我可就不知道了。」

彼得說：「別激動，寶貝……」

「我沒事，」基南說，「馬修，你先坐下，聽我把整件事從頭到尾告訴你，然後你再決定要不要現在就走出去。剛才我說的話都別放在心上，其實我並不擔心你是不是會告訴別人，我只是不想大聲把這件事講出來，因為它會變得太真實。可是它本來就是真的，對嗎？」

8

他從頭到尾講給我聽，基本上就和我在前面敘述的一樣，有些細節是我調查之後加上去的，可是庫爾里兄弟已經自行挖掘出不少情報。週五他們在亞特蘭大大道她停車的地方找到那輛豐田冠樂拉，指引他找到阿拉伯美食店，又根據後車廂裡的購物袋推斷出她曾經去過阿戈斯蒂諾超市。

他講完後，我婉拒另一杯咖啡，要了一杯蘇打水。我說：「我有幾個問題。」

「你問。」

「你怎麼處理屍體？」

兄弟倆先交換了一個眼神，然後彼得比手勢叫基南說下去。他吸了一口氣說道：「我有個表哥是獸醫，他在……我想在哪裡並不重要，反正是個舊社區，他開了一家獸醫院，我打電話給他，告訴他我因為處理私人事件，需要借用他做生意的地方。」

「什麼時候的事？」

「我是在星期五下午打電話給他的，星期五晚上我跟他拿到鑰匙就過去了。他有個煤氣爐，應該可以說是個窯吧，用來焚化被他安樂死的寵物。我們把……呃……我們把……」

「放輕鬆，寶貝。」

他很不耐煩的搖搖頭，「我沒事，我只是不知道該怎麼說。怎麼說呢？我們把法蘭欣的碎塊拿去焚化了。」

「你拆開了每一袋，呃……」

「沒有，何必呢？膠帶和塑膠袋也會一起燒化的。」

「你確定是她？」

「對，對，我們拆開了幾袋，足以，呃，確定。」

「這些我都非問不可。」

「我了解。」

「重點是，現在屍體沒有留下，對不對？」

他點點頭，「只剩骨灰。骨灰和小碎骨頭，就這麼多了。說到焚化，你會以為最後除了粉末狀的骨灰之外，什麼都不會留下，就跟從火爐裡拿出來的東西一樣，但事實並非如此；有一種輔助工具，可以把碎骨頭壓成粉狀，看起來不會那麼礙眼。」他抬起眼來直視我，「我上高中的時候曾經去過盧開的醫院打工。我本來不想提他名字，操！其實這又有什麼差別呢？我父親希望我當醫生，認為這是很好的訓練，是不是那樣我不知道；但我對那個地方很熟，尤其是那些設備。」

「你表哥知道你為什麼要借他的地方嗎？」

「我們都只知道我們想知道的事。他反正不會認為我晚上溜進去是想給自己注射狂犬病疫苗就是了。我們在那兒待了一整夜，他的煤氣爐大小是給寵物用的，得分好幾次燒，中間還得讓爐子冷卻。老天，讓我談這件事就好像要我死一樣。」

「我很抱歉。」

「不是你的錯。盧知道我用過焚化爐嗎？我想他一定知道。他很清楚我正在從事的行業。他大概以為我把一個競爭對手給宰了，得消滅證據吧。大家整天在電視上看到這些狗屁情節，就以為世界就是這樣的。」

「而他並不反對？」

「他是親人。他知道情況緊急，也知道這是不能明講的事情。而且我給了他一些錢，雖然他不想拿，可是那傢伙有兩個小孩在讀大學，他怎麼能不拿呢？況且也不多。」

「多少？」

「兩千。辦個喪禮花兩千元，預算夠低了，是不是？我是說連買棺材可能都不只這個數。」他搖搖頭，「我把骨灰裝進錫罐，放地下室的保險箱裡。我不知道該怎麼處理它，完全不知道她會希望我怎麼做，我們從來沒討論過。老天，她才二十四歲，比我小九歲，九歲差一個月。我們結婚兩年。」

「沒有小孩？」

「沒有。我們本來打算再等一年，然後……噢，老天，太可怕了。你介意我喝一杯嗎？」

「不。」

「彼得也這麼說。操！我就是不喝！禮拜四下午我跟他們通過電話之後灌了一杯，就再沒碰過了。我會有那種衝動，可是我還是把酒推開，你知道為什麼嗎？」

「為什麼？」

「因為我想要感受這一切。你認為我做錯了嗎？帶她去盧的醫院，把她給火化了？你認為這樣做不對？」

「我認為這樣做不合法。」

「嗯。那方面我並不是很在意。」

「我知道你不在意。你只是想做一件保住尊嚴的事，但同時你卻毀滅了證據。屍體通常隱藏著很多訊息，只要你懂得去找，但是把一具屍體化成骨灰和碎骨頭，所有的訊息也就跟著消失了。」

「有關係嗎？」

「如果知道她是怎麼死的，或許有幫助。」

「我不在乎她是怎麼死的，我只想知道是誰幹的。」

「這兩件事情或許互有關聯。」

「所以你認為我做錯了。老天，我不能打電話報警，把滿滿一袋肉塊交給他們說：『這是我太太，請好好照顧她。』我從來沒有找過警察，幹我這一行不可能找警察。可是如果當時我打開那輛福特後車廂，看到的她是完完整整的。雖然死了，卻是完整的，那麼也許，也許，我會去報案。可是在這種情況下……」

「我了解。」

「但你還是認為我做錯了。」

「當時你不可能有別的選擇。」彼得說。

每個人不都是這樣嗎？我說：「關於對與錯，我知道的不多。或許換做我，也會做同樣的事，如果我也有一個後院裡有座焚化爐的表哥的話。不過我會怎麼做並不重要，現在木已成舟，問題是該怎麼往下走？」

「走哪兒去？」

「這正是問題。」

∞

那並不是唯一的問題。我問了很多問題，而且大部分都不只問一遍。我反覆詢問他們兩人故事中的細節，在我的記事本裡做了很多註記。最後在拼湊片段之後顯示，似乎整件事情裡唯一可以掌握的證據就是法蘭欣．庫爾里，而她已經化成一縷輕煙了。

等我終於闔上記事本，庫爾里兄弟坐著等待我吐出第一個字。「從表面上看來，」我說，「他們似乎很安全。他們全程排練過，執行得很徹底，沒有留下任何線索。就算有留下蛛絲馬跡，至少到目前為止還看不見。或許在超市或亞特蘭大大道那家店裡有人能夠指認出其中一名歹徒，或瞄到一眼車牌號碼，很值得我們花力氣去找出這位目擊證人。不過目前這個證人只是我們假設的，很可能根本不存在，他所目擊的東西很可能無法提供我們任何頭緒。」

「你是說我們一點機會都沒有。」

「不，」我說，「我不是那個意思。我的意思是，這件案子的調查工作必須涉及他們所留下的線索以外的範圍。起始點是他們拿著差不多五十萬逃之夭夭的事實，他們可能做兩件事，兩件事都會引人注意。」

基南想了想。「花掉，」他說，「還有呢？」

「吹噓。歹徒隨時都會自吹自擂，特別是碰到值得誇耀的事更不得了，有時候他們會對那些很樂意轉手出賣消息的人吹噓，要訣在於你得把風聲放出去，讓大家知道買主是誰。」

「你有什麼主意嗎？」

「我的主意多得很，」我說老實話，「剛才你想知道我還保有多少警察的成分，我實在不知道，不過碰到這類問題，我的解決方式仍然和帶警徽時一樣，那就是反覆去琢磨，直到可以掌握感覺為止。像這樣的案子，我立刻想到幾條不同但都有可能性的調查途徑，很可能到頭來每一條都會走進死胡同，但仍值得一試。」

「所以你願意試試看？」

我低頭看看自己的筆記本，說：「嗯，我有兩個問題：第一，我想我在電話裡已經跟彼得提過了，這個週末我本來打算去愛爾蘭的。」

「出差？」

「度假。今天早上我才剛安排好。」

「你可以取消啊。」

「我是可以。」

「如果取消會讓你在金錢上有任何損失，我付給你的費用一定可以有所補償。另一個問題是什麼？」

「另一個問題是，不論我辨出什麼結果來，你會怎麼處理？」

「答案你已經知道了。」

我點點頭。「這就是問題。」

「你不可能控告他們綁架或謀殺，因為沒有犯罪證據，有的只是一個女人失蹤了。」

「沒錯。」

「所以你一定知道我想要的是什麼。這樣問有什麼意義？你真要我說出來嗎？」

「但說無妨。」

「我要那些天殺的死！我要在現場，我要自己下手，我要看著他們死！」他說得很平靜，很直率，聲音裡不帶感情，「這就是我要的，」他說，「現在我想這件事想得發狂，其他的我一概不想要了，我無法想像自己還會想做任何別的事。跟你想的是不是差不多？」

「差不多。」

「會幹這種事的人，抓走一個無辜的女人，把她剁成肉塊。你還會在乎他們的下場嗎？」

我想了一下，並沒有想太久。「不會。」我說。

「我跟我哥哥會做我們該做的事。你不必參與。」

「換句話說，我只是判他們死刑而已。」

他搖搖頭，「是他們判自己死刑，」他說，「就憑他們的作為。你只是從旁協助運作而已。你怎麼說？」

我猶豫了一下。

他說：「你還有疑問，對不對？有關我的職業。」

「那是因素之一。」我說。

「你說我賣快克給學生，並沒有，呃，我沒有在學校裡交易。」

「我想你也沒有。」

「更正確的說，我並不是賣貨的人，我是所謂的貿易商；你知道其中的差別吧？」

「當然，」我說，「你是那條一直都能躲開魚網的大魚。」

他笑了，「我不知道我是不是特別大條。從某些方面來看，其實中盤商才是最大條的，交易量也最大。我做生意時以重量計，也就是說我要不就帶大量的貨進來，要不就向有貨的人購買，轉手給那些少量出售的人。我的顧客或許交易得比我還多，因為他們永遠都在買和賣，而我一年卻只做個兩三筆生意。」

「不過你還是過得很不錯。」

「我過得不錯。這行飯風險很大，你要擔心法界，還要隨時小心那些想坑你的人。通常如果風險大，利潤就會高。而且生意就在那裡，大家就是要那些貨。」

「你所謂的貨是古柯鹼？」

「其實我做古柯鹼的機會很少，大部分交易的都是海洛因，還有些大麻，不過這兩年來差不多都是海洛因。聽著，我老實對你說，我不會為此道歉。有人用它，上了癮，他們會搶自己老媽的錢包；會闖進別人家去偷；會用藥過量死亡，死掉的時候手臂上還扎著針筒；他們會共用針筒，傳染愛滋病，這些故事我全知道。但是也有人製造槍械、蒸餾烈酒、種菸草。每年死於酒精和尼古丁的人有多少？和死於毒品的人數比較起來又怎麼樣？」

「酒和菸是合法的。」

「有什麼不同嗎？」

「有一些差別，雖然我不確定有多大。」

「或許吧。但是，就算有我也沒看到。無論是哪一種，貨本身都是骯髒的。它能夠殺人，或是被人用來自殺或彼此殺戮。不過有一點我至少比他們強，我不會去替我賣的東西做廣告，不會派說客去國會，不會聘請公關去對大眾鬼扯淡，說我賣的屎其實對他們有好處。哪一天人們不想要毒品了，就是我改行做別的買賣的時候，我也不會到處去哭去嚎，要求政府發聯邦補助金。」

彼得說：「但你賣的東西到底不是棒棒糖，寶貝。」

「它不是。貨本身是骯髒的，我從來沒說過它不髒。可是我做的部分，是乾乾淨淨的去做，我不會去訛人，不會去殺人，我做的是童叟無欺的交易，而且我會謹慎的挑選交易對象。這就是為什麼我還活著，也是為什麼我不在監獄裡。」

「你曾經入過獄嗎？」

「沒有，我從來沒被逮過。所以如果你考慮的是這一點，怕說出去難聽，說你替一個人盡皆知的毒販做事……」

「這並不是我考量的因素。」

「從官方的觀點來看，我不是人盡皆知的交易商，不過我可不敢說緝毒小組或毒品管制署裡的人沒一個知道我是誰，但我沒有前科，據我所知，我也從來不是官方調查的對象。我的房子沒被監聽過，電話沒被竊聽過。如果有，我一定會知道，剛才我已經告訴你了。」

「對。」

「你坐一會兒，我想給你看樣東西。」他走到另一個房間裡去，回來時手裡拿著一張照片，鑲在銀框裡五乘七的彩色照片。「我們結婚那天照的，」他說，「兩年前的事，還不到兩年，五月才滿。」

他身穿燕尾服，她一身白。他笑得很燦爛，她沒有露齒，原因我先前提過。不過她容光煥發，你知道她打從心底裡快樂。

我不知道該說什麼。

「我不知道他們對她做了什麼，」他說，「這是我不讓自己去想的事情之一。他們殺了她，像屠夫一樣剁了她，對著她開了些下流的玩笑，所以我非採取行動不可。因為如果我不做，我就會死！如果我能自己來，我一定會自己行動，事實上我和彼得已經試過了。可是我們不知從何下手，我們沒有這方面的知識，我們不諳步驟。你剛才問的那些問題，所要採行的途徑，都讓我見識到在這一方面我根本是個無頭蒼蠅，所以我要你幫我，再高的價錢我都會想辦法付，錢不是問題，我有很多錢，只要有必要，我都願意花。如果你說不，我要嘛就會去找別人，要嘛就自己再去試，不然我還能幹嘛呢？」他隔著桌子伸手把那張照片拿過去，看著它說：「老天，那一天是多麼完美的一天，」他說，「接下來的每一天也都如此，結果卻化成一堆屎！」他看著我，「沒錯，我是個毒品經銷商，是個毒販，隨便你愛怎麼叫。沒錯，我就是打算宰了那幾個天殺的人渣。一切都擺檯面上了，你怎麼說？是留下還是去度假？」

我最好的朋友，那個我想去愛爾蘭跟他會合的人，是個職業罪犯。據聞，曾有一個晚上他手提一只保齡球袋，虎虎走過地獄廚房的街道，然後秀出一顆首級。我雖不敢發誓真有其事，但不久前我才在馬帕斯體育館地下室他的身側，目睹他用屠刀一刀斬下一名男子的一隻手。當晚我的手裡握了一把槍，而我也開了槍。

所以說，在某些方面我仍是個十足的警察，但在另一些方面，我已改變了不少。我早已吞下了駱駝，何必為蚊蚋而噎住？

「我留下。」我說。

3

九點剛過我才回到旅館。我和基南．庫爾里做了一次長談，我的筆記本裡寫滿他朋友、合夥對象及親人的名字。我到車庫裡檢查了那輛豐田汽車，找到卡匣裡那捲貝多芬音樂帶。法蘭欣的車裡若還有其他線索，我可沒瞧見。

另外那輛車，那輛運回她被肢解屍首的灰色Tempo，我沒檢查到。綁架者違規停車，那個週末的某個時刻，交通局的拖吊車把它給拖走了。我當然可以試著追蹤，但又有什麼用呢？肯定是專為那次任務偷來的車，看情況可能棄置已久。警方蒐證小組或許能根據在後車廂或車內發現類似污漬、纖維或印記之類的線索，展開一條值得追蹤調查的路線，可是我沒有那樣的人力支援，我只能在布魯克林到處亂轉，找一輛不能告訴我任何祕密的爛車。

我們三個人坐著那輛別克開了很長一段路，迂迴循著案發路線，經過阿戈斯蒂諾超市和亞特蘭大大道上的阿拉伯美食店，然後往南開到海洋大道及法拉格特大道交口的第一個電話亭，再往南到平林區，之後沿著N大道朝東開到退伍軍人大道上的第二個電話亭。我並不需要親眼去看這些地點，盯著一具公用電話瞧其實蒐集不到多少情報，但根據經驗，花時間在現場，親自去走那些人行道、爬那些樓梯，永遠都能幫你掌握到那種真實感。

這麼做同時可以讓我從頭再詢問庫爾里兄弟一遍。通常警方在做調查時，目擊證人幾乎都會抱怨他們得不斷對不同的人重複敘述同一件事。對他們來說這樣似乎毫無意義，但其實不然。如果你敘述的次數夠多，講的對象又都不一樣，或許你會想起以前忘記的事，而且不同的人可能會聽到別人疏忽的細節。

路程中我們在平林區一家叫阿波羅的咖啡店停下。三個都點了希臘圓餅夾肉，可是基南幾乎沒碰他盤裡的東西。後來在車上他說：「我應該點個蛋或什麼的，從那天晚上開始我就對肉一點胃口都沒有。我吃不下去，一看到就反胃。我相信這種感覺一定會過去的，不過現在我得提醒自己點別的東西。沒道理嘛，點個東西來卻吃不下去。」

8

彼得開著那輛冠樂拉送我回家，但他自己得回殖民路弟弟家住。綁票發生之後他一直住在那兒，睡客廳沙發上。他需要回家拿些衣服。

若非如此，我會打電話給車行叫輛計程車。我搭地鐵很自在，很少覺得不安全，可是口袋裡揣著一萬元現金還去坐地鐵，似乎省得過頭了。萬一真碰到搶劫，一定會覺得自己很蠢。

那筆錢是我的聘雇費，兩綑百元大鈔，每綑五十張；這兩綑錢和拿去贖法蘭欣．庫爾里的八十綑一模一樣。對於應該收費多少，我一向很頭痛，但這一次我省了做決定的麻煩，基南把那兩綑錢丟在桌上問我這樣夠不夠，我說他付得太多了。

「我出得起，」他說，「我的錢多得是。他們沒有榨乾我，還差得遠哪。」

「你付得出一百萬嗎？」

「要出國才行。我在開曼群島開了個戶頭，裡面有五十萬。下面的保險箱裡快七十萬。如果我打幾個電話，其實應該可以在紐約湊到三十萬。因此我常常想——」

「想什麼？」

「哦，只是胡思亂想。像是如果我付了一百萬，他們會不會讓她活著回來？如果我在電話上的口氣緩和一點，如果我禮貌一點，拍他們的馬屁之類。」

「他們還是會殺她的。」

「我也是這麼告訴自己，可是我怎麼能確定呢？我沒有辦法阻止自己去想是不是有哪一件事我應該做卻沒有做。或者我一開始就來硬的，不給我她還活著的證據，就一毛都不給。」

「他們打電話來時她可能已經死了。」

「我祈禱你說的是真的，」他說，「可是我不能確定。我一直在想我本來一定可以做點什麼，把她救回來。我一直都覺得是我的錯。」

∞

我們走快速公路回曼哈頓，先走海岸公園大道，然後接戈溫納斯進隧道。那時交通並不擁擠，可是彼得開得很慢，很少超過時速四十哩。剛開始我們沒怎麼講話，靜默似乎會無限擴大似的。

「前兩天可真是不好受。」他終於說。我問他怎麼撐下來的。「哦，我沒事。」他說。

「近來你有沒有參加聚會？」

「我滿規律的。」過了半晌他說：「可是這件鳥事發生之後一直沒機會去，你也知道我滿忙的。」

「除非你保持清醒，否則你對你弟弟一點用處都沒有。」

「我知道。」

「灣脊區也有聚會，你不必老遠進城。」

「我知道。本來昨天晚上我想去，可惜沒趕上。」他用指頭敲方向盤，「我本來以為今晚我們可以早點進城，去聖保羅教堂，可是又錯過了。等我們到的時候都已經快十點了。」

「休斯頓街上有個十點鐘的聚會。」

「哦，我不知道，」他說，「等我回房間，拿了東西……」

「萬一你錯過十點的，十二點還有一場，同樣地點，休斯頓街，第六大道和瓦瑞克街之間。」

「我知道地點。」

他的語氣告訴我他不希望我再說下去。過了一會兒他說：「我知道我應該去參加聚會。我會試著趕十點那一場。至於午夜嘛，我不知道，我不想讓基南一個人獨處太久。」

「也許明天早上你可以去參加一個在布魯克林舉行的聚會。」

「也許吧。」

「那你的工作呢？也不去了？」

「就這一陣子。週五和今天我都打電話去請病假，就算他們想炒我魷魚，也沒什麼大不了的，那樣的工作並不難找。」

「什麼樣的工作？幹快遞？」

「其實是送午餐，替五十七街和第九大道上一家熟食店跑。」

「應該很不好受吧，你幹一份只能餬口的工，你弟弟卻大把鈔票撈。」

他沉默了一會兒，然後說：「我必須把這些事情都分開，你知道嗎？基南要我替他工作，或跟他一起做，隨便你怎麼說啦。一旦進了那一行，我不可能保持清醒。倒不是因為你整天和毒品在一起，真正的情況並不是那樣的，你跟貨其實很少實際接觸。而是整個態度的問題，你的心態，你懂我的意思吧？」

「當然。」

「關於聚會的事，你說得對。知道法蘭欣的事以後我一直很想喝酒。我是說從她被綁架開始，他們還沒做下那事以前。雖然還沒到無法控制的地步，不過要不去想，很難。我把它推開，它馬上又回來了。」

「你有沒有跟你的輔導員聯絡？」

「我其實並沒有輔導員。剛戒的時候他們給我安排一個臨時的，一開始我固定打電話給他，可是後來好像慢慢就疏遠了。他很難找。我應該去找個固定的輔導員，也不知道為什麼，就是沒去做這件事。」

「等哪一天……」

「我知道，你有輔導員嗎？」

我點頭，「我們昨晚才見面。通常每個禮拜天我們會吃個飯，談談彼此一個星期來的生活。」

「他會給你忠告嗎？」

「有時候，」我說，「可是我還是我行我素。」

∞

等我進了旅館房間，第一個就打電話給吉姆．法柏。「我剛才還跟別人提到你，」我告訴他。「那個傢伙問我你有沒有給我忠告，我說我都確實遵從你的建議。」

「沒有當場被雷公打死算你運氣好。」

「我知道，可是我決定不去愛爾蘭了。」

「是嗎？昨晚你好像已經打定主意了。睡了一覺看法就不一樣了？」

「不是，」我承認，「看法還是差不多，今天早上我還去旅行社弄到一張便宜機票，本來星期五晚上就要飛出去。」

「哦？」

「結果今天下午有個人給我一份差事，我答應了。你想不想去愛爾蘭待三個星期？我的機票好像不能退。」

「你確定？浪費這筆錢多可惜。」

「他們跟我講這是不能退的，而且我已經付了錢。沒關係，這份工作讓我可以撈一筆，損失個兩百塊應該不成問題。不過我還是想讓你知道我決定不去有所多瑪與蛾摩拉這種罪惡之城的國度了（譯註：《創世紀》中，記敘這兩座城因「罪孽深重」而聲名狼藉，最後被天上降下的大火毀滅）。」

「聽起來像是你在設計陷害你自己，」他說，「所以我才擔心。過去你和你朋友在他酒吧裡泡，一直沒有沾酒……」

「他一個人把我們兩人的份全喝了。」

「不管是什麼情形，反正行得通。可是一旦到了海洋的另一岸，你日常的援助全在幾千哩之外，加上你最近焦躁的情緒……」

「我知道。不過你現在可以安心了。」

「雖然不是我的功勞。」

「哦，這我就不知道了，」我說，「或許就是因為你。上帝的行事方法是很神祕的，祂的奇蹟無處不在。」

「對啊，」他說，「可不是嗎！」

∞

伊蓮認為我最後還是決定不去愛爾蘭很可惜。「不太可能把這份工作延一延，對吧？」她說。

「嗯。」

「如果星期五以前你就把它辦完呢？」

「可能星期五我才剛剛開始。」

「真可惜，不過你好像一點也不失望嘛。」

「一點也不。反正我也還沒打電話給米基說我會去，就不必再打一通告訴他我改變主意了。老實說，我很高興得到這份差事。」

「可以讓你集中精神去做。」

「沒錯。這才是我真正需要的東西，而不是度假。」

「是件好案子？」

我沒把所有內容都告訴她。我想了一會兒，說：「是件可怕的案子。」

「哦？」

「老天，現在的人竟這樣自相殘殺！你大概以為我已經見怪不怪了，可是我永遠不可能習慣。」

「你想談談嗎？」

「等我們見面再談，明天晚上還是照常？」

「除非你的工作讓你沒辦法走開。」

「應該不會。我大概七點左右去接你，如果我得晚點去，會先打電話給你。」

8

我泡了個熱水澡，一夜好眠。早上我到銀行，在保險箱那堆積蓄裡又加了七十張百元大鈔。我的支票帳戶裡存進了兩千元，把剩下一千元塞進屁股口袋裡。

曾經有一段時間我忙不迭的把錢送出去。以前我常會在空蕩蕩的教堂裡花很長的時間發呆，會乖乖繳我的宗教稅，把收到的現金拿出百分之十，不多不少，塞進下一個經過的濟貧箱裡。戒酒之後，這種古怪的習慣就慢慢不見了。我不知道自己為什麼不這麼做了，也不能告訴你以前為什麼會開始。

我可以把我那張愛爾蘭機票塞進下一個濟貧箱裡，反正它對我也沒什麼用處。我去旅行社問了一下，確定機票果真不能退。「我建議你去找一位大夫幫你開張證明，說你因為醫療理由，必須取消行程，」他說，「可是這個情形沒有用，因為你要對付的不是航空公司，而是那種跟航空公司集體買票，然後再廉價賣出的私人公司。」他好心提議替我轉賣，於是我把票留給他，走路去搭地鐵。

我花了一整天時間待在布魯克林。昨晚離開殖民路那棟房子時我身上帶著法蘭欣．庫爾里的照片，我拿著它到第四大道的阿戈斯蒂諾超市和亞特蘭大大道阿拉伯美食店附近到處給人看。其實時機已有點晚，我並不喜歡這種情況——今天是星期二，綁票案發生在上星期四——但也沒辦法了。假如彼得在上星期五打電話給我，而不是等到週末過了才找我，情況就會好很多；可是，那時他們有別的事要做。

除了照片，我還給那些人看我在可靠偵探社印的一張名片。我解釋說我是為了一樁保險理賠案在進行調查。我的客戶車子被另一輛車擦撞，對方撞了就跑，沒有停下來，若能確定對方的身分，我客戶索賠的過程將會加快很多。

我在阿戈斯蒂諾超市和那兒的一位收銀員談過，她記得法蘭欣，因為她是常客，而且總是付現金；在我們這個社會，這可是一項值得銘記在心的特徵，可是在毒品交易世界裡卻是標準作風。「我還可以告訴你一件事，」那女人說，「我敢說她一定很會做菜。」我的表情一定很迷惑。「她不買已經準備好的食物，不買冷凍食品，永遠只買新鮮的材料。像她這麼年輕的女人，下廚房的可不多囉，而且你絕不會在她的籃子裡找到一包電視晚餐。」

提物僮也記得她，主動告訴我她每次都會給兩塊錢小費。我問他有沒有看到一輛貨車，他記得一輛藍色箱形貨車停在前面，後來跟著她開走了。他沒注意到車型及車牌號碼，但對於顏色頗為確定，也記得車身一側似乎漆有像是電視修理之類的字樣。

亞特蘭大大道那邊的人記得的事情比較多，因為能引人注意的事比較多。收銀機後面的女人立刻認出照片裡的人，告訴我法蘭欣那天買了什麼——橄欖油、芝麻醬、福爾紅豆，還有一些我聽不懂的玩意兒。但是綁架發生時她沒有看到，因為她正在招呼另外一位客人。不過她知道有怪事發生，因為有位客人走進來說看見兩個男人和一個女人從店裡跑出去，跳進一輛貨車後面。那位客人很擔心，怕店裡遭搶，那些人總是搶了就跑。

中午前我又找到幾個人，和他們談過，本來想到隔壁去吃個午餐，卻記起自己曾對彼得・庫爾里說過的忠告。週六之後我自己也沒有參加過任何聚會。轉眼就到了禮拜二，今晚我又會和伊蓮在一起。我打電話到聚會辦公室，得知十分鐘路程以外的布魯克林高地十二點半有聚會。那天的主講人是位老太太，外表上看起來端莊得不得了，可是從她的故事裡知道戒酒前事實正好相反。她以前是個流浪婦，睡在人家門口，從來不洗澡，不換衣服。她不斷強調以前她有多骯髒，味道有多臭。聽她的故事，實在很難跟坐在桌子最前方的本人聯想在一起。

∞

聚會之後，我回到亞特蘭大大道繼續做沒做完的事。我在一家熟食店裡買了個三明治和一罐冰淇淋汽水，順便詢問那兒的老闆。然後我站在店外頭吃我的午餐，吃完了再去找街角的報攤夥計和一、兩位顧客談。我走進阿列波餐廳，跟他們的出納和兩位服務生談過。然後又回到阿尤伯的店——我也開始這麼稱呼那家阿拉伯美食店，因為和我談話的那些人都這麼叫。等我回去的時候，那女人想起那位怕店裡遭搶顧客的名字。我在電話簿裡查到那個人，打過去的時候卻沒人接電話。

到了亞特蘭大大道之後，我已放棄我編的那個保險理賠調查的故事，因為那跟他們看到的情形會有出入。不過我也不想讓那裡的人覺得有像綁票或謀殺這樣嚴重的事發生了，以免有人認為身為公民就有義務報警。我想出來的故事內容大致如下，但隨時會因我的談話對象而稍做更動：

我的雇主有個妹妹，正考慮跟一位想留在美國的非法居民辦假結婚，男方有個女朋友，這位女朋友的家人非常反對這樁婚事。這個女朋友有兩個親戚，都是男的，最近一直在騷擾我的雇主，想說服她叫她也幫著一起說服妹妹取消這樁婚事。她同情他們的立場，但實在不想捲入糾紛。

星期四他們一直跟著她來到阿尤伯的店。等她從店裡出來時，他們找了個藉口架她上了貨車，然後開車到處轉，企圖說服她。等他們放她下車時，她已經有點歇斯底里了，為了掙脫那幫人，她不僅丟掉了她買的東西（橄欖油、芝麻醬等等），也把皮包給丟了，當時皮包裡有一條價值頗高的手鐲。她不知道這兩個男人的姓名，也不知道該怎麼去找他們，所以……

這個故事其實不怎麼說得通，但我也並沒有想說服電視台替它製作個電視影集，只想拿來讓一些基本上都滿正派的市民安心，讓他們覺得盡力幫忙是件既安全又高尚的行為。結果我得到很多免費的忠告——像是：「這種婚姻最靠不住了，叫她跟她妹妹講，不值得的。」不過同時我也得到不少情報。

8

四點一過我就決定收工，坐地鐵回哥倫布圓環，恰好躲過尖峰時段。櫃檯有我的信件，大部分都是垃圾。只因為依據目錄向郵購公司訂購了一樣東西，現在我每個月都收到一打以上的目錄。我住的房間很小，連擺目錄的空間都沒有，何況是目錄裡介紹我買的東西。

上樓之後我把所有信件丟掉，只留下電話帳單和兩張留言，兩張都寫「基南．咖哩」打電話來，一次在兩點半，另一次在三點三刻。我沒有立刻回電話，我已經累壞了。

一天下來，我的精力透支。其實我並沒有做什麼耗費體力的事，沒有花八個小時去扛水泥包，可是跟這麼多人談話令我筋疲力竭。你得一直集中精神，尤其是當你在編故事時更是累人。除非你是個病態的說謊狂，否則講假話比講老實話辛苦多了；這就是測謊器的原理，根據我的經驗，它很有道理。講一整天的謊話、演一整天戲，很容易就榨乾你的精力，尤其大部分時間我還是站著的。

我沖了個澡，補刮一下鬍子，然後打開電視蹺起腳閉上眼睛聽了十五分鐘的新聞。差不多五點三十分的時候，我打電話給基南．庫爾里，告訴他雖然沒有明確的結果報告，但仍有了些進展。他想知道他能做什麼。

「現在還不用，」我說，「明天我會回亞特蘭大大道去看看還能不能蒐集到更多片段。等我那邊的事辦完了，會去你家。你會在家嗎？」

「當然，」他說，「我沒有別的地方可去。」

8

我撥了鬧鐘，再一次閉上眼睛，結果鬧鐘在六點半把我從夢裡驚醒。我穿上西裝，打了領帶，去伊蓮家。她替我倒了咖啡，替自己倒了杯礦泉水。然後我們搭計程車往上城走到亞洲協會，最近那兒有個展覽，以印度的泰姬瑪哈陵為主題，和她在杭特學院修的那門課不謀而合。我們穿過三個展覽室，發出一些該發的噪音，跟著群眾走進另一個房間，坐在折疊椅上聽一位西塔琴師的獨奏。那位樂師是好是壞，我一點概念都沒有。我不知道怎麼有人可能分辨得出來，很懷疑如果他的樂器走音了，他自己到底能不能夠察覺出來。

之後有一個只供應葡萄酒和乳酪的小酒會。「我們不必待太久。」伊蓮耳語。經過幾分鐘的微笑和打混之後，我們已經在街上了。

「你好像從頭到尾都很投入喔。」她說。

「還好啦。」

「我的老天，」她說。「男人為了性，願意做的犧牲可真大啊！」

「好了，」我說，「真的沒有那麼糟，印度餐廳放的都是這種音樂。」

「但是在餐廳裡你可以不聽。」

「誰聽啦？」

我們去一家義大利餐廳吃晚餐，喝義大利濃縮咖啡時我告訴她關於基南．庫爾里的事，還有他太太的遭遇。等我說完了，她坐在那兒好一會兒，只低著頭盯著眼前的桌布，彷彿上面寫了字似的。然後她慢慢抬起眼來看我。她是個很能幹的女人，也是個很有能耐的女人，但在那一刻卻看起來動人的脆弱。

「我的天哪！」她說。

「現在的人就是這樣！」

「什麼都可以，是不是？沒極限的。」她啜了口水，「那種殘酷、徹底的虐待狂。為什麼有人……算了，為什麼要問為什麼呢？」

「我想一定是因為可以得到快感吧，」我說，「做這件事的時候，他們一定覺得很爽，不只是殺人的時候，還有折磨他，要得他團團轉，告訴他她會在車上，等他去的時候又告訴他她會在家裡，最後再讓他在一輛爛車的後車廂裡找到被切成一塊塊的她。殺她不見得一定是虐待狂，因為他們可能想到留下一個可以指認他們的證人很不安全，可是像他們這樣剮人痛處的做法，完全沒有實際的好處。分屍是很麻煩的。對不起，這種話題在餐桌上談真是棒透了，對不對？」

「若是當做床邊故事來講，那效果就更不能比了。」

「馬上讓你性趣盎然，嗯？」

「要讓女人變濕，沒什麼能比得上這個。不過真的，我不介意。我是說我在乎，我當然會在乎，但我不是那種怕東怕西的人。這件事很噁心，把人剁成一塊塊的，但這部分其實是最不重要的部分，不是嗎？真正令人震驚的是世界上居然存在這樣邪惡的東西，而且它隨時隨地會跳出來，毫無理由的一下弄死你。這才是恐怖的事，無論是空肚子或飽肚子聽都一樣難受。」

∞

我們回她的公寓後，她放了一張我們倆都喜歡的西達．華頓鋼琴獨奏。我們坐沙發上，沒怎麼講話。唱片結束後她翻了另一面，第二面演奏到一半時我們進了臥室，以一種奇異的強度做愛。結束之後好半天不說話，最後她說：「告訴你一件事，小子，如果我們再繼續這樣下去，有一天我們就會變得很棒。」

「你真的這樣認為？」

「到時候我可不會覺得驚訝。馬修？今晚在這兒過夜吧。」

我吻她。「我本來就有這打算。」

「嗯……這打算很好，我不想獨處。」

我也不想。

4

我留下來吃早餐，等我到亞特蘭大大道時，已經快十一點了。我在那兒待了五個鐘頭，大部分都在街上和店裡轉，不過也有一部分時間花在當地圖書館和打電話上。四點剛過，我步行兩條街搭巴士到灣脊。

上一次見到時他衣服是縐的，鬍子沒刮，可是此刻的基南．庫爾里身著灰色立體斜紋長褲、暗色格子襯衫，看起來既酷又沉著。我隨他走進廚房，他告訴我他哥哥今天早上已經回曼哈頓上班了。「彼得說他願意留在這裡，說他不在乎那份工作，可是同樣的話我們能講幾遍呢？我逼他開那輛豐田去，這樣他來來去去也方便。你呢，馬修？有沒有進展？」

我說：「兩個身材跟我差不多的男人，在阿拉伯美食店前的街上將你太太挾持進一輛深藍色的箱形貨車或旅行車。另一輛很相似的貨車，可能就是同一輛，從她離開阿戈斯蒂諾超市之後就開始跟蹤她。車身側面有寫字，根據一位目擊者說是白色的字體。電視銷售及服務，公司名稱的縮寫沒有人能確定。B&L，或是H&M。每個人看到的都不一樣。有兩個人記得上面的地址是皇后區，另一個卻堅持在長島。」

「真有那個公司嗎？」

「他們的描述很含糊，符合的公司可能超過十家。兩個字母縮寫、電視修護、皇后區的地址。我打電話給六到八家公司，查不到一家用深藍色貨車或最近公務車遭竊的。我也並不認為查得到。」

「為什麼？」

「我覺得那輛貨車不是偷來的。我推測他們星期四一整個早上都在監視你們家，等你太太一個人出門，然後再跟蹤她。而且他們可能跟蹤她不只一次，一直伺機行動，所以不可能每次都去偷輛車來，整天駕著一輛隨時可能出現在警方贓車記錄上的汽車在街上跑。」

「你認為那是他們自己的貨車？」

「很有可能。我猜他們在門上漆了一個假的公司名稱和地址，一等綁票成功之後，立刻把舊名字塗掉，再漆個新的上去。那個時候很可能整個車身都換了顏色，不再是藍色的。」

「車牌呢？」

「案發當時可能就換過了，不過這並不重要，反正也沒人記得車牌號碼。有一個證人以為他們三個人剛搶劫了美食店，是強盜，他想到的第一件事就是趕快衝進店裡看看有沒有人受傷。另一個男人覺得事有蹊蹺，特別看了車牌號碼一眼，結果卻只記得裡面有個『九』。」

「真有用。」

「嗯。那些男人穿著一致，暗色長褲、工作襯衫，同樣的藍色風衣，像是制服。他們穿制服、駕公務車，看起來正正當當。很久以前我便學到一件事，只要手上拿著記事板，你幾乎哪裡都進得去，因為你看起來像在辦公事。他們就有那個調調。兩個不相干的人告訴我他們還以為是兩個移民局的便衣從街上抓走一個非法移民，這也是沒人插手管的原因之一，再加上事情發生得太快，還沒人來得及反應，就已經結束了。」

「很俐落嘛。」他說。

「穿著一致也有影響。他們變成隱形人了，因為大家都只看到他們的衣服，只記得兩個人看起來一模一樣。我剛才有沒有告訴你他們還戴了鴨舌帽？目擊者可以描述出帽子、夾克，這些做完案之後都可以一丟了之的東西。」

「所以我們等於沒有線索。」

「不盡然，」我說，「雖然沒有可以直接指向他們的線索，但還是有線索。我們知道他們做了什麼事，怎麼做的：知道他們很有技巧，計畫周詳。你覺得他們為什麼會挑上你？」

他聳聳肩。「他們知道我是毒販，我已經告訴過你了，這職業讓你變成一個最好的靶子，他們知道你有錢，而且不會報警。」

「他們還知道你什麼事？」

「我的種族背景。第一個打電話來的男的罵了我一些話。」

「我記得你好像提過。」

「賤人、砂黑鬼。這個不錯哦，砂黑鬼！他忘了罵騎駱駝的，以前在聖依納爵教堂常聽那些義大利小鬼這樣罵我。『嘿，庫爾里，騎駱駝的，操！』我他媽的看過唯一的一隻駱駝還是在菸盒上。」

「你覺得你是阿拉伯人也是他們找上你的原因之一？」

「我從來沒想過這一點。歧視是一定有的，可是平常我並沒有特別強烈的感覺。法蘭欣是巴勒斯坦人，我告訴過你了嗎？」

「嗯。」

「他們更辛苦。我認識很多巴勒斯坦人為了避免麻煩，乾脆跟別人講他們是黎巴嫩或敘利亞人。『哦，你是巴勒斯坦人，那你一定是恐怖分子。』類似這種無知的話，還有很多人對阿拉伯人就是有偏見，」他翻翻白眼，「像我父親。」

「你父親？」

「我也不能說他是反阿拉伯分子，可是他有一套理論，說他並不真的是阿拉伯人。我們家是信基督教的。」

「我剛就覺得奇怪，你去聖依納爵教堂幹嘛。」

「那個時候我自己也覺得很奇怪。我們屬於馬龍派教會。根據我老爸的說法，我們是腓尼基人，你聽過腓尼基人嗎？」

「聖經時代的人嘛。貿易商、探險家，對不對？」

「沒錯。航海技術一流，繞過整個非洲，統治過西班牙，可能還到過英國。他們在北非建立了迦太基帝國，後來在英國還挖出很多迦太基幣。他們是第一個發現北極星的民族，我是說他們發現那顆星位置永遠固定，可以用來導航。他們還發明一套字母，後來成為希臘字母的基礎。」他突然住口，看起來有點難為情，「我老爸以前整天講個不停，我看還是有點效果。」

「我同意。」

「他對這個題目並沒有到狂熱的程度，可是他懂的很多。腓尼基人稱他們自己為迦南人，我的名字應該唸成『迦南』，可是大家都叫慣了『基南』。」

「我昨天收到的電話口信上寫成『基南．咖哩』。」

「對啊，常有的事。我常在電話上叫東西，送來的時候上面都寫著『雞與咖哩』，好像是另一家中國餐館似的。回到我剛才說的，總之根據我父親的說法，腓尼基人跟阿拉伯人完全不同。他們是迦南人，在亞伯拉罕的時代就已經存在了，而阿拉伯人卻是亞伯拉罕的後代。」

「我還以為猶太人才是亞伯拉罕的後代。」

「沒錯，是以撒那一支的，以撒是亞伯拉罕和莎拉的嫡子，而阿拉伯人是以實馬利的兒子，以實馬利是亞伯拉罕和女僕夏甲的私生子。老天，我好久沒去想這些事了。小的時候我父親和狄恩街轉角口的雜貨鋪老闆結了樑子，每次都叫他『那個雜種以實馬利』。我的老天，他真是有意思。」

「他還健在？」

「不，三年前死了。一直有糖尿病，拖了很多年，對心臟很不好。我心情不好的時候就會告訴自己，他是傷心死的，因為他這兩個兒子。他本來希望一個當建築師，一個當醫生，結果兒子一個變成酒鬼，一個變成毒販。不過其實那並不是他的死因，是他的飲食習慣殺了他。他有糖尿病，體重還超重五十磅。我和彼得就算變成約拿斯．沙克和法蘭克．洛埃德．賴特，也救不了他。」〔譯註：沙克為發明小兒麻痺沙克疫苗的美國醫師；賴特為設計通過東京大地震考驗之東京帝國飯店的名建築師〕

8

六點左右，我們兩人討論出一個方案之後，基南開始打一連串的電話。他先按一個號碼，等訊號，然後按下自己的電話號碼，再掛斷。「現在等吧。」他說。但我們並沒有等多久，不到五分鐘，電話便響了。

他說：「嘿，菲爾，最近如何？太棒了。是這樣的，我不知道你有沒有見過我老婆，我們最近接到綁架恐嚇，只好把她送到國外去。我不知道到底是怎麼回事，可是我覺得好像跟我們這一行有關，你懂吧？所以我就請了個傢伙去幫我查查看，他是職業的。我希望你能替我把話傳開，因為我感覺這些傢伙是玩真的，而且是那種殺人不眨眼的凶手。對啊，你說的沒錯，老兄，我們坐在這兒跟活靶一樣，家裡有這麼多現金，又不能去跟警方嚷嚷，不是最好的目標嗎？闖進我們家，什麼天殺的事都幹得出來……對！所以我叫你要小心，知道吧，耳朵眼睛都要放尖。還有，你覺得還有誰該提醒的，就把話傳出去。如果真有什麼鳥事發生，趕快打電話給我，老兄，知道了吧？好！」

他掛上電話，回頭看我。「我不知道，」他說，「他大概只覺得我老了，開始得妄想症了。『你為什麼送她出國，老兄？為什麼不去買條狗，雇個保鏢？』因為她已經死了，蠢人！可是我不想告訴他。如果風聲傳出去，一定會有麻煩。操！」

「怎麼了？」

「我怎麼跟法蘭欣的家人交代？每次電話鈴一響，我就怕是她哪個表姐妹打來的。她父母離婚了，母親搬回約旦，可是她父親還住在這區，布魯克林到處都有她的親戚。我怎麼跟他們講？」

「我不知道。」

「遲早我得告訴他們。現在我可以說她坐愛之船旅遊去了，或是這一類的。你猜他們會怎麼想？」

「婚姻亮起紅燈。」

「沒錯。我們才從奈古洛回來，她幹嘛又跑去坐愛之船？一定是小夫妻吵架了。隨便他們怎麼想吧，其實我們兩個從來沒有惡言相向過，從來沒有鬧過一天彆扭。老天！」他抓起電話筒，按了個號碼，等到訊號後再按下自己的號碼。掛斷後很不耐煩的在桌面上敲指頭，一等電話鈴響他便拿起來說：「嘿，老兄，近來如何？哦，真的嗎？媽的！嘿，是這樣的……」

5

我去參加聖保羅教堂八點三十分的聚會，路上曾經想到或許會在那兒遇到彼得．庫爾里；但是他並沒有出現。聚會結束後，我幫忙收椅子，然後跟一群人一起去火焰餐廳喝咖啡。不過我並沒有待太久，十一點的時候就已經到了西七十二街普根酒吧，因為在晚上九點到凌晨四點之間，通常都可以在這個地方找到丹尼男孩；不是這裡，就是另一個地方。其他時間呢，你永遠不會知道他在哪裡。

他的另一個窩是在阿姆斯特丹街上一家名叫「鵝媽媽之家」的爵士俱樂部。普根比較近，所以我先去試試。丹尼男孩果然坐在酒吧後面他的老位子上，很專心和一個尖下巴、癟鼻子的暗色皮膚黑人講話。那人戴了一副貼緊臉皮的面罩型太陽眼鏡，鏡片從外面看是鏡子，他穿一套粉藍色西裝，肩膀上的墊肩就連上帝或金牌拳擊手健身房也創造不出來，頭上歪戴一頂可可色小草帽，上面綁了條火鶴粉紅色帽帶。

我在酒吧邊點了一杯可樂，等他和丹尼男孩談完正事。五分鐘之後，他從椅子裡滑出來，抱了抱丹尼男孩的肩膀，開心大笑，然後往外走。我轉身在櫃檯上撿零錢，等我再回頭時，那人的位子已經被一位禿頭、留著小髭鬚、襯衫被肚皮繃得死緊的白人占了。剛才那個人我不認得，只是眼熟而已，但這一個我認得。他叫塞力格．伍夫，有幾座停車場，也賭運動比賽。很多年以前我曾經因為毆打傷害罪逮捕過他，可是原告後來決定撤銷告訴。

等伍夫走了，我拿著我的可樂去那兒坐下。「今晚很忙嘛。」我說。

「我知道，」丹尼男孩說，「拿個號碼坐下來等，簡直跟算命的一樣。看到你真好，馬修。其實剛才我就看見你了，可是我得先忍受伍夫，你一定認得他吧。」

「當然認得，可是我不認識另一個傢伙。他是替聯合黑人大學籌款的頭頭，對不對？」

「浪費頭腦是一種罪過，」他很嚴肅的說，「你居然以貌取人，浪費你的頭腦，真是可惜。那位男士身上穿的是裁縫界的經典作品，馬修，名叫阻特裝（譯註：zoot suit，流行於一九四〇年的華麗男性服飾。上衣肩寬而長、褲口窄）。阻特裝就是那樣，知道嗎？燕尾、俐落的褶子。我父親的衣櫥裡就掛了一套，他風騷年少的紀念品。每隔一段時候他就會拿出來威脅說要穿它，然後我媽就會翻她的白眼。」

「翻得好。」

「他名叫尼可森．詹姆士，」丹尼男孩說，「其實應該是詹姆士．尼可森，可是幾年前這個名字在所有法律文件上都被反過來，因為他覺得這樣比較有風格。你可以說這和他懷舊的穿著風格相得益彰。詹姆士先生是位皮條客。」

「難怪，我怎麼沒猜到呢？」

丹尼男孩替自己倒了些伏特加。他自己的穿著風格則是優雅的低調，手工暗色西裝和領帶，色彩大膽的紅黑花背心。他是個很矮很瘦弱的非裔白子——叫他黑人會非常荒謬，因為他一點也不黑。每天晚上都泡在酒吧裡，喜歡燈光暗、噪音指數低的地方。他比吸血鬼卓久勒伯爵更嚴守白天不出門的原則，天亮的時刻極少接電話或見客人。不過每個晚上都會在普根或鵝媽媽聆聽別人講話或告訴他們事情。

「伊蓮沒跟你在一起？」他說。

「今天晚上沒有。」

「代我問候她。」

「我會的，」我說，「我帶了東西給你，丹尼男孩。」

「哦？」

我貼著掌心遞給他兩張一百，他看了鈔票一眼，並沒有露白，然後眉毛抬高瞅我。

「我有一個很富有的雇主，」我說，「他要我搭計程車。」

「你要我替你叫一輛嗎？」

「不用，不過我覺得我應該把他的錢散一點出去。你只要替他傳個話便成。」

「什麼話？」

我把對外編好的故事講了一遍，但沒有提基南的名字。丹尼男孩聽著，時不時因專心而蹙眉。等我說完之後，他拿出一根菸，看了一秒鐘，又放回菸盒裡。

「有一個問題。」他說。

「問吧。」

「你雇主的太太出國了，照理說應該不會再有危險，所以他認為那幫人會把注意力轉移到別人身上。」

「沒錯。」

「他為什麼那麼關心？我很願意碰到熱心公益的毒販，像那票在奧勒岡種大麻，捐鉅款給『地球第一』、或『生態恐怖主義』之類組織的傢伙。我成長的時候也很喜歡羅賓漢。可是就算那幫壞人把別人的甜心抓走了，干你那位老兄啥事？壞人拿到贖金，只不過讓他的競爭對手現金周轉更不方便而已。就算他們搞砸了，再見嘛！只要他自己老婆不捲入其中……」

「老天爺，丹尼男孩，在我告訴你之前，這個故事聽起來簡直天衣無縫。」

「抱歉。」

「他老婆沒能出國。他們綁走她，把她殺了。」

「他不合作？沒有付贖金？」

「他付了四十，他們還是殺了她。」他睜大眼睛。「這只是說給你聽的，」我補充，「他沒報警，所以死了人這部分不能傳到街上。」

「我了解。這樣就比較能解釋他的動機了。他想報復。知道他們是誰嗎？」

「不知道。」

「可是你認為他們還會下手？」

「手氣順的時候為什麼要收手？」

「從來沒聽過。」他又替自己加了些伏特加。他常去的兩個地方都用冰桶替他裝伏特加。他喝的量極大，而且不怎麼經意，彷彿喝水似的。我不知道他把那些酒都往哪兒擱了，也不知道他的身體是怎麼處理的。

他說：「壞人有幾個？」

「至少三個。」

「三個人分四十萬。最近他們大概也常坐計程車吧，你說是不是？」

「我也那麼想。」

「所以說，如果有人最近到處丟銀子，這個情報應該很有用囉。」

「應該。」

「至於毒販這邊，尤其是做大筆交易的，應該讓他們知道他們有被綁架的危險。他們很可能會直接抓個毒販去，你覺得呢？不一定要女的。」

「這點我就不知道了。」

「怎麼說？」

「他們享受殺人的那部分，我覺得他們爽到了。我猜他們先滿足了性慾，虐待她，等新鮮感消失了，就殺了她。」

「屍體有被虐待的痕跡？」

「屍體送回來的時候分成二、三十塊，分開包裝。這個話也不能傳到街上，我本來不打算講的。」

「你不講還好。說真的，馬修，是我的想像力作怪，還是這個世界真愈變愈邪門了？」

「好像從來沒好過。」

「可不是嘛。你還記得『諧和輻聚理論』（Harmonic Convergence?）嗎？所有星球都像士兵一般排成直線？那不是『新世紀』開始的某種象徵嗎？」〔譯註：New Age，一九八〇年後，一種流行於美國，結合心靈與自我覺醒的信仰〕

「我可不會屏息等待。」

「人家都說黎明之前就是最黑暗的時刻。不過我懂你的意思，如果說殺人是為了得到快感，而且他們還要搞強姦和虐待，肯定不會挑個有啤酒肚、肥影子、屁股都鬆掉的毒販下手。這些傢伙不是同性戀？」

「不是。」

他想了一會兒。「他們一定還會下手，」他說。「贏得這麼得意，不可能就此罷手。不過我還是在想……」

「他們以前有沒有做過？我也在想這件事。」

「結果呢？」

「他們很俐落，」我說，「我有個感覺，他們練習過。」

8

第二天早餐過後的第一件事，便是走路去西五十四街的中城北區分局。喬．德肯正好在他位子上，而且突然稱讚起我的外表，讓我不知所措。「你最近穿衣服講究多了，」他說：「一定是那個女人的功勞，她叫伊蓮是不是？」

「沒錯。」

「嗯，我覺得她對你是個好影響。」

「我相信，」我說，「你到底在扯什麼淡啊？」

「我說那件外套很好看，沒別的。」

「這一件外套？至少十年了。」

「你以前從來沒穿過。」

「我常常穿。」

「不然就是那條領帶。」

「這一條領帶怎樣？」

「耶穌基督！」他說，「有沒有人說過你他媽的很難搞欸。我說你看起來很帥，下一分鐘他媽的就推我上證人席了。我們重新來過怎樣？『哈囉，馬修，看到你真高興。你看起來像團屎，請坐。』好一點了吧？」

「好多了。」

「我很高興。坐吧，什麼風把你吹來了？」

「我突然有股衝動，想犯重罪。」

「我很清楚這種感覺，很少有哪一天我沒有這股衝動的。想犯哪條特別的罪啊？」

「我在考慮一條丁級重罪。」

「這個，我們多得很。非法持有偽造設備是丁級重罪，你可能每分鐘都會觸犯。你口袋裡有沒有筆啊？」

「兩枝鋼筆、一枝鉛筆。」

「哇，看來我最好宣讀一下你的權利，然後逮捕你，給你印指紋。不過我猜這大概不是你心裡想的丁級重罪。」

我搖搖頭，「我想違反刑法第二〇〇·〇〇條。」

「二〇〇·〇〇。你是要我去查，對不對？」

「有何不可？」

他瞪我一眼，伸手拿來一本黑色的百頁紙夾，翻了翻。「這個號碼很熟，」他說，「噢，在這裡。『二〇〇·〇〇。三級賄賂。觸犯三級賄賂罪行者，為協議、或提議、或同意協議給予任一公職人員任何好處，明知該公職人員之投票、公民意見、判斷行為及決定，或行使公職人員職責之辨別能力將因之受到影響者。三級賄賂為丁級重罪。』」他繼續默唸了一陣子，然後說：「你確定你不想違反第二〇〇・〇三條？」

「那是什麼？」

「二級賄賂，跟另一條一樣，只不過屬於丙級重罪。要符合二級賄賂，你協議或同意協議的好處，老天，你不覺得他們寫這些東西用字很妙嗎？從中獲得的好處得要超過一萬美元才行。」

「哦，」我說，「我想丁級就已經是我的上限了。」

「我就怕這個。在你犯下丁級重罪之前，我可不可以問你一件事，你幹這行多久了？」

「好一陣子了。」

「那你怎麼還會記得重罪等級，更別提號碼了？」

「我的記性就那麼好。」

「狗屁。他們每年都在修訂這些號碼，前一陣子還把半本書整個改過，我只想知道你是怎麼辦到的？」

「你真想知道？」

「對。」

「剛才上來以前我在安卓提的桌上查的。」

「就是想整我，對不對？」

「得讓你保持警覺嘛。」

「都是為我好。」

「那當然，」我說。之前我就準備好了一張鈔票放在外套口袋裡，這時我把鈔票貼著掌心塞進他放香菸的口袋裡。德肯隔一陣子就會發誓戒菸，那時他就會抽伸手牌。「去買套西裝穿。」我對他說。

辦公室裡只有我們兩人，所以他把鈔票拿出來檢查。「這種行話得改改了。以前一頂帽子二十五塊，一套西裝一百。我不知道這年頭一頂像樣的帽子要多少錢，我也記不得上一次買帽子是什麼時候了。但我知道除非去廉價二手貨店裡找，否則一百塊是買不到一套西裝的。『這裡是一百塊，帶你老婆去吃頓晚餐。』這是幹嘛？」

「幫我一個忙。」

「噢？」

「我讀到過一個案子，」我說，「大概是六個月以前吧，也可能已經一年了。兩個男人把一個女人從街上抓走，架著她上了一輛貨車。幾天之後她在公園裡出現。」

「我猜已經死了。」

「死了。」

「『警方懷疑他殺。』我好像不記得。不是我辦的案子吧？」

「根本不是曼哈頓的。我記得她是被丟在皇后區一個高爾夫球場裡，不過也可能在布魯克林。當時我沒特別注意，只不過是在喝第二杯咖啡的時候隨便翻到的。」

「你現在想幹什麼呢？」

「我希望能更新我的記憶力。」

他盯著我瞧。「你現在手頭很鬆嘛。能去圖書館查的東西，為什麼要捐給我當置裝費？你可以去查《紐約時報》索引啊？」

「從哪裡查起？我不知道是在何時何地發生，也不知道任何名字。我得把去年每一份報都溜一遍，而且我也不記得是在哪一家報紙上看到的。也許根本沒上《紐約時報》。」

「如果我打兩個電話就省事多了。」

「我就是這麼想。」

「你為什麼不出去散個步？喝杯咖啡，到第八大道上的希臘餐廳占個位子，我大概半個鐘頭後會過去，請自己喝杯咖啡，吃塊丹麥酥餅。」

四十分鐘後他走到第八大道和五十三街那家餐廳我的桌子前。「一年多前，」他說：「一個叫瑪莉・戈茲凱恩的女人。這是個什麼姓，上帝是仁慈的？」〔譯註：Gotteskind音似God is Kind〕

「我想它的意思是『上帝的兒女』。」

「這樣好多了，因為上帝對瑪莉一點都不仁慈。據報導她是在光天化日下在伍德海芬牙買加大道上買東西時遭到挾持的。兩個男人帶著她開一輛貨車跑了，三天之後，幾個小孩走路穿過森林公園高爾夫球場，撞見她的屍體。性侵害、多處刀傷。一〇四先拿到這個案子，等到辨認出屍體之後就丟還給一〇二，因為綁架案是在那裡發生的。」

「他們有沒有辦出個頭緒？」

他搖搖頭，「我找的那個傢伙對這件案子記憶猶新，一、兩個星期內，附近的人都心有餘悸，一個正派的女人好端端在街上走，兩個小丑就這樣把她抓走了，跟被閃電打到沒兩樣，你懂我的意思吧？如果這種事會發生在她身上，那任何人都有可能碰到，連在自己家裡都不安全。居民害怕同樣的事還會發生，被人抓到車子裡輪暴，又是椿連續殺人事件。洛杉磯出的那件事叫什麼來著，後來拍成迷你影集的？」

「我不知道。」

「兩個義大利男人，好像是表兄弟。他們專找妓女，事後把她們丟在山上。『山麓絞人狂』，對了！其實應該說是『絞人狂們』。不過媒體大概是在還不知道凶手有幾個之前就給那個案子取了這麼個聳動的名字吧。」

「伍德海芬那個女的呢？」我說。

「哦，對。他們怕她會是連續殺人案的第一個受害者，可是後來並沒有人繼續受害，所以大家也就放心了。他們還是滿認真在辦這件案子，可是一點眉目都沒有。現在變成一樁懸案，他們覺得唯一可能破案的方法，就是那些變態再幹一票。他問我們是不是碰到相關的案子，有嗎？」

「沒有。那女人的丈夫是幹什麼的，你有沒有注意？」

「她好像沒有結婚，是個老師，為什麼？」

「她一個人住？」

「有差別嗎？」

「我很想看看那份檔案，喬。」

「你想啊？那你為什麼不坐車去一〇二叫他們拿給你看。」

「我看行不通。」

「你覺得行不通？你是說這個城裡還有不願為了幫私家偵探的忙而逾矩的警察嗎？老天，我真是太震驚了。」

「我會很感激的。」

「打一兩個電話是一回事，」他說，「我不必明目張膽去觸犯警局的規矩，在皇后區上班的那個傢伙也沒這麼做。現在你要我洩露機密文件，那份檔案是不能離開他們辦公室的。」

「不必離開嘛。他只要花五分鐘傳真一下就好了。」

「整個檔案你都要？全部的刑事調查過程？檔案至少有二、三十張紙。」

「警局應該付得起傳真費。」

「我不知道，」他說，「市長一直跟大家講紐約市快破產了。你到底為什麼對這個案子這麼感興趣？」

「我不能講。」

「老天爺！馬修，你還真會單向交流？」

「事關機密。」

「真的，幹！這事兒是機密，可是警局的檔案就是公開的，對不對？」他點了一根菸，開始咳嗽。然後說：「這件事應該跟你某位朋友沒有關係吧？」

「我不懂。」

「你的死黨，巴魯。這件事跟他有關嗎？」

「當然沒有。」

「你確定？」

「他現在不在國內，」我說，「他已經出國一個月了，不知道什麼時候才會回來。而且他從來沒有強暴女人，再把她們丟在大馬路中間的嗜好。」

「我知道，他是個紳士，別人打高爾夫球揮桿打破的草皮，他都會去補好。他們想弄個組織犯罪罪名整垮他，不過我想你大概已經知道了。」

「我聽到一些消息。」

「我希望他們成功，送他進聯邦監獄去蹲個二十年，不過你大概不這麼想。」

「他是我的朋友。」

「我也這麼聽說。」

「總而言之，他跟這件事一點關係都沒有。」他只是盯著我瞧。我說：「我有個雇主老婆不見了，手法看起來跟伍德海芬那樁案子很類似。」

「她也被挾持？」

「好像是。」

「他報案了？」

「沒有。」

「為什麼不報？」

「大概有他的理由吧。」

「這樣還不夠，馬修。」

「如果說他非法住在美國呢？」

「這個城市有一半人口都是非法。你以為我們接到綁架案會怎麼處理，馬上就把受害者交給移民局嗎？這個傢伙到底是誰？他拿不出綠卡，卻有錢請私家偵探？我一聽就覺得他有問題。」

「隨便你怎麼說。」

「隨便我怎麼說是吧？」他按熄香菸，朝我皺眉頭，「女人死了？」

「愈來愈像了。如果真是同一幫人……」

「對，但為什麼會是同一幫人呢？其中關聯在哪裡，綁架的手法？」我什麼都沒說，他拿起帳單瞧了一眼，隔著桌子丟給我。「拿去，」他說，「你請客。你的號碼沒變是吧？今天下午我會打電話給你。」

「謝了，喬。」

「別謝我。我得回去想想這件事會不會陰魂不散跑回來找我。如果我覺得不會，才會打電話給你，否則免談。」

8

我去參加法爾賽中午的聚會，然後回我房間。德肯沒有下文，可是電話口信上說阿傑找我；就這樣——沒有留電話號碼，沒有繼續打來。我把口信揉綯丟了。

阿傑是我一年半前在時代廣場上遇見的一個十幾歲的黑人男孩。那是他混街頭時用的名字，倘若他還有別的名字，他可沒告訴別人。我覺得他很有生氣、俏皮、目中無人，在四十二街那個惡臭的沼澤裡宛如一陣清風，我們兩人一見如故。後來辦一件和時代廣場有關的案子時，我讓他做些無關緊要的跑腿工作，從此他便不定時與我保持聯絡。每隔一兩個星期我便會接到他打來的一個或一連串電話。他從來不留電話號碼，我無法和他聯絡，他的口信只是告訴我他想到我了。如果他真的想找我，就會一直打，直到碰到我在家為止。

一旦他找到我了，我們經常會聊到他把零錢都投光為止，有時候我們也會在他的或我的區域裡見個面，請他吃頓飯。他參與我辦的那兩件案子時，似乎非常熱中，幹得很開心，我付他那一點小錢絕對不是理由。

我進房間打電話給伊蓮。「丹尼男孩向你說哈囉，」我說，「還有喬·德肯說你對我是個好影響。」

「那是當然，」她說，「可是他怎麼知道呢？」

「他說我自從和你交往之後比較懂得怎麼穿衣服了。」

「我就跟你講那套新西裝好看。」

「我又沒穿那一套。」

「哦。」

「我穿我的便服外套，幾百年前就有的那件。」

「不過還是很好看啊。配灰褲子是不是？哪件襯衫，哪條領帶呢？」我告訴她。她說：「那樣搭配不錯。」

「很普通嘛。昨晚我看到一套祖特裝。」

「真的？」

「燕尾，俐落的褶子；丹尼男孩說的。」

「丹尼男孩沒穿祖特裝吧！」

「不是，是他朋友，叫做……他叫什麼並不重要。他還戴了一頂綁著亮粉紅色帽帶的草帽。如果我穿那樣去德肯的辦公室——」

「才會讓他心服口服咧。或許是你的姿勢，甜心，或許德肯感覺到你的態度不同了。現在你穿衣服比較有權威感。」

「因為我的心是純潔的。」

「肯定是。」

我們又胡扯了一陣子。那天晚上她有課，我們本來想等她上完課後見面，後來決定作罷。「明天比較好，」她說，「或許去看場電影如何？只不過我最討厭週末上電影院，好看的全擠死人了。我知道，下午去看電影，然後晚上吃飯，就看你要不要工作。」我說這個主意很好。

掛斷之後，樓下櫃檯打電話上來，告訴我剛才我和伊蓮講話的時候有另一個電話進來。自從我搬進西北旅館之後，他們改了好幾次電話系統。本來每一通電話都得經過接線總機，改了之後可以直撥，可是所有撥進來的電話還是得經過總機。現在我有一支可以直接撥出或接收的電話線，可是如果我在電話鈴響第四聲後仍然沒接的話，那通電話就會轉到樓下去。我的電話費是付給奈拿克斯電信公司（NYNEX），旅館並不多收費用，但我卻能免費享受電話答錄服務。

那通電話是德肯打來的，我馬上打給他。「你有東西忘在這裡了，」他說，「你是要過來拿呢，還是要我丟掉？」

我說我立刻過去。

我進刑事組辦公室時他正在講電話。他把椅子往後翹，嘴裡抽一根菸，菸灰缸裡還點著另一根。旁邊的桌子前面坐了一位姓巴勒米的警官，正從眼鏡上方盯著自己的電腦螢幕瞧。

喬用手壓著話筒說：「那個信封好像是你的，上面寫了你的名字。早上你過來的時候忘在這兒的。」

他沒等我答覆，又回去講他的電話。我伸手越過他的肩膀拿起一個九乘十二、上面寫了我名字的牛皮紙袋。巴勒米在我身後對電腦說：「唉，你他媽的根本沒道理嘛。」

我沒跟他爭。

6

回房之後我在床上展開捲成一束的傳真紙。顯然他們把整個檔案都傳過來了，總共三十六張。有些頁數上只有寥寥幾行字，有些卻擠滿密密麻麻的資料。

整理時，我突然想到這情況和我當警察的時候多麼不同。那時我們沒有影印機，遑論傳真機。想看瑪莉．戈茲凱恩的檔案，唯一的法子便是拖著腳步逛到皇后區去，當場快速瀏覽一遍，肯定還有另一個毛毛躁躁的警察在你肩膀後面拚命催你。

現在你只消把東西全往傳真機裡餵便成，它就像變魔術似的，在五或十哩外的地方——甚至地球的另一端——重新出現，檔案正本從未離開存放的地方，沒有任何人未經授權溜進去偷瞄過，所以大家都不必為了安全疏失罪而繃緊神經。

而我也有充裕的時間仔細閱讀戈茲凱恩的檔案。

這樣最好，因為我還不知道我到底想找什麼。從我離開警局之後，唯一沒有改變的事實便是辦案時的公文浩繁。不論當什麼樣的警察，真正做事的時間遠比花在建立紙上記錄、描述你做了什麼的時間少得多。一部分原因是普遍存在的無聊官僚制度，另一部分原因則是大家打太極，到時候好方便推卸責任。不過大部分公文都是不可避免的，警方辦案是一項群策群力的工作，最簡單的調查亦得由不同人員分擔，若不把它全寫下來，可能沒有一個人知道到底查得怎麼樣了。

我先整個看一遍，看完之後再回頭抽出幾張重讀一次。有一件事變得極為明顯，那就是戈茲凱恩擄人案和法蘭欣．庫爾里在布魯克林被綁事件出奇類似。我將相似點做了以下筆記：

1. 兩個女人都在商業區街道上遭到挾持。
2. 兩個女人都在停車附近步行購物。
3. 兩人都被兩名男子架走。
4. 兩次事件中，目擊者描述綁匪身高體重皆相似，且穿著一致。擄走戈茲凱恩的人都穿卡其褲及深藍色風衣。
5. 兩個女人都被貨車載走。幾位目擊者描述伍德海芬那輛貨車為淡藍色箱形車。其中一位特別強調是福特廠牌，並提供部分車牌號碼，但該線索並沒有導向任何結果。
6. 幾位目擊者皆認為貨車車身漆有某家電用品公司行號字樣，有人說是PJ家電，有人說B&J家電，還有其他說法。第二行寫著「經銷服務」。沒有地址，但目擊者聲稱有電話號碼，但沒有人能確定。經徹底調查後，確定與該區無數間家電用品經銷及服務公司無關，結論顯示車身上的公司名稱與車牌號碼皆係偽造。
7. 瑪莉．戈茲凱恩二十八歲，紐約市立小學代課老師。包括被挾持當天，共在瑞吉伍德小學擔任了三天四年級的代課老師。她身高與法蘭欣．庫爾里差不多，體重相差不過數磅。金髮，淡色皮膚；而法蘭欣・庫爾里則為黑髮，橄欖色皮膚。檔案裡沒有她的照片，只有在森林公園內拍到的現場照片，但根據認識她的人的證詞，她看起來相當吸引人。

也有不同的地方。瑪莉・戈茲凱恩未婚。她和上一次代課的學校裡一位男老師約會過幾次，但關係並未發展密切，他在她死亡時間的不在場證明亦無懈可擊。

瑪莉和父母住在一起，父親曾是蒸汽機拼裝員，後來因公受傷，在家支領傷殘撫恤金並經營小型郵購生意。母親幫忙經營，同時替鄰近幾家企業擔任兼職記帳員。瑪莉本身及其父母看起來都和地下毒品世界毫無關聯。他們也不是阿拉伯人，或腓尼基人。

驗屍部分當然非常詳盡，報告上也記了很多細節。死因為胸部及下腹部多處刀傷，其中有數刀皆為致命傷。有重複強暴的跡象，肛門、陰道、口腔及一處刀傷內皆有男性精子採樣。法醫檢驗報告顯示凶刀至少有兩把，而且兩把都可能是菜刀，其中一把的刀鋒比較長，也較寬。精子化驗分析顯示至少有兩名行凶者。

除刀傷外，裸露的屍體上並有多處瘀傷，顯示受害者曾經遭受毆打。

最後，有一件事我在讀第一遍的時候沒注意，驗屍報告提示一項資料，死者左手上的拇指及食指遭到切除。兩根指頭後來尋獲，食指在她陰道中，拇指在她直腸裡。

真逗！

∞

讀那份檔案令我感覺痲痹、反應遲鈍，也許這正是我第一次讀時錯過拇指和食指細節的原因。那名女子的驗屍報告和它逼使我對她最後時刻的想像，皆非正常人心智所願意承受的。檔案裡其他記錄，好比跟她父母及同事的訪談，描繪出一個活生生的瑪莉．戈茲凱恩，而驗屍報告卻把這個活生生的人，變成一堆曾經遭受了可怕摧殘的死肉。

我坐在那兒，像是被剛才讀過的東西抽乾了精力，這會兒電話響了。接聽之後一個我熟悉的聲音說：「怎麼樣，馬修？」

「嘿，阿傑。」

「你好不好？哇，你可真難找欸。永遠不在家，到處跑，忙得很。」

「我收到你的留話了，可是你沒留電話號碼。」

「我沒號碼可留。我要是個毒販，可能還有個呼叫器，那樣你會比較高興嗎？」

「如果你是毒販，你就會帶大哥大了。」

「這還差不多。給我一輛長長的車，裡面有裝電話的，我就坐在裡面想那些長長的想法，做些長長的事。大哥，不是蓋的，你好難找欸！」

「你打了不只一次吧，阿傑？我只收到一個口信。」

「這個嘛，我不太喜歡浪費二毛五的銅板。」

「怎麼說？」

「你知道，我把你的電話摸清楚了。跟答錄機一樣，響三四聲就會自動接。櫃檯後面那傢伙每次都在你的電話響四聲後插進來。你那裡就一個房間大，響三聲以前一定可以拿起電話，除非你在廁所。」

「所以你每次響三聲就掛斷。」

「還可以把我的銅板拿回來，除非我想留話。想留話留一次就好啦，幹嘛再留？回家以後看到一大堆口信，你心裡一定想：『這個阿傑，肯定是撬了停車計時收費器，身上太多銅板，不知道該怎麼辦！』」

我笑了。

「你有工作？」

「猜對了。」

「好康的？」

「挺好的。」

「有沒有阿傑的份？」

「目前還沒有。」

「大哥，你沒有仔細看嘛！一定有我可以做的事，這樣才可以把拚命打電話給你用掉的銅板補回來啊。到底是什麼樣的工作？沒有跟黑手黨對上吧？」

「恐怕沒有。」

「我很高興，因為那些貓夠嗆。你看過《四海好傢伙》吧？大哥，他們夠壞了。噢，討厭，我的銅板用完了。」

一個錄音插進來，要求投幣，每分鐘五分錢。

我說：「把電話號碼給我，我打給你。」

「不行。」

「就是你現在用的電話號碼。」

「不行，」他又說了一遍。「上面沒號碼。他們把公用電話上的號碼全塗掉了，免得玩家靠它們聯絡。沒問題，我有零錢。」他丟了一個硬幣，電話響了一聲。「毒販呢，還是曉得號碼，不管電話上面有沒有，生意還是照做，只有像你這樣的人想打電話給像我這樣的人的時候，才傷腦筋啦。」

「這個制度很棒。」

「酷！我們還是在講話啊，對不對？沒有人能阻止我們做我們想做的事，那只會逼我們變得更有辦法。」

「再投一個銅板就是你的辦法。」

「沒錯，馬修。我就來運用我的辦法，這就叫做『有辦法』。」

「明天你要去哪裡，阿傑？」

「去哪裡？噢，我不知道欸。也許我會搭協和超音速噴射客機飛去巴黎，現在沒決定。」我突然想到他可以用我的機票飛去愛爾蘭，可是他大概沒有護照。而且我看愛爾蘭大概還不適合他，他大概也還不適合愛爾蘭。「我明天呢，」他很嚴肅的說，「會在他媽的丟斯，老兄！我還能去哪裡？」

「我們可以一起吃個飯。」

「什麼時候？」

「都可以啊，十二點，十二點半？」

「到底幾點？」

「十二點半。」

「中午十二點半還是晚上十二點半？」

「中午，我們吃中飯。」

「中午、晚上，什麼時候不能吃午飯啊？」他說：「你要我去你旅館嗎？」

「不必，」我說，「因為我很可能會取消，又沒辦法通知你，我不想放你鴿子。你在丟斯挑個地方，我要是沒出現，咱們可以再約時間。」

「酷！」他說：「你知道那家錄影器材大賣場吧？往上城去的那一邊，離第八大道轉角兩三家店？有一家櫥窗裡放把瑞士刀的店，大哥，我真不知道他們是怎麼過關的——」

「他們還一套一套賣咧。」

「對，而且他們還用它做智商測驗。不能組合？回去重念小學一年級！你知道我在講哪家店吧？」

「當然知道。」

「隔壁就是地鐵入口，不要一直下到樓梯底，旁邊就是錄影機賣場大門。你知道我在說哪裡吧？」

「我有個預感可以找得到。」

「你說十二點半？」

「一言為定，司令！」

「嘿，」他說，「你知道嗎？你有學到哦！」

∞

和阿傑講完電話之後我感覺好過很多，通常他對我都有那種效果。我把我們的午餐約會記下，然後再一次拾起戈茲凱恩的檔案。

凶手是同一幫人。肯定是！兩件案子做案手法相似處太多，不可能是巧合。而拇指與食指的切除與插入，更像是他們對法蘭欣．庫爾里進行大規模屠宰的預演。

但是，這段時間他們又在做什麼呢？躲起來冬眠嗎？一年都不動聲色？

看起來不太可能。與性暴力有關的案件——連續強姦、強暴殺人——似乎都是種癮，就像一種強力毒品，能夠暫時讓你從自我的牢獄中得到解脫。殺死瑪莉．戈茲凱恩的凶手幹下一樁排練完美的擄人案，一年之後又重新上演一遍，只做了些小小的改變，當然還加上貪圖暴利的動機。為什麼等這麼久？中間他們在幹什麼？

是否還有其他的綁架案，卻沒有人把它們和戈茲凱恩案件聯想在一起？很有可能。現在紐約市五個區的謀殺加起來每天超過七樁，很多媒體都懶得多做報導。不過，如果敢在一大堆目擊證人眼前從大街上擄走一個女人，還是會上報的。只要警方懸案記錄裡有類似案件，你就很有可能會耳聞，到時必然會把兩件案子聯想在一起。

不過換個角度來看，法蘭欣．庫爾里也是當著大街上很多目擊者前被擄走的，而報社和一一二求救中心（譯註：類似台灣一一九報案電話）裡卻沒有一個人接到通報。

或許他們真的一年都沒有行動，或許其中一個人、甚至不只一個人一年大部分時間都在牢裡，或許嗜好強姦殺人導引他們犯下更可怕的罪行，像是開空頭支票！

也可能他們一直都很活躍，卻一直沒有引起任何注意。

不論是哪一種情況，現在我都可以確定我先前的一項疑點。他們曾經做過同樣的事：就算不為圖利，也為了快感。這麼一來，找到他們的機率便提高了許多，但同時，這件事的危險性也提高很多。

因為他們還會再犯！

7

星期五早上我待在圖書館裡，然後走到四十二街的錄影器材大賣場和阿傑見面。我們先一塊兒觀賞一個梳著馬尾、留一道稀疏金黃小鬍鬚的小鬼玩一個叫做「原地不動!!」的電玩遊戲，創下最高分紀錄。遊戲的主題也和大部分電玩遊戲一樣——宇宙中隱藏著各種充滿敵意的力量，隨時可能在毫無警示的情況下撲向你，決意傷害你。倘若你反應快，或許可以存活一時，但遲早你會被某種力量毀滅……凡此種種。這點我不想爭論。

男孩終於死了之後我們才離開。到了街上阿傑告訴我那個小鬼叫「襪子」，因為他腳上的襪子永遠不成對；我倒沒注意。阿傑說襪子大概是丟斯一帶的第一把交椅，通常只靠一個銅板，就能玩上個把小時。當然還有比他更強的高手，但那些人都不太在江湖上露面了。一時之間，我的腦海裡突然浮出一個畫面——前所未聞的連續謀殺動機：電動玩具遊戲高手一一遭到丟斯業主殺害，因後者不滿蝕本!但其實這不是原因，阿傑解釋，一旦玩到某種境界，再也沒辦法進步，便會喪失興趣。

我們去第九大道一家墨西哥餐廳吃午餐，他想聽我最近到底在辦什麼案子。雖然很多細節我都沒提，但後來可能還是說了很多原本不想告訴他的內情。

「你知道你需要什麼嗎?」他說:「你需要我替你工作。」

「做什麼?」

「隨便你講啊!你可不想整個紐約市亂跑吧,看看這個,查查那個。你其實想派我去。你不認為我可以做調查工作?大哥,我每天在丟斯晃,就是在做調查工作欸!那是我的拿手絕活!」

8

「所以我就給他點事去做。」我告訴伊蓮。我們約在第三大道的男爵戲院見面,趕一場四點的電影,然後去一家她聽說賣英國下午茶、附牛油鬆糕加團奶油的新地方。「之前他曾經提到一件事,提醒我那也是有待調查的事項之一,所以我覺得可以雇用他去替我調查。」

「什麼事?」

「公用電話,」我說,「基南和他哥哥送贖金的時候,對方叫他們去公用電話亭等。他們在那兒接到一通電話,對方又叫他們去另一個電話亭等。到了那邊,對方打電話來叫他們把錢留下,人走開。」

「我記得。」

「昨天阿傑打電話給我,我們講到他銅板用完了,我本來想打給他,可是辦不到,因為他打來的那個公用電話上沒有號碼。今天早上我去圖書館之前四處轉了一下,發現大部分的電話都沒有號碼。」

「你是說那一條東西不見啦？我知道紐約人什麼玩意兒都偷，不過偷那個太蠢了吧。」

「是電話公司把它們撕掉的，」我說，「遏阻毒販。毒販都用公用電話打呼叫器彼此聯絡，這你也知道。現在他們不能這麼做了。」

「難怪現在毒販都沒生意做。」她說。

「從報上看日子還不錯。總之，我想到布魯克林的那兩個公用電話，我想知道它們的號碼還在不在。」

「有什麼差別？」

「我不知道，」我說，「大概差一點點，或根本沒差別，所以我才沒自己跑去看。不過查到個結果也無傷，所以我給了阿傑幾塊錢，派他去布魯克林。」

「他認得布魯克林的路嗎？」

「等他回來的時候就認得了。第一個公用電話離平林IRT線地鐵最後一站只有幾條街，應該很好找。至於他怎麼去退伍軍人大道，我就不知道了。大概得從平林搭公車去，再走一段很長的路吧。」

「那是什麼樣的區域？」

「我和庫爾里兄弟開車經過的時候，看起來還可以，我沒特別注意。基本上好像是個藍領階級白人區。怎麼啦？」

「你是說像本森丘或霍華灘?阿傑去那兒不會太顯眼了嗎?」

「這我連想都沒想過。」

「布魯克林還有很多區域看到黑人小孩在街上走會有怪異反應,即使這個黑人小孩打扮保守,只穿一雙大高統球鞋和突擊者隊的夾克。我猜他還剪了個怪髮型。」

「他脖子後面剃了一個幾何圖案。」

「我就知道。但願他能活著回來。」

「他不會有事的。」

晚上她突然說:「馬修,你只是想找點事給他做,對不對?我是說阿傑。」

「不,他省了我跑一趟,否則遲早我得自己去,或叫庫爾里兄弟開車送我去。」

「為什麼?你為什麼不能用你以前當警察的那一招,從接線生嘴裡套出來?或是去查對號電話簿?」

「你得先知道號碼才能查對號電話簿。對號電話簿依照號碼順序排列,你去查一個號碼,後面就會告訴你地址在哪裡。」

「噢。」

「不過的確是有一本專門列出公用電話地址的電話簿。而且你說得沒錯,我是可以打電話找接線生,騙她說我是警官,叫她告訴我某個電話的號碼。」

「所以你就是在照顧阿傑嘛。」

「照顧？根據你先前的說法，我是叫他去送死。不，我不只在照顧他而已。查電話簿和騙接線生都只能查出公用電話的號碼，卻不能告訴我電話上面的號碼到底還在不在，那才是我想知道的事。」

「哦，」她說，過了幾分鐘後又問：「為什麼？」

「為什麼不呢？」

「你為什麼要這麼在意電話上面的號碼到底還在不在？有什麼差別？」

「我不知道這其中是否有差別，可是綁匪怎麼知道打到哪個號碼。如果電話上面都有號碼，那就不稀奇了；可是如果上面沒有號碼，他們又是怎麼知道的呢？」

「騙接線生或是查對號電話簿嘛。」

「那就表示他們懂得怎麼騙接線生，或是知道去哪裡找公用電話的電話簿。我不知道這代表什麼，或許毫無意義。也許我之所以想查出這個答案，是因為關於電話，我能想到的只有這一點。」

「怎麼說？」

「我一直覺得很納悶，」我說，「我派阿傑去查的事其實沒有他幫忙也很容易查出來。昨晚我一整夜都睡不著，我突然想到唯一能和綁匪聯絡的方法，就是打電話。那是他們留下唯一的線索。綁架過程本身毫無漏洞。看到他們的人不少，看到他們在牙買加大道上綁走那位女老師的人更多，可是他們卻沒有留下任何可以定罪的痕跡。不過他們倒是打了幾通電話。打到灣脊庫爾里家的就有四五通。」

「你沒辦法查吧？電話早就切了。」

「應該有辦法查的，」我說，「昨天我打了一個多鐘頭的電話，跟各大電話公司的服務代表談，騙到了不少關於電話的學問。你打的每一通電話都登記有案。」

「連本地電話也一樣？」

「嗯，所以他們才知道你在每一個不同收費標準時段裡，各使用了多少訊號單位。收電話費不像抄瓦斯錶，只要抄到用掉的總度數就可以了。你打每一通電話都會被記錄下來，算在你帳上。」

「這些數據資料他們會保留多久？」

「六十天。」

「所以你可以去弄張清單——」

「列出從同一個電話號碼打出去的電話，他們的清單是這樣列的。比方說我是基南．庫爾里，我打電話去，說我想知道在某一天內，從我的電話打出了多少通電話，他們就能列印出一張單子，上面有日期，和我打的每一通電話的時間和長度。」

「可是這不是你要的資料。」

「對。我要的，是每一個打去給庫爾里的電話資料。但他們不這樣記錄，因為這樣做沒有意義。他們的科技可以在你還沒拿起話筒之前，就告訴你是誰打給你的，也可以在你的電話上裝一個小液晶顯示裝置，顯示對方電話號碼，讓你決定要不要接。」

「這種裝置還沒上市吧？」

「紐約還沒有，爭議性太大。或許這個裝置可以減少很多騷擾電話，或是讓那些專愛打騷擾電話的人去喝西北風，可是警方擔心一旦通行，就沒人敢打匿名電話通風報信了，因為匿不了名。」

「如果現在就有這種裝置，而且庫爾里也裝了——」

「那麼我們就會知道綁匪是從哪幾個電話打來的。他們可能會用公用電話，因為從各方面看來他們都是職業作風，不過至少我們會知道是從哪一支公用電話打來的。」

「這點很重要嗎？」

「不知道，」我坦承，「我不知道什麼情報才算重要。不過有什麼差別呢？反正我也弄不到。我老覺得既然每個電話在電腦裡都有記錄，就應該有法子依照接收的那支電話整理出一張清單。可是跟我談過的人都說不可能。他們不是這樣存檔的，所以沒辦法這樣叫出來。」

「我對電腦一竅不通。」

「我也是，那玩意兒搞死人了。我跟他們談，結果他們用的字眼我一半以上都聽不懂。」

「我懂你意思，」她說，「我們一起看足球時我就有那種感覺。」

晚上我睡在她那兒，早上趁著她上健身房時，我用了她不少訊號單位。我打給很多警員，扯了很多謊。

我多半自稱是記者，正在替一家真實犯罪故事雜誌整理一篇綁票案的報導。很多警察對我無話可說，或是忙得沒時間說話，也有不少人樂意合作，但只想談些八百年前的案子，或是一些綁匪特別蠢、警方破得特別漂亮的案子。但我想聽的是——問題就在這裡，我也不知道自己到底想聽什麼。我是在釣魚。

最理想的情況是，我可以釣到一條活的，某人曾遭到綁架，而且倖存下來。我可以想像他們是一步一步晉升到謀殺，先是試探、練習，可能單獨犯案，也可能集體犯案，不過卻將受害者釋放，或是受害者自己逃脫了。當然，假設有這樣的女人存在和真正找到她之間，自有天壤之別。

要想找到生還的證人，假裝是自由記者的幌子不怎麼行得通。對於保護強暴案受害者，咱們的司法系統還算完善——至少在上法庭以前是如此，上了法庭就不同了，辯方律師可以當著上帝和眾人的面，再重新對她們施暴一遍。但此刻在電話中，沒有任何人會透露受害者姓名。

於是我將目標轉向性犯罪小組，身分又變回私家偵探：馬修．史卡德，受雇於某電影製作人，他正在拍攝一部關於綁架與強暴的週末電視影集。爭取到擔任女主角的女演員（目前我無權洩露她的姓名），渴望能對該角色進行深度研習，尤其想與真正有過類似不幸經驗的女性面對面交流。基本上，女主角除了不願親身遭遇之外，什麼細節都想知道。願意協助她的女性將依照其意願，受聘擔任技術顧問，或在影片前後列名感謝。

我自然不要求索取姓名及電話號碼，也不會逕自主動聯絡。我希望該小組某位人員，如曾擔任過這樣一位受害者的心理輔導工作，或許能夠代為聯絡。我解釋道，在我們的劇本裡的受害者，遭到兩名有虐待狂的強暴犯挾持，進入一輛貨車，受到凌虐，以及被威脅將受到極大的生理傷害，尤其是被切除肢體。當然，若能找到和我們的虛構人物有同樣經歷的女性是最理想不過，而這位女性又願意協助我們，同時藉此過程為未來可能遭遇類似經驗的女性有些微貢獻，或給予已經歷經類似經驗的女性一次滌清、甚至治療的機會，即請她出面指導我們的好萊塢女星演出一個可能成為經典的角色——

這個故事的效果出奇得好。即使在像紐約這樣大街小巷隨處可見電影攝影小組作業的城市，一提到電影工業，似乎仍能立刻捕捉人們的注意力。「只要對方有興趣，請她打電話給我，」最後我把名字及電話號碼留下。「她們不必提供真名，整個過程都可以選擇匿名參與。」

伊蓮走進來的時候，我正準備結束和曼哈頓性犯罪小組一位女警員的談話。她等我掛了電話之後說：「你怎麼可能在旅館接聽這些電話？你從來不在那兒。」

「櫃檯會幫我留話。」

「留那些不想留姓名和電話號碼的人的話？聽著，你乾脆把我的電話號碼給他們吧。我通常都在家，就算我不在，至少她們打來的時候，接電話的錄音是個女人的聲音。我做你的助理，幫你篩選那些願意留下姓名和電話號碼的人，有什麼不好？」

「沒什麼不好，」我說，「你確定你想這麼做？」

「當然。」

「那我太高興了。我剛才打的是曼哈頓小組，之前還打過布朗克斯區。本來想把布魯克林和皇后區留到最後，因為我們知道綁匪在那一帶活動過，我打算藉著前面的練習把說不通的部分順一順。」

「現在全說得通了？我不是想多嘴，不過你覺得讓我來打這些電話是不是會比較好一點？你的語氣聽起來的確夠軟性，也夠有同情心，可是我總覺得只要是由男人來討論強暴，他好像總避免不了藉此暗爽的嫌疑。」

「我知道。」

「你看你只要一說『週末電視影集』，眾家姐妹立刻聯想到女性又要在另一部廉價煽情電影中受到蹂躪了。但若換成我來說，箇中訊息馬上就昇華了，彷彿這整件事是全國婦女組織贊助的一般。」

「你說得對。我也覺得由我來講還可以，尤其是曼哈頓小組反應還不錯，不過抗拒力還是很大。」

「你講得好極了，甜心，不過讓我來試試如何？」

我們先就前提溝通一遍，確定她都記下了，然後我撥通了皇后地區檢察官辦公室的性犯罪小組，把話筒交給她。她在電話上幾乎講了十分鐘，語氣既誠懇、幹練，又具專業水準。當她掛上電話時，我真有鼓掌的衝動。

「你覺得如何？」她問：「會不會太誠懇了點？」

「我覺得完美極了。」

「真的？」

「嗯，看到你這樣扯謊還面不改色，真是嚇人。」

「我了解。每次我聽你講話的時候心裡都在想，這麼誠實，他去哪裡學會這樣撒謊的？」

「沒有哪個好警察不是說謊高手的，」我說。「你永遠都在扮演角色，營造一種適合對方的舉止態度。這種技巧對私家偵探來說更重要，因為你查的情報永遠都是你在法律上無權過問的。如果說我在這方面很在行，那是因為這是工作要求之一。」

「我的情況也一樣，」她說，「現在想想，其實我也無時無刻不在演戲，那就是我的工作。」

「順便提一下，昨晚你的戲演得好極了。」

她瞪我一眼，「可是很累，對不對？我是指說謊這件事。」

「你想退出？」

「門兒都沒有，我才熱好身哪。下一個打給誰，布魯克林還是斯塔頓島。」

「別去管斯塔頓島。」

「為什麼？難不成斯塔頓島就沒有性犯罪？」

「在斯塔頓島上性就是犯罪！」

「哈！哈！」

「真的，或許他們也有性犯罪小組吧，我不知道。可是那個區的事件一跟其他四個區比起來，簡直不算數。而且我實在無法想像三個男人駕著一輛貨車飛車駛過維拉扎諾大橋，就為了過去強暴傷害。」

「所以說我只剩下一通電話可打囉？」

「每個區警察分局也有自己的性犯罪小組，」我說，「而且通常每個分局都有強暴案專家。你可以請值勤的警員幫你轉給專案人員。我可以替你列張清單，不過我不知道你到底有多少時間。」

她給我一個「放馬過來吧」的眼神。「只要你有銀子，甜心，」她戲謔地說，「我就有時間。」

「說老實話，我沒有理由不付錢給你，你也可以列入庫爾里先生的給付薪資名單。」

「拜託！」她說：「每次我一找到我喜歡做的事，就有人要塞錢給我。說真的，我並不想拿錢。等到這一切都成為回憶之後，你可以請我去吃一頓天價情調晚餐，如何？」

「都聽你的。」

「然後呢，」她說，「你可以塞一百塊錢給我當計程車費。」

8

我待了一會兒，聽她把布魯克林地區檢察官辦公室一位職員迷得七葷八素，然後留下一張清單讓她繼續打。我走路去圖書館。她不需要我在一旁監督；她是天生好手。

到了圖書館，我開始做前一天早上未完成的工作，透過放大鏡篩檢過去六個月來的《紐約時報》微卷。不是找綁架案，因為我並不期望看到這類報導，但我認為他們一定曾經在沒有人目擊或報案的狀況下從街上抓過人。我找的是那些丟棄在公園或巷弄裡的受害者，特別是曾經遭到強暴或肢解，尤其是被切斷手足的人。

問題是，如果碰到那類情況，通常報紙上不會登出來。警方一般都會保留肢解這類的特殊細節，以避免各種形式的干擾，像是假自首、東施效顰的罪犯，或假目擊證人等等。至於報社那方面，也想饒了讀者，別把最鮮血淋淋的部分寫出來。等讀者看到新聞時，真相到底是什麼，已經很難說了。

幾年前有個性罪犯在下城東區殘殺小男孩，把他們誘拐到屋頂上，用刀戳死或用繩索勒死他們，然後切除、劫走小男孩的陰莖。他做案的時間很長，長到警方給他取了個外號，叫他「剁查理」。當然跑警局的記者也這麼稱呼他——不過不是在文章裡。紐約沒有一家報社會讓讀者讀到那一條小小的細節，一旦提了那個外號，就算不寫，讀者也可以猜出個八九分被查理剁掉的到底是啥。所以沒有一家報紙使用外號，只報導說凶手會將受害者肢解或毀容，這兩種說法從邪教儀式裡的剖腹剜腸到給人剪個很醜的頭髮都可以算。

或許這年頭不時興那麼含蓄了。

∞

一旦我摸到竅門，馬上就可以用滿快的速度瀏覽完一週的份量。我不必看整份報紙，只需注意集中報導本地犯罪案件的大都會版即可。最浪費時間的，其實是只要我一進圖書館必得努力抗拒的東西，跟我欲查的資料無關，卻比較有趣的東西。幸好《紐約時報》沒有漫畫欄，否則要抵擋六個月的「杜尼斯伯里」還真不容易。〔譯註：Doonesbury，七〇年代開始在美國報紙上連載的漫畫人物，內容以學生運動、越戰、婦女解放運動等時事為主〕

等我離開圖書館時，筆記本上已記下六件可能有關的案件。其中一件尤其有希望，受害者是布魯克林學院的會計系學生，她在失蹤三天後的清晨，被一位賞鳥人在綠林墓園裡撞見。報上說她曾經遭受性侵害及與性有關的肢解，在我讀來便是凶手用屠刀做案。現場採證顯示她是在別處遭到殺害，然後棄屍在墓園內。瑪莉·戈茲凱恩案裡警方的結論也是說凶手將她丟棄在森林公園高爾夫球場之前，人就已經死了。

8

我六點左右回到旅館，伊蓮和庫爾里兄弟都打了電話，另外三張口信告訴我阿傑也打了。

我先打給伊蓮，她報告說她把所有的電話都打完了。「到最後連我自己都開始相信了，」她說，「我對我自己說，這可真好玩，不過我們如果真能把那部電影拍出來，那就更好玩了。當然，我們是不會拍電影的。」

「我覺得這個題材早有人拍過了。」

「不知道會不會有人真的打電話給我。」

我找到基南．庫爾里，他想知道現在進展如何。我告訴他我已開發出幾條不同的調查線索，但並不指望很快就有結果。

「可是你認為我們有指望。」他說。

「當然。」

「那好，」他說，「聽著，我打給你是要告訴你我得出國兩三天，做生意。去歐洲，明天從甘迺迪機場飛，星期四或星期五才會回來。有任何狀況，儘管打電話找我老哥。你有他的號碼吧？」

號碼就在眼前另一張紙條上。掛了基南的電話之後，我撥了那個號碼，彼得接電話的聲音聽起來很濃濁，我先為吵醒他道歉。他說：「沒關係，我很高興你把我叫醒。我剛在看籃球賽，結果就在電視機前睡著了。我最討厭這種事，每次醒來脖子都是僵的。我打電話是想問你今晚想不想去參加聚會。」

「想啊。」

「我去接你，我們一起去怎麼樣？喬爾西區有個地方週六晚上都有聚會，我滿常去的，人少少的，挺好，八點整在十九街上的西班牙教堂。」

「我好像沒聽過。」

「有一點遠，不過我剛戒的時候，是參加那區附近一個診所辦的課程，所以那裡就變成我星期六晚上固定聚會的地方。最近我比較少去了，可是現在我有車，你知道嘛，法蘭欣的豐田在我這兒——」

「我知道。」

「那我就去你旅館前面等你，差不多七點半，好不好？」

我說好。七點半我走出旅館時，他的車就停在前面，我正好樂得不必走路。那天下午開始斷斷續續下毛毛雨，此刻雨勢已經變大了。

去的路上我們都在聊運動。棒球隊的春季訓練營一個月前已經登場，不到一個月季賽即將開鑼。今年春天不知為什麼我提不起勁來，不過或許季賽一開打我也會跟著投入。目前的新聞大部分都和合約談判有關，有個球員整天使小性子，因為他知道自己不只值年薪八千三百萬美元！或許他真的值那麼多錢吧，我不知道；或許那些運動員統統值那麼多錢，可是就為了這一點，叫我關心誰輸誰贏是愈來愈難了。

「我覺得達羅好像終於進入情況了，」彼得說，「過去幾個星期他棒棒開花。」

「可是現在他不在紐約打球了。」

「事情永遠都是這樣，嗯？我們花這麼多年時間等待他完全發揮潛能，結果直到他穿上道奇制服才盼到。」

我們把車停在二十街上，步行一條街去教堂。那天是聖靈降臨節，禮拜以西班牙文及英文雙語進行。我們的聚會在地下室舉行，大約有四十個人參加。我看到幾個在城裡其他聚會見過的熟面孔，彼得也和不少人打了招呼，其中有個女的說她好久沒看到彼得，他告訴她他都去參加別處的聚會了。

他們的形式在紐約很少見，一等主講人說完他的故事後，大家便分成小組，每組七到十人，圍著五張桌子坐下。一張桌子是新人，一張進行一般性的討論，一張討論「十二階段」，另外兩張我忘了是幹什麼的。彼得和我都到一般性討論的桌旁坐下，大家似乎都在談論目前自己的生活狀況，還有如何讓自己保持清醒的方法。比起專門討論一個題目，或是對我們這種活動做哲學式的聲援，通常這樣的討論形式能讓我獲益較多。

其中有個女的最近開始擔任酗酒問題輔導員，她談到每天工作八個小時都在應付同樣的問題，聚會時還想維持參與熱忱的困難。「我實在很難把這兩件事分開，」她說。另一個男的說他最近的檢驗報告證實他HIV呈陽性反應，他是如何面對這件事的。我談到我個人工作的循環特性，如果休息太久就會變得焦躁不安，但一旦工作來了，又會給自己太大的壓力。「以前喝酒的時候要平衡自己的感覺比較容易，」我說，「現在我沒辦法借助酒精，不過參加聚會對我很有幫助。」

輪到彼得時，他大部分只回應別人說的重點，很少談到自己。

十點，我們圍成一個大圓圈，手握著手一起禱告。這時外面的雨勢已小了許多。我們走到那輛冠樂拉旁，他問我餓不餓，我這才發覺自己還真餓了。我沒吃晚餐，只在從圖書館回家的路上吃了一片披薩。

「你喜歡中東菜嗎，馬修？我說的不是那種賣肉串的小攤，而是道地的中東菜。格林威治村那兒有一家很棒。」我說聽起來很好。「你知道我們還可以做什麼嗎？我們可以去布魯克林那兒轉一轉，除非你最近在亞特蘭大大道附近轉太久，已經轉煩了。」

「有點遠吧？」

「嘿，我們有車，不是嗎？既然有車，不如好好利用一番。」

他走布魯克林大橋。我正在想那橋在雨中真美，他就說：「我愛這座橋。前幾天我才讀到所有橋都持續衰頹中，我們不可以不管，一定要不斷維修。紐約市有在做維修工作，可是做得還不夠。」

「沒有錢嘛。」

「怎麼可能？這麼多年來紐約市愛做什麼就做什麼，現在卻整天哭窮。怎麼會這樣，你知道原因嗎？」

我搖搖頭，「我覺得不只紐約，好像每個地方都一樣。」

「是嗎？我只看得見紐約，我老覺得整個城市好像一點一點往下坍，那是怎麼說的，對，『基礎建設』，就這個詞兒。」

「也許吧。」

「整個下層結構都在崩潰。上個月才又爆了一條大水管。到底怎麼回事，系統太老舊，每樣東西都不行了？十幾二十年前，誰聽過大水管爆掉來著？你記得這種事情以前發生過嗎？」

「不記得，不過這並不表示它就真的沒發生過。很多事情發生我都沒注意到。」

「嗯，你說得有理。我也一樣，很多事情仍然在發生，我卻沒注意到。」

他選的那家餐廳在和亞特蘭大大道隔一個街區的法院大道上。我聽他的建議，點了菠菜派當前菜，他向我保證這和希臘咖啡店做的圓餅夾菠菜絕對不同。他沒騙我。我的主菜是一道砂鍋，裡面有壓碎的小麥和快炒碎肉及洋蔥，也很棒，就是份量太多，吃不完。

「可以帶回家嘛，」他說，「你喜不喜歡這個地方？一點都不時髦，可是東西好吃得沒話說。」

「我很驚訝他們竟然開到這麼晚。」

「禮拜六晚上？廚房會工作到午夜，甚至更晚。」他往椅背上一靠，「要讓這頓飯完美，還有一樣東西。你喝過一種叫做阿拉克燒酒的玩意兒沒？」

「是不是跟烏首酒很像？」

「有點像烏首，但中間有差別，不過是有點像。你喜歡烏首酒嗎？」

「說不上喜歡。以前在五十七街和第九大道交叉口有一家希臘酒吧，叫做『安塔爾與史皮畢羅』——」

「真的，取那種名字？」

「——有的時候我在吉米．阿姆斯壯的酒吧喝了一夜的波本威士忌之後，會去那兒喝一兩杯烏首，當做睡前酒。」

「波本之後接烏首，嗯？」

「當胃藥，」我說，「讓你的胃好過些。」

「聽起來像是讓你的胃永遠沒感覺。」他對服務生使了個眼色，叫他再加咖啡。「前幾天我真想喝酒。」他說。

「可是你沒喝。」

「沒有。」

「這一點最重要，彼得。想喝是很正常的，這不是你戒酒之後第一次想喝吧？」

「不是，」他說。這時服務生走過來替我們加滿咖啡，等他走開之後，彼得說：「可是這是第一次我真的在考慮是喝還是不喝。」

「很認真在考慮？」

「嗯，應該很認真吧。我想是的。」

「可是你並沒有喝。」

「沒有，」他說，看著自己的咖啡杯，「但是我幾乎就嗑了。」

「嗑藥？」

他點點頭。「海洛因，」他說，「你有沒有試過海洛因？」

「沒有。」

「連試都沒試過？」

「連想都沒想過。我喝酒時也從來不認得嗑藥的人，當然那些我偶爾逮捕的傢伙除外。」

「所以說海洛因是專給下層階級的人用的囉。」

「至少我一向這麼認為。」

他溫柔的笑笑，「或許你認識用它的人，只是他們沒讓你知道罷了。」

「有可能。」

「我一直很喜歡它，」他說，「從來不用注射的，只用吸的。我很怕針頭，這反而有好處，否則搞不好我現在早就因為愛滋病翹毛了。你知道嗎，不用注射也可以嗨的。」

「我聽說過。」

「有一兩次我嗑藥身體不對勁，嚇壞了，後來靠喝酒戒了毒，然後呢，後面的故事你就知道了。我靠著自己戒了毒，卻得進戒酒無名會戒酒。所以說其實我是栽在酒精手上，不過在我心裡，我既是酒鬼，也是毒蟲。」

他啜了一口咖啡。「事實是，」他說，「當你透過毒蟲的眼睛去看這個城市時，它會變得完全不一樣。你雖然是個警察，上了街頭也很靈光，不過如果我們兩個一塊兒在街上走，我看到的毒販會比你看到的多得多。我會看到他們，他們也會看到我，彼此相認！我隨便到紐約任何一個角落，不到五分鐘就能碰到一個樂意賣一袋毒品給我的人。」

「又怎樣？我每天都經過酒吧，你也是。同樣的道理，對不對？」

「大概吧。海洛因最近行情看俏。」

「沒有人說這事兒很容易，彼得。」

「本來滿容易的，現在不容易了。」

上了車他又咬著同樣的話題。「我會想，幹嘛呢？然後我去參加聚會，我就覺得，這些人是誰啊？他們都是從哪兒鑽出來的？每個人都在鬼話連篇，說什麼把一切交給上帝，生命就幸福美滿了。你相信嗎？」

「相信生命幸福美滿？並不盡然。」

「我看倒比較像坨屎。不，我是說你相信上帝嗎？」

「那要看你什麼時候問我這個問題。」

「就是今天、現在問你啊。你相信上帝嗎？」我沒有馬上回答。他接著說：「算了，我沒有權利探你的隱私，抱歉。」

「不，我只是在想怎麼回答比較好。我一時答不上來，因為這個問題其實並不重要。」

「上帝是否存在這個問題不重要？」

「它會造成任何影響嗎？不論祂存在與否，我都得過日子，我都是個一喝酒就把持不住自己的酒鬼。所以，有什麼分別嗎？」

「那些活動都在講上帝。」

「沒錯，但是不論有沒有上帝，或我相不相信上帝，聚會都會繼續辦下去。」

「你怎麼能把自己的意志力託付給一個你根本不相信的東西呢？」

「只要放手，別企圖控制每一件事情。只要盡人事，然後聽天命。」

「不論上帝是否存在。」

「對。」

他思考了一下。「我不知道，」他說，「小的時候我相信上帝，我上的是教會學校，他們教我什麼，我就學什麼，我從來沒有任何疑問。等我戒酒了，他們說要信服上帝。好，沒問題！可是等到那些狗狼養的把法蘭欣這樣一塊塊送回來時，大哥，是什麼樣的上帝才會讓這種事發生呢？」

「壞事經常都在發生。」

「你不認識她啊，大哥。她真的是個好女人，人好，又端莊，又純潔。是個真正美麗的人，在她周圍連你都會想做個更好的人。而且，她會讓你感覺你真的做得到。」他在紅燈前踩了煞車，左右看看，往前衝了過去，「以前這樣被開過一次罰單。三更半夜，我停了車，左右看去幾哩都沒看到一個鬼，只有白癡才會蹲在那兒等紅燈嘛，結果他媽的一個警察把車燈熄了躲在半個街區外，開了我一張罰單。」

「看來這次我們逃掉了。」

「好像。基南偶爾也會用海洛因，我不知道你知不知道。」

「我怎麼會知道？」

「我想也是。大概一個月一次吧，他會吸它個一袋，或許更少。對他來說那是娛樂，去爵士樂俱樂部，先進男廁所吸它個一袋，讓自己聽音樂更進入情況。問題是，他不讓法蘭欣知道。他曉得她肯定不喜歡的，而且他不願意做任何可能會破壞他在她心目中形象的事。」

「她知道他在做毒品交易嗎？」

「那是兩碼事。那是他的生意，他的工作，而且他並不打算幹一輩子。跑它個幾年就退出，那是他的計畫。」

「每個人都這麼計畫。」

「我懂你的意思。總之她並沒有大驚小怪。他就是靠那行吃飯的，那是他的生意，是另一個世界，被撇到一邊去了。不過他不讓她知道他偶爾自己也會用。」他頓了一下，接著說：「前幾天他人都鈍了，被我發現，他還否認。媽的，大哥，他想在嗑藥這檔子事上欺騙一條毒蟲？那傢伙顯然就很嗨了，還發誓沒有。我猜大概是因為我很乾淨、很清醒，所以他不想把誘惑擺在我面前，可是你起碼要尊重我的智商嘛，嗯？」

「他可以嗨，你不能，你介不介意？」

「我介不介意？媽的我當然介意。明天他要去歐洲了。」

「他跟我講了。」

「他好像想立刻做一筆，補現金。急著交易最容易被逮捕了，要不然就是比被逮捕更慘。」

「你替他擔心？」

「耶穌基督，」他說，「我替我們所有人擔心！」

8

開回曼哈頓時他在橋上說：「我小的時候很愛橋，收集橋的圖片，我老爸就覺得我長大了應該當建築師。」

「你還來得及，你知道嗎？」

他笑了，「什麼，回學校去念書？謝了！其實我從來沒那個意願，我只是喜歡欣賞橋而已。如果哪天我有衝動想一了百了，或許會在布魯克林大橋上表演一個鷂子翻身。不過，我要是途中反悔，就肯定有得瞧了，對吧？」

「我聽過一個傢伙當主講人，他說有一次他在一座橋上從醉得不省人事突然醒過來，好像就是這一座橋，就在欄杆外面，一隻腳懸在空中。」

「真的？」

「他好像不是開玩笑的。完全不記得是怎麼上去的，就這樣！一隻手抓著欄杆，一隻腳懸空。後來他爬進橋裡，回家去了。」

「大概多喝了一杯。」

「我想也是。可是你想想，萬一他再過五秒鐘後才醒呢？」

「你是說等他另一隻腳也跨出去以後？那感覺一定很可怕，對不對？唯一的好處就是受苦的時間不會太長。噢，他媽的，我應該開進那個車道裡的。沒關係，我們可以多開幾條街，反正我很喜歡這裡。你常來這附近嗎，馬修？」

當時我們在南街碼頭一片靠近富頓街魚市附近的新生地。「去年夏天，」我說，「我和我女朋友在這裡消磨了一個下午，在附近逛街，還在其中一家餐廳吃飯。」

「現在有點雅痞了，不過我還是喜歡，但不是夏天。你知道這裡什麼時候最棒嗎？就是這樣的晚上，又冷又空蕩，天上飄著毛毛雨，這種時候這裡真美。」然後他笑了，「喏，這就是鈍掉的毒蟲在講話了，」他說，「給他看伊甸園，他會說他希望那兒又暗又冷又悲悽，而且希望只有他一個人在裡面。」

∞

他在我的旅館前面說：「謝了，馬修。」

「謝什麼？我本來就打算去參加聚會的，我才該謝你送我一程。」

「嗯，我是謝謝你陪我。在你進去以前，我有個憋了一晚上的問題。你替基南辦的這件事，覺得有任何機會查出個結果嗎？」

「我可不是光做些例行公事而已。」

「我知道你在盡你最大的努力，我只是想知道你覺得這樣做會不會有結果。」

「是有一線希望，」我說，「我不知道這個希望到底多大，但能想到的頭緒實在不多。」

「這我明白。依我看來，給你的頭緒幾乎等於零。當然你是從一個專業人員的觀點來看這件事，你看到的肯定不一樣。」

「很多事都得看我現在採取的幾項行動是否會有進展，彼得。還有他們未來的行動也會是決定因素之一，但他們是我無法預測的。至於我是否樂觀，那要看你在什麼時候問我這個問題。」

「跟你的上帝一樣，嗯？問題是，即使到了下結論，認為這事兒沒指望的時候，也別忙著告訴我老弟，好吧？再繼續辦個一兩個星期，讓他覺得他已經盡力了。」

我沒吭聲。

「我的意思是——」

「我懂你的意思，」我說，「問題是這種事不需要別人告訴我。我一向頑固得沒藥救，一旦開始做一樣事情，要我放手很難很難。老實告訴你，我想這大概就是我能夠破案的主因；不是因為我聰明，而是因為我跟隻牛頭犬似的死咬著不放，非把事情扯出來不可。」

「遲早事情會扯出來，對不對？沒有一個凶手能逃得了的。」

「以前的人這麼說吧？現在好像沒聽講了。有太多凶手都逃過了。」我下了車，又探頭進去把那句話講完。「那是從某個角度來看，」我說，「不過從另一個角度來看，他們的確沒逃過。其實我覺得，任何人做任何事都會有報應的。」

9

那天晚上我很晚才睡。我想睡，睡不著；想看書，看不下去。最後坐在黑暗的窗前，望著外面篩過街燈的雨絲。我坐在那兒想些長長的思緒。「年少的思緒，是長長、長長的思緒。」我曾經在一首詩裡讀到過這樣一句，其實在任何年齡，你都可以想些長長的思緒，如果你睡不著，而天又下著細雨的話。

十點多電話鈴響時我還在床上。阿傑說：「你有筆嗎，大哥？你要情報嗎，快記下這個。」他一股腦兒的唸出一對七個數字的電話號碼，「最好寫下區域號碼七一八，因為你得先撥這個號。」

「如果我撥了，會撥去哪裡？」

「我奇怪的是，居然第一次打就碰到你在家。大哥，找你還真得碰運氣！星期五下午打電話找你，星期五晚上打電話找你，昨天一整天、一整夜，直到午夜還在打電話找你。大哥你可真難找！」

「我出去了。」

「我用小指頭想想也覺得大概是這樣。大哥，你派我去辦的任務可真炫。老布魯克林，走幾天也走不完。」

「它的確很大。」我同意。

「大得你受不了啊。我去的第一個地方，坐到最後一站下車，火車從地下鑽到地上，可以看到一堆漂亮房子，像電影裡的老鎮，完全不像紐約。走到第一支公用電話，打給你，沒人在家。又繼續追第二支公用電話，大哥，什麼鳥路，那麼長！有幾條街我在街上走，那邊的人全瞪著我瞧。黑鬼！你來這裡做什麼？雖然沒一個人講出來，但你不必很用力聽，就可以聽到他們心裡在想什麼。」

「可是你沒惹麻煩。」

「大哥，我從來不惹麻煩。我咧，是這麼做的，我在麻煩看到我之前，就先看到它。我找到第二支電話，再打給你，還是找不到，因為你不讓我找到。所以我就想啦，嘿，搞不好這附近就有地鐵站，因為離我剛才下車的地方已經有八百哩了。我就走進一家糖果店，問囉：『請問您，最近的地鐵車站在哪裡？』我就是這樣講的哦，你知道，就跟電視上報導新聞的人講話一樣。那位大哥又瞪我，『地鐵？』好像他這輩子沒聽過這兩個字欸，這個觀念好像讓他腦筋轉不過來哦。所以我乾脆照原路走回去，大哥，一直走到平林線的底站欸，因為至少我知道那條路怎麼走。」

「那好像就是最近的地鐵站。」

「你好像說對囉，因為後來我看了地鐵地圖，真的就是那一站最近。另一個留在曼哈頓的理由，大哥，就是你永遠不會離地鐵站太遠。」

「我會銘記在心。」

「我真希望我打電話的時候你在家。我全設想好了，我唸電話號碼給你聽，然後說，『現在就打。』你撥那個號碼，我接起來說，『就是我。』現在告訴你感覺就不夠酷了，可是那個時候我不能等。」

「那些電話上都有貼號碼囉。」

「哦，對了！我都忘記說了。第二支，就是走好長好長一段路去到退伍軍人大道上那支，每個人都用很奇怪的眼光看你的那裡，那支上面有號碼。可是另一支，在平林大道和法拉格特路交口那支，沒有號碼。」

「那你怎麼知道號碼的？」

「咦，我有辦法啊，我不是早告訴你了嗎？」

「講了不只一次。」

「我咧，我就打電話給接線生，說：『嘿，女孩，搞什麼啊，這支電話上面沒號碼欸，我怎麼知道我現在在哪個號碼上？』她跟我解釋一大堆，說什麼她沒辦法告訴我號碼啦，不能幫我忙啦。」

「好像不太可能。」

「我也是這麼想。我想他們有這樣多儀器，你打電話去查號台，她們答的比你問的還快，怎麼可能沒辦法告訴你自己打的這支的號碼咧？然後我想啦，阿傑，你是豬啊，他們把號碼拿掉，就是為了搞那些毒販，你還用那種毒販的語氣去問人家。所以我又撥一次0，因為你可以整天打電話給接線生都不用花半毛錢，免費服務！而且每次接電話的人都不一樣，對不對？所以這次是另一個妞兒跟我講話，我把街頭混混的腔調全部甩掉，我說，『小姐，有件事想請你幫個忙，我現在打的是公用電話，需要把電話號碼留給公司，讓他們打回來，可是有人用噴漆在電話外殼上亂塗，讓我無法看清楚號碼，不知道你可不可以幫我查一下，告訴我。』我還沒講完哦，她就把號碼唸給我聽了。馬修？噢，操！」

電話錄音又插進來要錢。

「銅板用完了，」他說，「我得再餵一個進去。」

「把你的號碼給我，我打給你。」

「不行。我現在不在布魯克林，欸，沒有騙到這一支的電話號碼。」電話響了一聲，他餵的銅板掉了下去。「好了，現在沒問題了。很溜吧，我拿到那個號碼的方法？你聽得到嗎？怎麼不講話？」

「我太震驚了，」我說，「我不知道你還能用這種語氣講話。」

「什麼語氣？你是說像普通人啊？當然可以。雖然我在街頭混，但這並不表示我無知啊。這是兩種完全不同的語言，大哥，而現在哪，你在跟一隻雙語貓講話。」

「哇，真令我印象深刻。」

「真的嗎？我猜我安全去到布魯克林，又安全回來，大概會令你印象深刻。接下來你要我做什麼？」

「目前還沒事。」

「沒有？欸，總有我可以做的事吧。這一次我表現不錯吧？」

「你很棒。」

「你不需要是火箭科學家，也能找得到路去布魯克林再回來。可是從接線生那裡拿到電話號碼那招就酷了，對不對？」

「絕對。」

「我很有辦法的。」

「非常有辦法。」

「可是你今天還是沒工作給我做。」

「恐怕沒有，」我說，「過一兩天再打電話過來問我。」

「問你，」他說，「大哥，只要你說一句，我隨時打電話問你都可以，問題是你根本不在那裡給我問嘛。你知道誰才應該裝個呼叫機嗎？大哥，就是你！我可以傳呼你，然後你心裡就想，『一定是阿傑想找我，一定很重要。』什麼事這麼好笑？」

「沒什麼。」

「那你幹嘛笑？我每天都打電話問你，大哥，因為我覺得你需要我替你工作。不用爭辯，阿扁！」

「嘿，我喜歡這個韻。」

「我就知道，」他說，「專門留給你的。」

8

禮拜天一整天都在下雨，大部分時間我都待房間裡。我把電視打開，在網球賽、ESPN和高爾夫球賽之間轉來轉去。有的時候我可以專心看完一場網球賽，但那一天不行。我從來沒辦法好好看高爾夫球賽，可是高球賽的畫面漂亮，主播通常也不像別種運動賽事的主播那麼嘮叨，所以當我在想別的事情時，看看高球賽並不壞。

下午過了一半，吉姆·法柏打電話來取消我們的晚餐約會。他太太一個表親去世了，得去露個面。「我們可以約在哪裡喝個咖啡，」他說，「只可惜天氣不好。」

結果我們在電話上講了十分鐘。我提到我擔心彼得·庫爾里，怕他會開始喝酒或嗑藥。「聽他描述海洛因那個樣子，」我說，「連我都想試試。」

「我注意到毒蟲都有這種特質，」他說，「總是很渴望、很嚮往的樣子，好像一個老頭子在悲歎逝去的年少時光。你知道你是沒辦法幫他保持清醒的。」

「我知道。」

「你沒在輔導他吧？」

「沒有，不過他也沒有別的輔導員。昨晚他把我當成輔導員了。」

「他最好不要正式要求你做他的輔導員。你跟他弟弟已經有一層工作上的關係，所以多少也跟他有點關係。」

「我有想到那一點。」

「而且即使他真的要求你了，也不表示他就是你的責任。你知道做一個成功輔導員的要件是什麼嗎？就是自己保持清醒。」

「這話好耳熟。」

「大概是我講的。沒有一個人可以幫任何人保持清醒。我是你的輔導員，我有幫你保持清醒嗎？」

「沒有，」我說，「不論有沒有你，我都一直保持清醒。」

「此話當真？還是你故意要氣我？」

「都有吧。」

「彼得到底有什麼問題？因為不能喝一杯或打一針，就自怨自艾？」

「是用鼻子吸。」

「嗯？」

「他不敢用針筒。不過你說得對，大致就是這麼回事兒。而且他還對上帝很不滿。」

「靠！誰不是啊？」

「因為什麼樣的上帝才會讓那種事發生在像他弟妹那麼好的人身上呢？」

「上帝做這種爛事的機會才多咧。」

「我知道。」

「或許祂有祂的理由，或許耶穌基督需要她去當一束陽光，你還記不記得那首歌？」

「好像沒聽過。」

「我祈禱你永遠都不要從我嘴裡聽到，我不喝醉是唱不出來的。嘿，你看他是不是跟她有一腿？」

「誰跟誰有一腿？」

「誰？你認為彼得是不是跟他弟妹有一腿？」

「耶穌基督，」我說，「我怎麼會這麼認為？你思想真他媽骯髒，自己曉不曉得？」

「近墨者黑嘛。」

「肯定是。不，我不這麼認為。我覺得他只是很難過，而且我覺得他想喝酒又嗑藥。我希望他不會去做，就這樣。」

我打電話給伊蓮，告訴她我晚餐沒事了，可是她已經跟她朋友摩妮卡約好，請她去家裡玩。她說她們打算叫中國菜，歡迎我加入，這樣可以多叫幾樣菜。我說算了。

「你怕我們整晚都在聊女生的話題是不是？」她說：「你的顧慮大概是對的。」

我在看《六十分鐘》的時候，米基．巴魯打來。我們在電話上聊了一、二十分鐘。我一口氣告訴他本來我已經訂好機票準備去愛爾蘭了，後來又不得不取消行程。他為我不能去感到遺憾，但同時也為我找到事情做而高興。

我跟他講了一點點我現在的工作，但沒告訴他我在替什麼樣的人工作。他對毒販毫無同情心，偶爾還會侵入那種人家裡拿些現鈔，補貼補貼自己的收入。

他問紐約天氣如何，我說已經下了一整天雨了。他說那邊永遠都在下雨，搞得他連太陽是什麼樣子都記不得了。噢，還有，我聽說了沒？他們已經證實上帝是愛爾蘭人了。

「真的？」

「真的，」他說，「你看看這些事實嘛。祂一直到三十九歲還跟父母住在一起；明天就要死了，最後一個晚上還跟哥兒們出去喝酒；祂相信祂媽是處女，而祂媽那個好女人咧，則認定祂是上帝。」

∞

接下來的那一週開始得很緩慢。我賣力的辦庫爾里案，先查出經手蕾拉·亞芙瑞茨謀殺案的警官是誰。蕾拉·亞芙瑞茨便是那個陳屍綠林墓園的布魯克林學院學生，那個案子並不屬於第七十二分局，而是布魯克林刑事組的，由一位名叫約翰·凱利的刑警負責調查。我一直找不到他人，他也不願意留下姓名和電話號碼。

星期一我和伊蓮見面。她的電話並沒有因為強暴案受害者紛紛來電而忙得不可開交，令她好不失望。我告訴她搞不好她一個電話都接不到，有時候就是這樣，你得在水裡丟下很多很多魚餌，等上好久還不見一條魚來咬。何況現在還早，我說。跟她在電話裡聊過的人可能過了週末才會開始打電話。

「週末已經過啦。」她提醒我。我說就算那些人打了電話，或許要等一陣子才會找到那些受害者，而且那些受害者可能還得考慮個一兩天，才會決定打這個電話。

「或決定不打。」她說。

星期二仍沒有電話進來，令她更沮喪。等到星期三晚上我跟她講話的時候，她卻很興奮。好消息是有三個女人打電話來；壞消息是沒有一個聽來跟綁架法蘭欣．庫爾里那幫人有關係。

一個女人在她公寓外面走廊被一名單獨行動的攻擊者突擊。他強暴了她，還偷了她的皮包。另一個女的讓別人載她回家，因為她以為對方是同班同學；結果他亮出一把刀，命令她去後座，可是被她逃脫了。

「他是個瘦巴巴的小男孩，又單獨行動，」伊蓮說，「所以我覺得把他列入考慮似乎太牽強了。第三個打電話來的是約會強暴，或釣凱子泡馬子強暴，我不知道你是怎麼稱呼這種案子的。根據那女人的說法，她和她的女朋友在陽光岸一家酒吧裡釣到兩個男的，她們坐上男的車子出去兜風，然後她女朋友暈車，他們只好停車，讓她下車嘔吐。結果他們居然就開車跑了，把她丟在那裡，你相信有這種事嗎？」

「是不太體貼，」我說，「不過這樣好像不叫強暴。」

「不好笑。後來他們又兜了一陣子，然後他們回到她家，要求跟她上床，她說門兒都沒有，你們把我當做是什麼女人，又說了些類似的話。最後她終於答應幹其中一個，就是跟她配對的那個，另一個人可以在客廳裡等。當然他沒照做囉，他們倆正待開演時他就走進來看，這下子對澆熄他的慾火實在幫助不大，你也可以想像。」

「然後呢？」

「然後他說拜託、拜託、拜託，她說不、不、不，最後她決定替他吹蕭，因為那是唯一可以擺脫他的辦法。」

「她跟你講這些？」

「當然用字遣句比較含蓄啦，不過基本上就是這樣。然後她去刷了牙，打電話叫警察。」

「說她被強暴？」

「我同意啊。那男的從拜託、拜託、拜託，變成不讓我爽，我就踢掉你的牙，我認為這樣可以符合強暴標準了。」

「噢，那當然，如果他這樣硬來的話。」

「不過聽起來還是不像我們要找的傢伙。」

「嗯，一點都不像。」

「如果你想繼續查下去的話，我把她們的電話號碼抄下來了，而且我跟她們講只要製作人決定做，我們就會打電話跟她們聯絡，不過目前拍片計畫有點問題。對不對？」

「一點沒錯。」

「所以說雖然我沒得到有用的情報，接到三通電話還是很令人鼓舞，你說是不是？而且明天可能會有更多電話。」

星期四來了一通電話，本來聽起來還挺有希望的。一個三十出頭的女子在聖約翰大學修研究所的課，正要在校園裡的停車場上打開自己車子的時候遭到三個男人用刀挾持。他們全擠進她的車裡，開到康寧漢公園，在那裡強暴她、還逼她口交，不只用一把刀不斷威脅她，恐嚇她要切除她的身體各部分，而且果真割傷她的一條臂膀，不過可能是不小心割傷的。等他們都辦完事了以後，他們把她丟在那裡，駕著她的車跑了。到現在案發已經快七個月，那輛車還沒找到。

「但不可能是他們，」伊蓮說，「因為那三個男的是黑人。在亞特蘭大大道做案的那些人是白人，對不對？」

「對，所有目擊證人都這麼說。」

「嗯，這幾個是黑人。我一直回頭去問她這一點。她一定覺得我有種族歧視，或是我懷疑她有種族歧視，否則幹嘛緊咬著強暴犯的膚色問個不停？當然對我來說這一點特別重要，因為這麼一來就表示她並不符合我們的條件了，除非那幫人在去年八月到現在這段時間裡，想出個法子改變膚色。」

「如果他們有這個本事，」我說，「那他們就絕對不只值四十萬了。」

「了不起。總之，我覺得自己好像白癡，不過我還是抄下她的名字和電話號碼，告訴她只要計畫通過就會聯絡她。還有一件很有意思的事，你想不想聽？她說不管這件事會不會有結果，她都很高興自己打了這個電話，因為能講出來對她幫助很大。事情剛發生的時候她常常講，也做了些心理輔導，可是她已經很久都沒提這件事了，她覺得好過很多。」

「一定也讓你覺得很好。」

「她還以為我是輔導人員，暗示能不能一週來我這兒一次做治療，我跟她講我是製片的助理，不過這兩份工作需要的技巧是一樣的。」

8

同一天，我終於找到布魯克林刑事組的約翰．凱利刑警。他還記得蕾拉．亞芙瑞茨案，說那實在很可怕。她是個很漂亮的女孩，而且每個認識她的人都說她很乖，又是個用功的學生。

我說我在寫一篇關於棄屍於不尋常地點的報導，問他屍體在被發現時有沒有不尋常之處。他說屍體遭到肢解，我問他是否能說得詳細些，他說還是不說的好。一方面是因為該案某些部分他們想保密，另一方面是顧慮女孩家人的感受。

「我想你一定可以諒解。」他說。

我又試了幾個不同的策略，到頭來仍是碰壁。我謝謝他，正打算掛電話的時候，突然想到問他是否曾在七十八分局上過班，他問我為什麼問這個。

「因為以前我認得一個在七十八分局上班的約翰．凱利，」我說，「不過我看你們絕對不是同一個人，因為他現在早已過了退休年齡了。」

「那是我老爸，」他說，「你說你姓史卡德？你到底是幹什麼的，記者？」

「不，我自己也辦案。曾經在七十八分局待過一陣，然後轉到曼哈頓第六分局，在那裡升了刑警。」

「噢，你是刑警？現在變成作家了？我老爸常講要寫一本書，不過他是光說不練。他退休大概有八年囉，現在在佛羅里達家中後院種葡萄柚。我認識很多警察都在寫書，至少他們是這麼說的，不然就是說在計畫中，不過你真的在寫？」

該是見風轉舵的時候了。「不。」我說。

「什麼？」

「剛才都是胡扯，」我坦承，「我現在是私家偵探，離開警界後就開始做這個。」

「那你到底想知道亞芙瑞茨案哪些事？」

「我想了解肢解的內情。」

「為什麼？」

「我想知道是否和切除肢體有關。」

一陣靜默，長得足以讓我懊悔根本不該提出這一連串問題。然後他說：「你知道我想知道什麼嗎，先生？我想知道你他媽的到底是從哪裡鑽出來的。」

「一年多以前在皇后區出了一個案子，」我說，「三個男人從伍德海芬牙買加大道上擄走一個女人，然後把她丟在森林公園一個高爾夫球場裡。除了各種凌虐痕跡，他們還切除了她兩根指頭，塞進她的，呃，身體開口處。」
「你有什麼理由認為這兩件案子是同一批人幹的？」
「沒有，但我有理由相信做掉戈茲凱恩的凶手沒有就此歇手。」
「皇后區那個女的姓戈茲凱恩？」
「對，瑪莉．戈茲凱恩。我一直想把殺她的凶手和其他案件連在一起，亞芙瑞茨案看起來很有可能，可是對於那件案子，我知道的僅限於報上的報導。」
「亞芙瑞茨的屁眼裡塞了根指頭。」
「戈茲凱恩也一樣。她前面還塞了一根。」
「在她的——」
「對。」
「你跟我一樣，不喜歡說出死人的那些部位。媽的，你去驗屍化驗室晃晃，那些傢伙一個比一個猥褻。我猜他們是不想讓自己有任何感覺吧。」
「也許吧。」
「可是我總覺得這樣太不尊重人了。那些可憐人，她們還能要求什麼呢？不就是在她們死後給她們一點點尊重。殺她們的人可一點都不尊重她們。」
「嗯。」
「她有一邊胸部不見了。」

「什麼？」

「亞芙瑞茨。他們把她一邊胸部切掉了。根據流血的程度，他們說乳房被切除時她還活著。」

「上帝！」

「我真想抓住這些王八蛋，你知道嗎？進了刑事組，你每一個都想逮，因為沒有所謂輕度謀殺這回事，可是有些罪犯會讓你覺得特別幹！這個就是。我們真的盡力了，查了她的行蹤，跟每一個認識她的人都談過。可是你也曉得這種案子，如果受害者跟凶手沒有關係，案子本身又沒留下什麼實質的線索，你能做的也只有這麼多了。現場能採到的證據非常少，因為他們是在別處做了她，然後才把她丟在墓園裡。」

「那部分報上有講。」

「戈茲凱恩也一樣？」

「對。」

「如果當初我知道戈茲凱恩案的話——你說是一年多以前？」我把日期告訴他，「原來這件案子一直蹲在皇后區的檔案櫃裡，這樣我怎麼會知道呢？兩具屍體，手指都被，呃，切除，然後塞入，我卻坐在這裡拿自己的大拇指塞自己的屁眼。我不是故意要這樣說的，老天。」

「希望對你有幫助。」

「你希望對我有幫助？你還有什麼情報？」

「沒有了。」

「如果你隱瞞——」
「戈茲凱恩案我所知道的部分，全都在她的檔案裡。亞芙瑞茨案呢，我知道的都是你告訴我的。」
「你跟這兩件事有什麼關係？你自己的關係？」
「剛才我才告訴你——」
「不！不！不！你為什麼這麼感興趣？」
「這一點必須保密。」
「保密個屁！你沒有權利隱瞞事實。」
「我沒有隱瞞事實。」
「那你說這叫什麼，嗯？」
我吸了一口氣，然後說：「我想我說的已經夠多了。我對戈茲凱恩或亞芙瑞茨這兩件刑事案都並不是特別清楚。一件我讀了檔案，另一件是你告訴我的，那就是我知道的全部。」
「一開始，你為什麼要去讀那個檔案？」
「因為一則一年前的報上新聞，然後我讀到另一則新聞，又打電話給你，就這樣。」
「你在包庇你的雇主。」
「就算我有雇主吧，他可絕不是凶手。他是誰，那是我個人的事。難道你不想自己去比較比較兩件案子，看看是否能突破？」
「我當然會這麼做，可是我真想知道你葫蘆裡在賣什麼藥。」

「那並不重要。」

「我可以傳你來局裡，或是差人去逮捕你，你想這樣玩？」

「你是可以這麼做，」我說，「可是除了我剛才告訴你的話，你是問不出什麼來的。你可以浪費我的時間，不過你也會浪費你自己的時間。」

「你他媽的膽子還真大，這點我服你。」

「嘿，好了，」我說，「現在你也得到一些新的情報了，如果你想記一筆帳在我頭上，當然可以，可是這樣有什麼意義呢？」

「那我應該說什麼呢？謝謝你？」我心裡想，說一句會少你一塊肉啊，但我沒說出口。「算了算了，」他說，「不過你最好還是把地址跟電話號碼留下，搞不好我會需要聯絡你。」

我犯的錯就是一開始讓他知道我的名字。我可以試試他到底是不是能幹的警察，讓他自己去曼哈頓電話簿裡找，但又怎麼樣呢？我把地址和電話號碼給了他，告訴他我為不能回答他所有的問題感到抱歉，可是我必須對自己的雇主負一定的責任。「如果我現在還是警察，碰上這種事一定氣炸了，」我說，「所以我可以了解為什麼你會有這樣的反應。可是該做的我還是非做不可。」

「對，這一句詞兒我聽多了。嗯，或許幹下這兩件案子的真是同一票人吧，或許經過比較之後，我真的能有所突破。要真這樣那就好了。」

最後那一句已經是最接近「謝謝你」的話了，我也很樂意就此結束。我說那的確會很好，並祝他好運，然後請他代我向他父親問好。

10

那天晚上我去參加聚會，伊蓮去上課，然後我們倆分別坐計程車趕去鵝媽媽之家見面，坐下來聽音樂。丹尼男孩大約十一點半出現，過來加入我們。他身邊帶了一個女孩，非常高，非常瘦，非常黑，而且非常奇怪。介紹她的時候他說她叫卡莉，當時她點了個頭，然後在接下來的半小時內不發一言，而且好像也沒聽見任何人講話似的，接著她突然把身子往前一傾，直勾勾的盯著伊蓮說：「你的靈氣是亮藍色的，非常純，非常美。」

「謝謝你。」伊蓮說。

「你有一個非常老的靈魂，」卡莉說。那是她說的最後一句話，也是顯示她有意識到我們存在的最後一個徵兆。

丹尼男孩能報告的事不多，於是我們大部分的時間只是純聽音樂，然後在樂師換場休息時閒扯淡。我們離開時已經滿晚了，在回她公寓的計程車上我說：「你有一個非常老的靈魂，亮藍色的靈氣，還有一個很可愛的小屁股。」

「她的觀察力非常敏銳，」伊蓮說，「大部分的人都要等到第二次或第三次見面才會注意到我亮藍色的靈氣。」

「更別提你的老靈魂了。」

「其實別提我的老靈魂最好，至於我可愛的小屁股，那就隨便你說囉。他去哪裡找來這些女人的？」

「不知道。」

「如果說她們清一色全是大腦少根筋的芭比娃娃，那也就罷了，問題是他的女朋友什麼型的都有。這個叫卡莉的，你看她在嗑什麼？」

「沒有概念。」

「顯然是在另一度空間裡遊走。現在的人還用迷幻藥嗎？她大概吃了魔菇，不然就是那種只養在爛掉的皮革上、會讓人產生幻覺的菌類。告訴你一件事，她若是去當法師，肯定賺大錢。」

「她的皮革要是爛掉了就不行，而且她必須能夠集中精神在工作上。」

「你懂我的意思嘛。她的外型和神情都很適合。你難道不能想見自己匍匐在她腳前還樂在其中的德性嗎？」

「不能。」

「唉，你啊，」她說，「你自己就是性變態笨法師。還記不記得我把你綁起來那一次？」

計程車司機很努力想憋住笑。「請你別說了。」我說。

「記不記得嘛？你睡著了。」

「這表示你給我多大的安全感，」我說，「拜託，請你不要再講了。」

「我會用我鳧藍色的靈氣把自己包起來，」她說，「我會很安靜，很安靜。」

∞

隔天早晨我走之前，她告訴我她對強暴案受害者來電一事有極好的預感。「就是今天！」她說。可是她錯了，不論她是否有鳧藍色的靈氣，那天一通電話都沒進來。當天晚上我跟她聊天的時候她還有點氣。「我想就這樣了，」她說，「星期三三通，昨天一通，今天零。我還以為自己可以當大功臣，追蹤到真正重要的消息哪。」

「百分之九十八的調查工作都毫無意義，」我說，「你只能把你能想到的事都做好，因為你不知道哪件事有用。你在電話上的表現想必是可圈可點，反應其實算相當熱烈了。或許真的有逃過那三個惡魔摧殘的倖存者，但你沒有必要因為找不出人來，就覺得自己失敗了。你現在等於在大海裡撈針，而且搞不好這片海裡根本就沒有針。」

「怎麼說？」

「我的意思是，他們很可能從來沒有留下任何活口。也許把蹂躪過的女人全宰了，所以你很可能是在找一個根本不存在的女人。」

「如果她真的不存在，」她說，「那我就要說一聲『去她的』！」

8

阿傑現在每天都打電話來找我，有時候一天不只一次。我給了他五十元，叫他去布魯克林查那兩支公用電話，那筆生意他賺不了多少錢，扣除搭地鐵和巴士的錢之外，剩下的大概都用來打電話了。他不論是去替賭場莊家收賭注，當街頭乞丐的助理，或做任何可以賺到錢的跑腿工作，都會比替我辦事強，但他仍然不停騷擾我，要我給他工作做。

星期六我開了張支票付我的房租，還有每月固定得付的帳單——電話費、簽帳卡。我在看電話帳單時，又重新思考打給基南．庫爾里的那些電話。幾天前我又試了一次打給各家電話公司，想找找看有沒有哪個職員可以想出辦法弄到我要的資料。再一次，每個人都告訴我那是不可能的。

十點半阿傑打電話來的時候，我正在想這個問題。「再給我幾支電話讓我去查嘛，」他哀求，「布朗克斯區，斯塔頓島，隨便哪裡。」

「現在你可以替我做件事，」我說，「我給你一個號碼，你告訴我有誰打過它。」

「再說一遍？」

「唉，沒什麼。」

「不，你剛才說了，大哥，告訴我是什麼事。」

「或許你真能辦到，」我說，「記不記得你是怎麼甜言蜜語，從接線生那兒拐到法拉格特路那支公用電話號碼的？」

「你是指我模仿布魯克斯兄弟講話那一招？」

「沒錯。或許你可以用同樣的語氣，騙到某位電話公司的副總裁，請他想出如何列出打進灣脊同一支電話的不同電話號碼清單。」他又問了幾個問題，我把我想查的資料，以及為什麼查不到的原因解釋給他聽。

「等等，」他說，「你是說他們不肯給你？」

「他們根本沒得給。他們能把每通電話都記錄下來，卻沒辦法這樣分類。」

「操，」他說，「我打去的第一個接線生也跟我講她沒辦法告訴我那支電話的號碼。不能相信他們說的每句話啊，大哥。」

「不，我——」

「你什麼，」他說，「每天都打電話給你，問你有什麼事給阿傑做，每次你都說沒有。為什麼以前你不告訴我這件事？你蠢蛋了，大哥！」

「你的意思是？」

「我的意思是，你若不告訴我你想要什麼，我怎麼可能給你呢？我第一次看到你的時候就跟你講過了，當時你走進丟斯，也不跟任何人講話。我馬上就對你說了，告訴我你要找什麼，我幫你找到。」

「我記得。」

「那你幹嘛還去跟什麼電話公司攪和？明明就可以來找阿傑嘛！」

「你是說你知道怎麼去跟電話公司要這些號碼？」

「我不知道，大哥。可是我知道怎麼找到港家兄弟！」

8

「港家兄弟，」他說，「吉米和大衛。」

「他們是親兄弟？」

「依我看是一點血親關係都沒有。吉米．洪是中國人，大衛．金是猶太人；至少他老爸是猶太人，他老媽好像是波多黎各人。」

「為什麼叫他們港家兄弟呢？」

「吉米洪、大衛金？香港、金剛！」

「哦！」

「加上以前他們最喜歡的遊戲是『大金剛』。」

「那是什麼東西，電動玩具遊戲嗎？」

他點點頭，「好玩！」

那時我們坐在巴士總站的一個點心吧裡，他堅持要在那兒見面。我叫了一杯很難喝的咖啡，他吃一根熱狗，喝百事可樂。他說：「你還記得我們在丟斯看到的那個傢伙『襪子』吧？在那裡他是霸王，可是一站在港家兄弟旁邊，不夠看啦！你也知道玩家都拚命想跟機器保持同樣的速度對不對，可是港家兄弟不必，他們永遠都比機器快一步。」

「你帶我來這裡，就是要介紹兩個彈子神童給我認識？」

「彈子機跟電動玩具差得遠了，大哥！」

「也許吧，可是——」

「可是那中間的差別，比起電動玩具跟港家兄弟現在玩的東西，又差得遠了。我告訴過你有些傢伙在丟斯混久了，變得很棒，不能再棒了，對不對？所以就覺得很無聊。」

「你是說過。」

「有些傢伙就是會迷上電腦。我聽說港家兄弟從一開始就玩電腦，他們就是靠電腦比電動玩具快一步的，在機器走下一步之前就已經曉得了。你下不下棋？」

「略知一二。」

「哪天我們倆來玩它一盤，看你到底行不行。你知道華盛頓廣場上那些石頭桌子吧？很多人帶著鐘、棋書去，一邊排隊等下場，一邊研究棋功欸。有時候我就去那裡下棋。」

「你一定很棒。」

他搖搖頭。「有些傢伙哦，」他說，「你跟他們玩，簡直比在齊腰的水池裡賽跑還難，哪裡都去不了，因為他們的腦袋裡永遠都比你早走五六步去了。」

「有時候幹我這行就是這種感覺。」

「真的啊？反正，電動玩具對港家兄弟來說就是這樣，他們永遠早走了五六步，所以他們就去玩電腦啦。你大概會說他們是『駭客』，知不知道那是什麼？」

「我聽過這個詞兒。」

「大哥，你想查電話公司的資料，何必打電話給接線生，也不必去跟什麼副總裁死纏爛打，只要找港家兄弟便可！他們鑽進電話裡，在裡面爬來爬去，電話公司就好像一個大怪物，他們在怪物的血管裡游泳。你還記得那部電影，叫什麼，欸，《聯合縮小軍》？他們是進電話裡漫遊。」

「這我就不知道了，」我說，「如果公司裡的高級主管都不知如何叫出那些數據——」

「大哥，你怎麼不聽我講話咧？」他歎了口氣，然後吮著吸管用力一吸，把他那杯百事可樂裡的最後一滴吸光。「你想知道街頭有什麼新聞，巴里奧區、哈林、丟斯發生什麼事，你會去問誰？問他媽的紐約市長嗎？」

「噢。」我說。

「懂我的意思了吧？他們就好像在電話公司的街頭上混。你知道貝爾媽媽吧？（譯註：Bell，發明電話的人，他成立了世界上最老的電話公司）港家兄弟老早躲在她裙底往上瞧了。」

「我們要去哪裡找他們？去丟斯？」

「不是告訴你了嗎，他們早就沒興趣了。他們偶爾會來瞧瞧有什麼新花樣，不過早就不在那裡混了。我們找不到他們的，他們會來找我們。我跟他們講我們會在這裡。」

「你怎麼跟他們聯絡上的？」

「你想呢？當然是傳呼囉。港家兄弟永遠都在電話附近。你知道嗎，這根熱狗好吃欸。你以為這種鳥地方東西一定很難吃，可是他們的熱狗不是蓋的。」

「是不是表示你還想再來一客？」

「順便嘛。他們過來這裡要一段時間，然後還得打量打量你，才決定要不要進來見你。要先確定你是一個人來的，萬一他們怕了你，馬上可以拔腿開溜。」

「他們為什麼要怕我？」

「因為你很可能是替電話公司工作的警察啊？大哥，港家兄弟可是法外之徒！貝爾媽媽要是逮住他們，不拿鞭子抽他們屁股才怪！」

∞

「問題是，」吉米．洪說，「我們非小心不可。穿西裝的那些人深信駭客是自黃禍之後對美國大企業最嚴重的威脅，媒體整天報導如果駭客想胡作非為，將會對整個系統造成多大多大的傷害。」

「破壞數據資料，」大衛．金接口，「擅改記錄。消除電氣回路。」

「故事是非常聳動，問題是他們忽略了一個事實，我們從來不會幹那種事。他們以為我們想在鐵軌上放炸藥，其實我們只不過想搭個免費便車罷了。」

「噢，偶爾某個白癡會引進一個病毒——」

「但大部分都不是駭客幹的，都是些變態，對某公司不滿啦，不然就是使用來路不明的軟體造成系統故障。」

「重點是，」大衛說，「吉米太老了，不能冒險。」

「上個月滿十八了。」吉米．洪說。

「萬一被抓到，會送他去成人法庭——如果他們依據年代記錄年齡的話。不過如果他們考慮情緒成熟度——」

「那大衛就什麼都不用怕了，」吉米說，「因為他還沒到達理性時期。」

「理性時期在石器時代之後，鐵器時代之前。」

一旦他們決定信任你，想叫他們住嘴都不行。吉米．洪大約六呎二，又細又長，黑色直髮，一張沉默寡歡的臉，戴一副飛行員太陽眼鏡，鏡片是琥珀色的。我們一起坐下來一刻鐘後，他便換上一副玳瑁框的圓邊透明眼鏡，使他的外型從拉風一變為書卷氣。

大衛．金還不到五呎七吋，圓臉，紅髮，滿臉雀斑。兩人都穿大都會棒球隊熱身夾克，絲光卡其布長褲和銳跑球鞋，但穿著一致並沒有讓他們倆看起來比較像孿生兄弟。

不過你若是閉上眼睛，可能真的會這麼以為。他們的聲音很像，說話方式更像，而且還經常接對方的話，替對方把話講完。

他們覺得在一件謀殺偵察案裡參上一腳很不錯（我並沒有告訴他們細節），也覺得我從各個電話公司那兒得到的反應非常有意思。「太美了，」吉米．洪說，「說這件事不可能做到，通常就表示他不懂怎麼做。」

「這是他們的系統，」大衛．金說：「你還以為他們至少該懂吧！」

「其實他們不懂。」

「然後他們就遷怒我們，因為我們比他們更了解他們的系統。」

「他們還以為我們會去傷害那個系統——」

「——其實我們愛那個系統還來不及呢。因為如果你想認真玩駭客遊戲的話，進奈拿克斯就得了。」

「那個系統挺美的！」

「複雜得無法想像。」

「環中有環。」

「迷陣中又有迷陣。」

「是最極限的電動玩具，最極限的『龍與地下城』，全部集合在一起。」

「簡直就是個宇宙。」

我說：「可以辦得到？」

「辦到什麼？噢，叫出那些號碼啊？在特定一天打給特定一支電話的所有電話號碼？」

「對。」

「有點問題。」大衛．金說。

「他的意思是說這個問題很有趣。」

「對，非常有趣。當然是有解答的問題囉，可以解決的問題。」

「不過很棘手。」

「因為數據量的問題。」

「數據很大很大，」吉米．洪說，「幾億幾兆個數據。」

「他所謂的數據就是通話數。」

「幾億兆的通話數，加上幾億兆沒有整理的通話數。」

「你必須去處理。」

「不過在你開始處理之前——」

「你得先進去。」

「以前是很容易啦。」

「容易得不得了。」

「他們根本就把大門敞開。」

「現在他們關門了。」

「鎖得緊緊的，可以這麼說。」

我說：「如果你們需要買特殊的器材——」

「噢，不用，不需要啦。」

「該有的我們都有了。」

「必要器材很簡單。一部簡單的筆電，一個數據機，一個聲響耦合器——」

「整套東西不會超過一千兩百元。」

「除非你瘋了，去買一個超級貴的筆電，但其實無此必要。」

「所以說你們可以辦到？」

他們交換了一個眼神，然後一起看著我。吉米．洪說：「我們當然可以辦到。」

「其實很有意思。」

「非熬個一整夜不可。」

「而且今天晚上不行。」

「不，今天晚上不能。什麼時候呢？」

「這個嘛——」

「明天是星期天。星期天晚上你行不行，馬修？」

「我沒問題。」

「你呢，金先生？」

「我可以啊，洪先生。」

「阿傑你呢？你會去嗎？」

「明天是不是？」自從把我介紹給港家兄弟之後，這是他第一次開口。「讓我看看哦，明天晚上——我明天晚上有什麼計畫呢？我得去葛蕾絲大廈開記者會呢？還是去世界之窗跟季辛吉吃晚餐呢？」他學默劇演員翻一本約會簿，然後抬起頭，雙眼發亮的說：「你們猜怎麼的？我沒啥事！」

吉米．洪說：「有開銷的，馬修。我們需要一個旅館房間。」

「我就租了一間。」

「你是說你住的地方？」他們彼此做了個鬼臉，覺得我天真得可笑。「不，我們需要的地方是可以不用真名的。因為我們會潛進奈拿克斯裡很久很久——」

「在怪獸的肚子裡爬來爬去，可以這麼說——」

「——我們可能會留下腳印。」

「也可能留下指紋，看你喜歡。」

「甚至聲紋，當然這只是打比方。」

「所以你不能用任何一支可能被追蹤到的電話。你要用假名訂個旅館房間，付現。」

「旅館不能太爛。」

「也不必六星級的。」

「只要有直撥電話就成。」

「現在大部分的旅館都有直撥。還有，要按鍵式的，一定要按鍵式的。」

「老式轉盤的不行。」

「那簡單，」我說，「你們平常就這麼做嗎？去住旅館？」

他們又交換了一個眼神。

「因為如果說有哪個旅館是你們比較喜歡的——」

大衛說：「馬修，當我們想玩駭客的時候，通常手上都不會有個一百五十元可以讓我們去住什麼像樣的旅館。」

「就連住爛旅館的七十五元也沒有。」

「也沒有住噁心旅館的五十元。所以我們通常呢——」

「我們找一堆公用電話，附近交通流量很小的，像是中央火車站郊區線候車室——」

「——因為三更半夜發車的郊區線火車沒幾輛——」

「——或是辦公大樓那類的地方。」

「有一次我們沒有受邀就進入一間辦公室——」

「實在有點蠢，大哥，以後我再也不幹這種事了。」

「我們進去只是想用電話。」

「你可以想像我們這樣跟條子講嗎？我們不是來偷東西的，警官，我們只想借用一下電話。」

「那個經驗是很刺激，但我可不想再嘗試。問題是，你知道，我們很可能要花很多很多個小時做這件事——」

「你當然不希望半路殺出個程咬金，或是我們上機的時候有人想用電話。」
「沒問題，」我說，「我們去住一個像樣的旅館。還有呢？」
「可樂。」
「或百事可樂。」
「可口可樂比較好。」
「或是攪特可樂。『含糖，雙倍咖啡因！』」
「或許再來點垃圾食物，像是多力多滋。」
「買田園沙拉口味，不要買烤肉的。」
「洋芋片、起司球——」
「拜託，不要買起司球啦！」
「我喜歡起司球。」
「拜託，最鳥的零食莫過於起司球。我賭你找不出一種可以吃的東西，能比起司球更鳥的。」
「品客洋芋片。」
「這個——」
「不公平！品客不是食物。馬修，你來當裁判。你怎麼說？品客算是食物嗎？」
「不算！洪，你真病態！品客是歪歪扭扭的小飛盤，沒別的。它不是食物！」

8

基南．庫爾里沒接電話，所以我打給他哥哥。彼得的聲音睡意極濃，我為吵醒他道歉。

「我老是吵醒你，」我說，「對不起。」

「是我自己的錯，下午睡什麼午覺嘛。最近我的睡眠時間完全錯亂了。什麼事？」

「沒什麼，我想找基南。」

「還在歐洲。他昨晚有打電話給我。」

「噢。」

「禮拜一才回來。怎麼，你有好消息要報告？」

「還沒有。不過我得坐很多計程車。」

「吭？」

「開銷費，」我說，「明天我大概有將近兩千塊的開支，我想得到他的同意。」

「嘿，沒問題的。我相信他一定會答應。他不是會負擔你的額外開支嗎？」

「對。」

「那就放心吧，他會還你的。」

「問題就出在這裡，」我說，「我的錢都存在銀行裡，今天是禮拜六。」

「你不能用自動提款機嗎？」

「我存在保險櫃裡。也不能從支票帳戶裡提，因為前幾天我才付了一堆帳單。」

「那就開張支票，星期一再兌現嘛。」

「這筆開銷不能用支票付。」

「噢。」接下來是一陣靜默。「我不知道該說什麼，馬修。我大概只能湊個兩百塊錢，實在弄不到兩千塊。」

「基南的保險箱裡沒錢嗎？」

「或許不止這個數兒，可是我沒辦法開。沒有人會把自己保險箱號碼告訴一個毒蟲，就算是親兄弟也不可能，除非你瘋了。」

我什麼都沒說。

「我絕對沒有怪他的意思，」他說，「我只是告訴你一個事實而已。我沒有理由要知道他保險箱的號碼。老實告訴你，我還真慶幸我不知道呢，我連我自己都信不過。」

「你現在很乾淨、又清醒，彼得。多久了？有沒有一年半？」

「我仍是個酒鬼跟毒蟲，大哥。你知道這兩種人的分別在哪裡嗎？酒鬼會偷你的皮夾。」

「毒蟲呢？」

「噢，毒蟲也會偷你的皮夾，然後還會幫你去找。」

8

我差點想問彼得要不要再去參加喬爾西的聚會，但不知為什麼，我就讓它過去了。或許因為我記起我並不是他的輔導員，而且我也不想自告奮勇去擔任這個角色。

我打電話給伊蓮，問她手上現金多不多。「過來吧，」她說，「我滿屋子都是錢。」

她手上有一千五百元，全是五十和一百的面額，而且她說她還可以再去自動提款機領，不過一天最多只能領五百元。我拿走一千兩百元，還不至於讓她破產。加上我皮夾裡剩下的錢，和我可以從自動提款機裡領出來的錢，我這邊是綽綽有餘了。

我告訴她我要那筆錢的用途，她覺得整件事非常吸引人。「可是，安不安全啊？」她想知道，「顯然這麼做是不合法的，但是到底有多不合法？」

「比行人違規嚴重。入侵電腦是一項重罪，竄改電腦也是，我感覺港家兄弟明天晚上大概兩項罪都會犯。我會在一旁協助及教唆，而且我已經犯了賄賂罪。告訴你一件事，這年頭你只要轉個身，就不知觸犯了多少條刑法。」

「可是你覺得這麼做值得？」

「我想是的。」

「他們都只是小孩子，你不會讓他們惹上麻煩吧？」

「我也不想讓自己惹麻煩啊。而且他們每天都在冒這種險，這一次至少還有錢拿。」

「你打算付他們多少錢？」

「每個人五百元。」

她吹了聲口哨，「幹一個晚上的活能賺到這個數不錯嘛。」

「是啊，不過如果他們真能把數據資料叫出來，那這個數就太少了。我問他們要多少，他們不知如何反應，所以我提議五百元，他們似乎覺得很合理。他們都是中產階級出來的小孩，所以我想不至於缺錢用。我還有個感覺，如果我想說服他們免費替我做，他們也會願意。」

「藉此引出他們人性本善的那一面。」

「還有他們想找刺激的慾望。不過我不想那麼做。為什麼他們就不該拿錢？如果我曉得電話公司哪個人可以賄賂，我願意出的錢不只這個數，但我根本找不到一個人願意承認我要的東西在技術上是可行的。所以為什麼不把錢給港家兄弟呢？又不是我的錢，而且基南．庫爾里常說慷慨是每個人都負擔得起的。」

「萬一他決定不給呢？」

「不太可能。」

「除非他過海關的時候被人家抓到背心裡塞滿了白粉。」

「我想這種事的確有可能發生，」我說，「那也只表示我得自掏腰包付不到兩千元的開銷，何況兩個星期前我才從他那兒拿了一萬元。時間過得真快，到禮拜一就兩個星期了。」

「怎麼了？」

「這段時間我沒有任何成果，好像真的——算了，我已經盡全力了。總之，重點就是，我願意冒拿不回這筆錢的險。」

「大概吧，」她皺皺眉，「你怎麼會算成兩千元？一百五住旅館，一千元給港家兄弟。兩個小孩子能喝多少可口可樂啊？」

「我也要喝可樂啊。而且別忘了阿傑。」

「他喝很多可樂？」

「愛喝多少都可以。而且他也可以領到五百元。」

「因為他介紹港家兄弟給你認識。我都沒想到這一點。」

「因為他介紹港家兄弟給我認識，也因為他想到了要介紹港家兄弟給我認識。他們才是從電話公司那兒拐情報的最佳人選，換做我，永遠都想不到要去找那樣的人。」

「嗯，我們常常聽說電腦駭客，」她說，「可是叫我們上哪裡找？他們可沒列在電話簿裡。馬修，阿傑今年幾歲啊？」

「我不知道。」

「你從來沒問過他？」

「他從來沒老實回答過。我想大概十五或十六吧，前後應該差不到一歲。」

「他住在街頭？睡哪裡啊？」

「他說他有個地方，從來沒講在哪裡，或是跟誰住。在街頭混久了，學會的第一件事就是別忙著把自己的私事告訴別人。」

「甚至包括你的名字。他知道他會拿到多少錢嗎？」

我搖搖頭，「我們還沒討論這件事。」

「他絕對想不到會有那麼多吧？」

「不會，不過為什麼他就不該拿呢？」

「我不是不同意你的做法，我只是不曉得他會用這五百塊去做什麼。」

「他愛做什麼都可以啊。每次用兩毛五，他可以打兩千通電話給我。」

「大概吧，」她說，「老天，每次我一想到我們認識的人——丹尼男孩、卡莉、米基、阿傑、港家兄弟——馬修？我們永遠都不要離開紐約，好不好？」

二

每個禮拜天吉姆．法柏和我通常都到一家中國餐廳吃晚飯，不過偶爾也會換地方。六點半我跟他在老地方見，七點剛過的時候他問我是不是要趕車。「因為在十五分鐘內，你已經看了三次錶了。」

「對不起，」我說，「我完全不自覺。」

「你在掛心什麼事嗎？」

「嗯，待會兒我得做一件事，」我說，「不過時間還很充裕。八點半以前都沒事。」

「我也要去參加一個八點半的聚會，不過我想那大概不是你要做的事吧。」

「不是。今天下午我已經去過聚會了，因為我知道晚上沒法兒參加。」

「你的這個約會，」他說，「不是因為要跟酒在一起，所以才這麼緊張吧？」

「老天，不是的。那裡不會有比可口可樂更刺激的東西，除非有人去買攪特。」

「那是最新的毒品？我沒聽說過的？」

「那是一種可樂，就跟可口可樂一樣，只不過咖啡因多一倍。」

「我不確定你受得了哦。」

「我大概根本不會去試。你想知道吃完飯我要上哪兒去嗎？我要用假名住進一家旅館，然後讓三個年輕男孩進我的房間。」

「別再往下說了。」

「我不會說的。因為我不想讓你預先知道一樁未犯下的重罪。」

「你打算跟這些小孩一起犯這個重罪？」

「他們才是犯罪的人，我只會在旁邊看。」

「那這條鱸魚你多吃點，很補的，」他說，「而且今天晚上燒得特別好吃。」

8

九點鐘，我們四個人已經集合在弗隆特納克伯爵旅館一間每晚一百六十美元的邊間房間內，那是一家有一千兩百個房間的旅館，幾年前由日本人出資興建，後來賣給一家荷蘭聯營企業，位在第七大道和五十三街角落，我們從二十八樓的房間望出去，可以看到哈德遜河。本來可以的，如果我們沒把窗帘拉上的話。

櫥櫃上堆滿了零食，包括起司球，但沒有品客洋芋片。迷你冰箱裡堆著三種不同口味的可口可樂，每種口味六罐。電話已從床頭移到桌上，話筒上接著一個叫做聲響耦合器的裝置，話機後面則插了一個叫數據機的東西；桌上的另一樣東西是港家兄弟的筆電。

我以約翰．J．岡德門這個名字登記住房，地址填的是伊利諾州史苟基，山尖大道。我付了現金，外加五十元押金，這是旅館對想用電話及房內小酒吧、卻付現金的客人的要求。我並不在乎什麼小酒吧，但電話我們可是非用不可。那才是我們住進這個房間的理由。

吉米．洪坐在桌前，十根手指在電腦鍵盤上飛掠一陣，再到電話上去按號碼。大衛．金拉了一把椅子過來，人卻站在吉米背後俯看電腦螢幕。之前他企圖向我解釋如何利用數據機透過電話線將不同的電腦連線，可是那比對一頭田鼠解釋歐幾里德幾何學好不到哪裡去。就算我聽得懂他用的那些字眼，但是他到底在講些什麼，我仍是丈二金剛摸不著腦勺。

港家兄弟穿西裝，打了領帶；只是為了通過旅館大廳。此刻他們的西裝外套和領帶全扔在床上，兩人都捲起袖子。阿傑還是平常打扮，但櫃檯並沒有刁難他。他是抱著兩大袋雜貨進來的，喬裝成送貨僮。

吉米說：「我們進去了！」

「好！」

「我們是進了奈拿克斯，不過這就像是要上旅館四十層樓的房間，現在才只進到了旅館大廳。好，現在我們來試試這個。」

他的手指舞了一陣，螢幕上出現一個數字及字母的組合。過了一會兒他說：「王八蛋，老是換密碼。你知道他們費了多大的力氣，就是為了不讓像我們這樣的人進去嗎？」

「好像真能奏效似的。」

「如果他們把那些精力拿去改善他們的系統——」

「笨。」

更多的字母，更多的數字。「媽的，」吉米說完便伸手去拿他的可樂，「你知道嗎？」

「好像得運用我們的『人性化』軟體了。」大衛說。

「我也是這麼想。你想磨練一下你的人性化溝通技巧嗎？」

大衛點點頭，拿起電話。「有人稱之為『社交工程』，」他對我說，「目標是奈拿克斯的時候最難，因為他們警告所有職員，一定要小心我們。幸好他們大部分的職員都是智障。」他按了一個號碼，過了一會兒便說：「嗯，我是雷夫．威克斯，我在測試你的線路。最近你每次想進宇宙（COSMOS）系統都有問題，對不對？」

「他們永遠都有問題，」吉米．洪在旁耳語，「所以這個說法很安全。」

「對，沒錯，」大衛說。接下來是一大串我聽不懂的術語，然後，他說：「現在告訴我你是怎麼進入系統的？你的密碼跟暗語是什麼？噢，對，別告訴我，你不應該告訴我，安全措施對不對？」他翻了翻白眼，「了解，他們整天也在為同樣的鳥事煩我們。這樣好了，別跟我講密碼，你在你鍵盤上按就好。」數字和字母出現在我們的螢幕上，吉米的手指飛快依樣鍵入我們的鍵盤。「很好，」大衛說，「現在再鍵入你進入宇宙的暗語？別告訴我，只要在你的鍵盤上操作就可以了。」

「太美了。」數字出現在我們的螢幕上時吉米輕聲這麼說，然後跟著鍵入。

「這樣應該就可以了，」大衛告訴對方，「我想從現在開始你應該不會再有什麼問題了。」他把電話掛了，發出長長一聲歎息，「我想我們應該也不會有什麼問題了。『別告訴我號碼，只要鍵入就可以了。別告訴我，達令，只要告訴我的電腦就可以了。』」

「炫！」吉米說。

「我們進去了？」

「我們進去了！」

「漂亮！」

「馬修，你的電話號碼幾號？」

「別打給我，」我說，「我不在家。」

「我又不想打給你，我只想查查你的線路。幾號？算了，別告訴我，你以為我稀罕啊。『史卡德．馬修。』五十七西街，對不對？這個看起來眼不眼熟？」

我看看螢幕。「那是我的電話號碼。」我說。

「嗯哼，你喜不喜歡？想改嗎？給你一個比較好記的號碼？」

「如果你打電話叫電話公司改，」大衛說，「大概需要一個禮拜的時間才會通過層層關卡，可是我們現在就可以立刻做。」

「我看我還是保留原來的號碼好了。」我說。

「隨便你。嗯，你的服務項目都很基本嘛，是不是？沒有轉機服務，也沒有等候服務。你住在旅館裡，有個總機支援你，所以你大概並不需要等候服務，不過你還是應該裝轉機服務。萬一你去別人家過夜呢？你的電話就會自動轉過去欸。」

「我可能不會常常用到，不知道裝了值不值得。」

「又不花你半毛錢。」

「不是按月收費的嗎？」

他咧齒一笑，手指飛快動了一陣。「對你免費！」他說：「因為你有極具影響力的朋友。從現在開始，你已經裝了轉機服務，港家兄弟送你的。我們現在進入宇宙了，那是我們入侵的一個專門系統，我會把你的帳戶鍵入其中，幫你算帳單的系統並不知道這個改動，所以你不用出半毛錢。」

「都聽你的。」

「長途電話你用AT&T，沒有選史普林特或MCI？」

「沒有，我不覺得會打那麼多，省不了幾個錢。」

「這個嘛，我讓你用史普林特，」他說，「會替你省很多很多錢。」

「真的嗎？」

「嗯，因為奈拿克斯會把你的長途電話全部轉入史普林特，問題是史普林特並不知道。」

「所以你根本不會接到帳單。」大衛說。

「這我就不知道了。」我說。

「相信我。」

「噢，我並不是不相信你，只是不確定自己的感想。這可是竊盜罪。」

吉米瞪我一眼。「我們現在講的是電話公司欸。」他說。

「我知道。」

「你以為他們會在乎這筆錢？」

「不會，可是——」

「馬修，你去打公用電話，電話接通了，銅板卻掉出來，你會怎麼做？把錢放進口袋裡，還是把它塞回退幣孔？」

「或者是郵遞寄還給人家。」大衛提議。

「我懂你的意思了。」我說。

「因為我們都知道公用電話吃了你的錢、電話卻沒通的時候下場會如何。面對現實吧，只要是跟貝爾媽媽對上了，沒有人能占便宜的。」

「大概吧。」

「所以現在你的長途電話和轉機服務都是免費的。啟動轉機的時候必須按一個號碼，不過你可以打電話給他們，跟他們講你把單子搞丟了，他們會告訴你。簡單得很。阿傑，你的電話幾號？」

「我沒電話。」

「那你最喜歡的公用電話呢？」

「最喜歡的？不知道。那些電話的號碼我統統不知道。」

「那就選一個，把地點告訴我。」

「港務局裡有三個連在一起的公用電話，我還滿常用的。」

「不行，那裡電話太多，不可能確定我們講的是同一支。給我一個在街角的如何？」

他聳聳肩。「第八大道和四十三街？」

「上城還是下城方向？」

「上城，街的東邊。」

「好，我們只要……好了。你想把號碼抄下來嗎？」

「乾脆改了算了。」大衛提議。

「好主意。選個好記的。TJ五四三二一如何？」

「就跟我自己的電話一樣。嘿，我喜歡！」

「我們來看看這個號碼有沒有人用噢……不成，有人用了。那何不朝相反方向走？TJ五六七八九。沒問題，全是你的！訂做的。」

「你可以這樣子改？」我實在很驚訝，「前面三個號碼不是依地區固定的嗎？」

「以前是這樣的，而且還是可以交替使用的，不過那只是針對某一根電話線的號碼而言，跟你按入的號碼完全無關。你按的號碼，就像我剛才給阿傑的那一個，就跟你去自動提款機提錢時鍵入的密碼一樣。其實只是個識別號碼而已。」

「那是一個進入系統的號碼，」大衛說，「只不過你進入的是一條電話線，電話線則負責遞送你打的電話。」

「我們來替你修改一下那支電話，阿傑。那是公用付費電話，對不對？」

「對。」

「錯了。本來是付費電話，現在變成免費電話了。」

「就這樣？」

「就這樣！過一、兩個星期後搞不好會有哪個白癡去打小報告，不過這段時間可以省好幾個銅板。記不記得以前我們假扮羅賓漢？」

「噢，好玩，」大衛說，「有一天晚上我們去世界貿易中心打那裡的公用電話，當然我們做的第一件事就是改電話，改成免費的——」

「——否則我們不是整晚都得不停投銅板，那多荒謬——」

「——洪說公用電話應該是給公眾免費享用的電話，就像地鐵，也應該是免費的，他們應該把收費柵欄全部拆除——」

「——或是把它們變成不管投不投車票，都會轉動，如果它們已經電腦化了，這可以改，可惜它們只是機器——」

「——很原始，其實想想機器都很原始——」

「——可是電話我們就可以改了，於是，我們大概花了兩個鐘頭吧——」

「——只有一個半鐘頭吧——」

「——我們是在宇宙裡跳來跳去，還是大熊座——」

「——不對，是宇宙——」

「——我們一個公用電話接一個改，解放它們，還它們自由——」

「——洪玩得亂進入狀況的，『解放人民！』都喊出來了——」

「——我們不知道改了多少支電話。」他抬起頭來，「你知道嗎？有時候我可以了解奈拿克斯為什麼想剝我們的皮。從某個角度來看，我們簡直就是他們的眼中釘，肉中刺。」

「那又怎樣？」

「有時候你得站在他們的立場想想，沒別的。」

「誰說的，」大衛．金說，「你才不應該替他們想咧。那不就像是玩『小精靈』的時候同情裡面的藍色毒舌妖嗎？」

吉米．洪提出反駁，兩人你來我往之際，我新開了一罐可樂。等我回到戰局之中，吉米說：「好了，我們進入布魯克林電路了，再告訴我那個號碼一次。」

我查了一下，把號碼唸出來，他鍵入電腦。更多對我而言毫無意義的數字及字母出現在螢幕上，他的手指在鍵盤上飛舞，我雇主的名字及地址跟著顯現出來。

「那就是你朋友？」吉米想確定，我說是的。「他現在沒在電話上。」他說。

「你知道？」

「當然。如果他在講電話，我們還可以聽咧。你可以隨時切進去聽任何人講電話。」
「只可惜非常無聊。」
「對，以前我們還會這麼做，你以為可以聽到香辣的，或是聽到關於犯罪或間諜之類的，結果全是些瑣碎得不得了的無聊對話。『回家的時候順便買盒牛奶，達令。』真無聊。」
「而且居然這麼多人口齒不清，結結巴巴，不知道在講什麼，你真想跟他們講，有屁快放，否則乾脆閉嘴。」
「當然還有電話性交囉。」
「千萬別提那一壺。」
「金的最愛。在家裡打一分鐘收費三大洋，可是如果打公用電話，你又教會那支電話不收錢的話，那就免費！」
「亂詭譎的。有一次我們偷聽那種專線。」
「然後插進去發表評論，結果把一個男人嚇壞了。他付錢跟這個女的一對一談話，她的聲音亂那個的——」
「——不過臉大概長得像哥吉拉，誰知道呢——」
「——然後金在他講到一半的時候插進去，嘲笑他的性幻想。」
「那個女孩也嚇壞了。」
「女孩？她搞不好已經當阿媽了。」

「她說：『是誰？你在哪裡？你怎麼插進來的？』」

他們一邊講個不停，吉米．洪同時還在進行另一場對話，和電腦對話。此刻他突然舉起一隻手叫大家安靜，然後用另一隻手按鍵盤。「好了，」他說，「把日期給我，是三月，對不對？」

「二十八號。」

「月，三。日期，二－八。我們要打給〇四－〇五三－九〇四的電話。」

「不，他的號碼是——」

「那是他電話線的號碼，馬修，你忘了兩者之間的差別了嗎？哼，我就知道，數據資料無法確認。」

「那是什麼意思？」

「意思是說我們買這麼多食物很聰明。拜託哪一位把多力多滋遞給我好嗎？得花一點時間了。既然已經在這個系統裡了，你對從那支電話打出去的電話感興趣嗎？不叫點東西出來好像太浪費了。」

「那就叫吧。」

「看看有什麼。你瞧瞧，它什麼都不肯告訴我們。好，咱們來試試這個。哦，哦，好，現在——」

那個系統接著開始吐出一串電話資料，從午夜過後幾分鐘開始，依照時間順序顯示。凌晨一點前打了兩通，直到八點四十七分都沒有再打，那時候有一通打給二一二開頭、長三十秒的電話。早上打了一通，下午一、兩點的時候有好幾通，然後在兩點五十一分到五點十八分之間一通都沒打。五點那通是打給他哥哥的，只講了一分鐘，我認得彼得・庫爾里的電話號碼。然後那天晚上一通都沒打出去。

「有沒有你想抄的，馬修？」

「沒有。」

「好吧，」他說，「現在輪到困難的部分了。」

∞

我無法告訴你們他們到底做了些什麼。十一點剛過，他們換了手，大衛坐下來，吉米則在一旁踱方步，打呵欠伸懶腰，然後走進浴室，出來的時候將一盒女主人牌的杯子蛋糕一掃而光。十二點三十分，兩人又換了一次手，大衛進浴室沖了個澡。這時阿傑已倒在床上睡死了，他和衣躺在床罩外，連鞋子都沒脫，緊緊抱著一個枕頭，彷彿全世界都想搶他那個枕頭似的。

一點三十分，吉米說：「他媽的，我就不相信進不了NPSN。」

「電話給我，」大衛說。他撥了一個號碼，怒叱了一聲，把電話切斷，接著又撥了一次。第三次的時候電話終於接通了。「喲，」他說，「我在跟誰講話？太棒了。聽著，莉塔，我是NICNAC中心的泰勒・費爾丁，剛接到五號緊急狀況的通知，我需要你進入NPSN的密碼跟暗語，免得事情搞大條，一路燒到克里夫蘭去。五號狀況！聽到了沒有？」他很專心的聽，然後伸出一隻手到鍵盤上。「莉塔，」他說，「你太美了。你救了我一命，真的。你相不相信剛才連續兩個人不知道五號狀況比所有情況都優先？對啊，那是因為你用心。聽著，如果待會兒你受到靜電干擾，我負全責。好，你也是，拜。」

「你負全責，」吉米說，「好詞。」

「理所當然嘛。」

「到底什麼是五號狀況，你可不可以告訴我？」

「我也不知道。NICNAC中心又是什麼呢？泰勒．費爾曼是誰？」

「你說費爾丁。」

「本來是費爾曼，他改名了。我不知道，大哥，全是我瞎掰的，不過莉塔可覺得了不起得很。」

「你的語氣聽起來好緊急哦。」

「為什麼不緊急呢？都凌晨一點半了，我們連NPSN都還沒進去。」

「現在已經進去啦。」

「多麼甘美的滋味！告訴你，洪，什麼都打不過五號狀況，馬上在官僚迷陣裡暢行無阻！你懂我的意思吧，『我接到五號緊急狀況通知，』大哥，把她的門都轟掉了！」

「莉塔，你真美！」

「大哥，剛才我好像戀愛了，我得承認。等我們講完，就已經建立關係了，知不知道？」

「你還會再打電話給她？」

「我敢打賭我隨時都可以從她那兒要到暗語，除非有什麼人提醒她已經快要把公司給賣了。否則下一次再打電話給她，我們絕對是老朋友了。」

「哪天打個電話給她，」我說，「而且別再跟她要什麼暗語或密碼了。」

「你是說打去跟她純聊天？」

「是啊。或許給她點情報，但別再從她那兒挖東西。」

「絕對不會，」大衛說。

「然後慢慢的——」

「懂了，」吉米說。「馬修，我不知道你的數位純熟度或手腦協調度好不好，我只知道你對尖端科技是一竅不通，不過我告訴你一件事，你有駭客族的一顆心和靈魂。」

∞

據港家兄弟的陳述，事情要從他們進入NPSN之後才開始變得比較有趣，至於NPSN是啥，我並不想深究。「從技術角度來看，這才是真正吸引人的部分，」大衛解釋道，「因為我們是在這裡面嘗試叫出奈拿克斯那批人宣稱叫不出來的東西。他們這樣說，只是想打發你，不過有些人說的是真話，至少他們以為是真的，因為他們真的不知道怎麼去找。所以說我們等於在寫自己的程式，輸進他們的系統裡，命令它整理出我們要的數據資料。」

「可是，」吉米說，「如果你的興趣不在技術方面，那你肯定提不起勁兒來。」

這時已經醒來的阿傑站在大衛的椅子後面，像被催眠了似的瞪著電腦螢幕看。吉米走到冰箱前面拿出一罐攪特可樂，我躺進一張安樂椅裡。大衛說得對，我一點都提不勁兒來。我往軟墊裡靠，再恢復意識時，阿傑正輕輕搖我的肩膀，叫我的名字。

我睜開眼睛，「我一定是睡著了。」

「對，你是睡著了。還打鼾咧。」

「現在幾點了？」

「快四點。電話資料正在跑。」

「他們不能列印下來嗎？」

阿傑轉過身去替我傳話，港家兄弟開始吃吃笑。大衛故做鎮靜，提醒我我們沒帶印表機進來。我幾乎衝口而出「我的輔導員就是搞印刷的」。（譯註：printer，可指印刷業者，亦是電腦印表機）但我只說：「當然沒帶，對不起，我還沒完全醒。」

「你待在那兒別動，我們幫你抄下來。」

「我去幫你拿一罐攪特，」阿傑好意的說。我叫他不要麻煩，不過他還是幫我拿了一罐。我嚐了一口，實在不是我想要的，不過我也不知道自己到底想要什麼。我站起來舒展一下僵直的背部和肩膀，然後走到桌旁。此刻大衛．金在操作電腦，吉米．洪則將螢幕上的資料抄下來。

「全在這裡了。」我說。

它們全顯示在螢幕上，從三點三十八分告訴基南．庫爾里他太太已經失蹤的那一通開始，接著是間隔差不多都在二十分鐘左右的三通電話，最後一通的記錄為四點五十四分。基南是在五點十八分打給他哥哥的，下一通打進來的電話在六點四分，想必是在彼得抵達殖民路之前。

然後第六通電話在八點一分打進來，應該是命令他們去法拉格特路的那一通，然後他們去那裡接到電話，又命令他們奔去退伍軍人大道。接著他們回家去，因為對方向他們保證已經把法蘭欣送回家了。然後他們在空蕩蕩的房子裡一直等到十點四分，最後一通電話打進來，叫他們去街角看福特Tempo車廂裡的包裹。

「哇，」大衛說，「不愧是上了最厲害的一課。因為我們鍥而不捨，你知道嗎？你需要某種資料，所以我們不能中途罷休。玩駭客的時候，你只能忍受一定量的乏味程序，然後就會想去做別的事。可是這一次我們非撐下去不可，直到我們粉碎所有的乏味程序，抵達彼岸。」

「結果是更多的乏味程序。」吉米說。

「可是你學到很多啊，真的，如果下次我們必須重做一遍——」

「乞求上帝千萬不要。」

「沒錯，可是如果我們非做不可的話，只要一半時間就可以做到了。不過整個快速搜尋檔案選擇可能會加倍時間，如果我們切入——」

接下來他講的那堆話，我更如鴨子聽雷，但就算聽得懂，我也不會聽下去，因為那時吉米．洪已遞給我一張紙，上面列出三月二十八日所有打進庫爾里家的電話資料。「我早應該告訴你的，」

我說。「早一點的電話並不重要，只要從三點三十八分開始的那七通就可以了。」我研究那個名單。他把所有資料都抄了下來：打來的時間，對方的電話線路號碼，你進入那條線路撥的號碼，以及通話的時間。其實通話時間我也不需要，但我不必跟他們講。

「七通電話，每通都是從不同支電話打來的，」我說，「不，我錯了。有一支電話他們用了兩次，第二通和第七通。」

「這是你要的東西嗎？」

我點點頭，「它們能提供我什麼線索，那就是另外一回事了。可能很多，也可能一點點，要等到我弄到對號電話簿，查出這幾支電話的地點才知道。」

他們全瞪著我瞧。直到吉米·洪把眼鏡摘下來對我猛眨眼睛時，我才意會過來。「對號電話簿？有我們兩個在這裡，所有的資料都藏在NPSN系統某處，你還需要對號電話簿？」

「因為這是雕蟲小技嘛，」大衛·金說罷便又在電腦鍵盤前坐下。「好了，」他說，「唸第一個號碼給我聽。」

8

全是公用電話。

我就怕這個。從頭到尾他們都顯得十分職業化，我有充分的理由可以假定他們在這方面也會顧慮周全，只用那些無法追蹤的公用電話。

但每次都打不同的公用電話？這就難懂了。不過港家兄弟研究出一個理論，也說得通。他們是在預防基南．庫爾里找人來監聽電話，以鎖定打進來電話的位置。他們打的每通電話時間都很短，可以讓他們在追蹤電話的人馬到達前離開；因為從來不重複使用同一支電話，即使庫爾里找人來監聽電話，也不可能追蹤到他們。

「因為現在追蹤電話可以立時做到，」吉米告訴我，「如果你接了一套像我們這樣的系統，你根本不必追蹤，只要看螢幕一眼就可以讀出來了。」

為什麼這樣嚴密的防守會在打最後一通電話時疏忽了呢？顯然那時他們覺得已無此必要了。庫爾里唯命是從，該做的都做了，也並未企圖干擾他們拿取贖金，所以不值得再那麼耗費精力去防守他。那個時刻其實他們應該可以安心使用家裡或公寓裡的電話，如果他們那麼做了，我現在就可以逮到那幾個禽獸。如果當時開始下起雨來，或者發生什麼事讓他們非待在屋裡不可。如果每個人都不放心讓另兩個人守著贖金。

太可惜了。如果能改個運，讓我幸運一次，那就好了。

不過換句話說，苦幹了一整夜，加上那一千七百元及零頭的開銷，也絕對沒有白費。我學到了一些事，不只是我想找到的那三個男人原來是三個老謀深算的變態強暴謀殺罪犯而已。

所有的地址都在布魯克林，而且這幾支電話的涵蓋區域，比起整個庫爾里案牽涉的範圍小很多。綁票和交付贖金部分從灣脊開始，移到圓石丘的亞特蘭大大道，涵蓋平林、法拉格特，甚至遠至退伍軍人大道，然後運送屍體時又轉回灣脊。這麼一來把布魯克林區一大塊都畫進去了，而他們之前的活動又包括布魯克林及皇后兩區。任何地方都可能是他們的基地。

可是這幾支公用電話相距不遠。我得拿張地圖，坐下來仔仔細細把名單上的位置畫出來，可是我現在就知道其實它們都在同一個區域，布魯克林西邊，庫爾里灣脊那棟房子的北方，綠林墓園的南方。

也就是他們丟棄蕾拉．亞芙瑞茨的地方。

其中一支電話在六十街上，另一支在和四十一街交口的新烏得勒支街上，所以說也不是光靠步行就可以走到的。他們是離開家，開了車去打這些電話的。根據邏輯，他們的基地應該就在附近，而且很可能就離他們重複使用了兩次的那支電話不遠。事情已經結束了，該做的事他們都做完了，剩下來就是再在基南．庫爾里的傷口上抹把鹽，所以說，何必開車開到十條街外去打電話呢？沒必要嘛。何不使用離家最近、最方便的那一支電話？

那一支正好在四十九與五十街中間的第五大道上。

8

這些事我並沒有全跟男孩們講，而且很多細節都是後來我自己反芻出來的。我給港家兄弟每人五百元，告訴他們我真的非常感激。他們堅持說其實這件差事很好玩，即使乏味的部分也很好玩。吉米說他頭很痛，而且犯了嚴重「駭客腕」，但很值得。

「你們兩個先下去，」我說，「把你們的西裝領帶穿上打好，然後裝著若無其事的樣子走出前門。我要確定房間裡沒有留下痕跡，而且還得到櫃檯去跟他們結電話費。我付了五十元押金，可是我們用了七個多鐘頭的電話線，實在不知道會要我多少錢。」

「我的天！」大衛說：「他永遠不懂。」

「真是不可思議。」吉米說。

「我不懂什麼？」

「你什麼費用都不必付，」吉米說，「一上線之後我做的第一件事就是避開櫃檯。就算打去上海，櫃檯也不會有任何記錄的。」他咧齒笑。「不過你最好讓他們保留那筆押金，因為金大概吃掉了小酒吧裡價值三十元的夏威夷堅果。」

「我只吃了三十粒，不過一粒大概要一元。」大衛說。

「如果我是你的話，」吉米說，「我就會直接回家。」

∞

等他們走了之後，我付錢給阿傑。他把我遞給他的鈔票展開像把扇子似搧著，看看我，又看看鈔票，然後再看看我說：「這是給我的？」

「要是沒有你，那還玩什麼？球棒和棒球全是你帶來的。」
「我還以為你只會給我一百元，」他說，「我又沒做什麼，只是在旁邊混而已，不過你出手大方，所以我想你大概不會把我給忘了。我這裡有多少？」
「五百。」我說。
「我就知道這行得通，」他說，「我和你。我喜歡這份偵探工作。我有辦法，我又行，而且我喜歡。」
「平常不會這麼好賺。」
「沒差啦，大哥，還有什麼樣的行業能讓我把我知道的屁事全發揮出來？」
「那你將來長大了也想當偵探囉，阿傑？」
「才不想等那麼久咧，」他說，「現在就當。此時此刻，馬修。」
我告訴他他的第一項任務便是設法在不引起旅館職員側目的情況下離開旅館。「如果你打扮得跟港家兄弟一樣，那就好辦了，」我說，「看來我們只好因陋就簡，一起出去吧。」
「像你這把年紀的白種男人和一個黑人男孩？你知道他們會怎麼想吧。」
「嗯，他們想把頭搖掉都可以。可是如果讓你一個人走出去，他們會覺得你是進來偷東西的，還可能不讓你出去。」
「嗯，你說得對，」他說，「可是你沒有看到各種可能性。房間費用都付清了，對不對？退房時間應該是中午吧。我看過你住的地方，我不是想讓你難為情，可是你的房間實在沒這間好。」

「那是當然，不過我也沒有一個晚上付一百六十元房租。」

「嗯，這個房間不用我出一毛錢，大哥！所以我要進去洗個熱水澡，用三條大毛巾擦身體，然後鑽進床裡睡它六、七個鐘頭，因為這個房間不但比你的房間好一點點而已，它還比我住的地方好上十倍。」

「哦。」

「所以我這就把『請勿打擾』的牌子掛出去，舒舒服服來個請勿打擾。等到中午了，我走出去，沒人會看我第二眼，像我這樣的有為青年，一定是替人送午餐的。嘿，馬修？你看我是不是可以打電話到樓下去，要他們十一點半的時候叫我起床？」

「絕對可以。」我說。

12

我在百老匯街上一家整夜營業的咖啡店停了一下。有人在卡座上留下一份《紐約時報》週末版，我就著蛋及咖啡讀了起來，但每個字都晃眼即過。我整個人太鈍，腦袋剩下唯一靈光的部分也圍繞著日落公園的那六支公用電話徘徊不去，時不時便從口袋裡掏出那張單子研究，彷彿在那幾通電話的順序和確實地點中藏著一個祕密的訊息，只要有鑰匙，便能索知。難道就沒有一個人能讓我打電話過去，宣稱這是五號緊急狀況嗎？「快給我你的密碼，」我會這麼命令道：「告訴我你的暗語！」

回到旅館時，天空已因為黎明的來臨而明亮了。我沖了個澡上床，過了差不多一個小時，宣告放棄，起來把電視打開。我看了某個聯播網的早晨新聞，國務卿剛從中東訪問回來，新聞先訪問他，接著請一位巴勒斯坦發言人評論中東地區永久和平的可能性。

那使我想到我的雇主，當然其實他無時無刻不在我腦海裡。下一位受訪人是一位奧斯卡金像獎最新得主，在他接受訪問時，我按了「消音」鍵，打電話給基南·庫爾里。

他沒接電話，但我一直不死心，每隔半個鐘頭就打一次，直到十點半他拿起電話為止。「剛剛進門，」他說，「整個旅程最可怕的，就是剛才從甘迺迪機場坐計程車回來那一段。計程車司機是個從迦納來的神經病，牙齒裡鑲了一顆鑽石，兩邊臉頰上劃滿部落刀疤，開車活像是車禍死亡可以保證你上天堂似的，外帶一張綠卡。」

「我好像也坐過他的車。」

「你？你從來不搭計程車的嘛，你不是偏愛地鐵嗎？」

「昨天晚上我坐了一整夜的計程車，」我說，「跳錶跳了個天價。」

「哦？」

「比喻的說法。我找來兩位電腦法外之徒，設法從電話公司挖出電話公司宣稱不存在的記錄。」我很簡短的向他報告我們做了什麼事，還有我從中知道的線索。「我找不到你，又不想等你答應，所以就先做了。」

他問我總共開銷多少，我告訴他。「沒問題，」他說，「你怎麼付的？自己先墊嗎？你應該找彼得拿的。」

「我並不介意先墊，事實上我也問過你哥哥，因為週末我沒辦法提自己的錢出來，可是他也沒有。」

「沒有？」

「可是他說沒問題，說你絕對不會要我等的。」

「那是沒錯。你什麼時候跟他講話的？我一進門就打電話給他，可是沒人接。」

「星期六，」我說，「星期六下午。」

「我在上飛機前也試著打給他，因為我想叫他去接我，免得我受迦納人迫害。不過我沒找到他！後來你怎麼辦？暫時欠著？」

「我有個朋友借了我足夠的錢。」

「你要不要現在來拿錢？我累慘了，上星期我坐飛機的時間比那個叫什麼來著的還久，他也剛從中東回來，國務卿。」

「電視上剛才訪問他。」

「我們在好幾個機場一起進出，不過我們倆是沒什麼共同點的。不知道他怎麼用他的旅行累積哩程數，照理說我應該已經可以得到一張飛月球的機票了。你要不要過來？我雖然筋疲力盡，又有時差，不過現在鐵定睡不著。」

「我應該可以過去，」我說，「不過我最好別去。我不太習慣熬夜幹活兒，這是我犯罪同伴的說法。他們一點都沒問題，不過他們比我年輕好幾歲。」

「年齡真的有差。以前我從來不知道什麼叫時差，現在如果有人要發動全國大遊行抗議這玩意兒的存在，搞不好我還會去隊伍前面扛大旗咧。我大概會設法睡一覺吧，或許吃顆安眠藥。在日落公園，嗯？我來想想我認識誰住在那個區。」

「我覺得你一定不認識他們。」

「你這樣覺得？」

「他們以前就幹過這種事，」我說，「不過都像業餘玩票的。現在我對他們的了解比一個星期前多很多。」

「快接近破案了嗎，馬修？」

「我不知道現在有多接近，」我說，「不過已經有點頭緒了。」

∞

我打電話到樓下跟雅各說我暫時不想接電話。「我不希望被打擾，」我說，「跟所有打電話給我的人說五點鐘以後再打來。」

我把鬧鐘撥到五點，上床睡覺。我閉上眼睛，試著想像布魯克林的地圖，在焦距尚未對準日落公園之前，我已經睡著了。

中途外面的車聲將我吵醒，我告訴自己可以打開眼睛，查看一下幾點了，結果卻沉入一個複雜的夢境，跟時鐘、電腦及電話有關，夢境的來源不難猜想。我們在一間旅館房間裡，有人在外面捶門。夢裡我走到門旁把門打開，外面什麼人都沒有，但擂門聲仍繼續響著，然後我就醒了，真的有人在外面擂門。

是雅各，他說一位馬岱小姐在電話上，說非常緊急。「我知道你想睡到五點，」他說，「我也跟她講了，可是她還是一定要叫醒你，聽她的口氣好像真的很急。」

我把電話重新掛上，他下樓去幫我轉電話，我則焦急的等待電話鈴響。上一次她打電話給我說有緊急事故時，一個決心要殺我們兩個的男人出現了。電話鈴一響我便抓起話筒，她說：「馬修，我本來不想吵醒你，可是我不能等。」

「怎麼回事？」

「原來大海裡真有那一根針。我剛跟一個叫潘的女人講完電話，她馬上就會過來。」

「又怎樣？」

「她就是我們要找的人。她見過那些男人，她跟他們一起上了貨車。」

「而且活下來了？」

「半條命吧。有一個跟我談過電影計畫的輔導人員立刻就打電話找她，結果她花了一整個禮拜的時間才鼓足勇氣打電話給我。我在電話上跟她談過後，就知道絕對不能讓這個跑掉。我跟她講只要她來，親自敘述她的經歷，我就保證付她一千塊酬勞，這樣沒問題吧？」

「當然沒問題。」

「可是我沒有現金。星期六我把我所有現金都給你了。」

我看看手錶。如果我動作快，還有時間去銀行一趟。「我去提錢，」我告訴她，「然後立刻趕過去。」

13

「快進來，」伊蓮說，「她已經到了。潘，這位是史卡德先生，馬修．史卡德。馬修，這是潘。」

她本來坐在沙發上，我們走近時便站起來，很苗條，差不多五呎三吋，黑色短髮，湛藍色眼睛，穿一件深灰色裙子，上面罩著淡藍色安哥拉羊毛衣。口紅、眼影、高跟鞋；我可以感覺她為這次會面精心打扮過，心裡卻又為自己的決定忐忑不安。

穿著便褲和絲襯衫的伊蓮看起來既沉著又幹練，她說：「坐，馬修，你坐椅子上吧。」她和潘一起坐沙發，說：「剛才我才跟潘講，她被我拐來了，黛博拉．溫姬不在這兒。」

「我問她這個角色會讓誰來演，」潘說，「她說是黛博拉．溫姬，我想，哇，黛博拉．溫姬要演週末電視影集？我還以為她不演電視的。」然後她聳聳肩，「不過我猜這部片子大概根本拍不成，所以誰演還不都一樣。」

「但那一千元是真的。」伊蓮說。

「嗯，那好，」潘說，「因為我的確需要那筆錢。不過我不是為錢來的。」

「我了解，親愛的。」

「不是只為了錢。」

錢在我身上，給她的一千元，還伊蓮的一千兩百元，還有一些自己用的跑路費，總共從我的保險箱裡拿出三千元。

「她說你是偵探。」潘說。

「沒錯。」

「你想逮住那幫人。我已經跟好多個警察談過了，至少三四個不同的警察。」

「那是什麼時候的事？」

「就在事情發生之後。」

「那是——？」

「噢，我沒想到你根本不知道。那件事是七月發生的，去年七月。」

「你報警了？」

「耶穌基督，」她說，「我還有別的選擇嗎？我非進醫院不可啊，醫生一看，哇，誰把你搞成這樣？我能說什麼，說我自己摔跤摔的？還是我自己割的？所以他們當然就找警察來了。就算我什麼都不說，他們還是會找警察的。」

我打開我的筆記本，說：「潘，我好像沒聽到你貴姓？」

「我沒告訴你。剛才沒這個必要，對不對？我姓卡西迪。」

「你今年幾歲？」

「二十四。」

「那件事發生時你二十三？」

「不，二十四。我的生日在五月底。」

「你從事哪一個行業，潘？」

「接待小姐，目前我沒有工作，所以我才說我需要那筆錢。不過我想一千塊對任何人都不無小補吧，尤其像現在，我在待業中。」

「你住哪裡？」

「二十七街，第三大道和萊辛頓大道之間。」

「事件發生時你也住在同樣的地方嗎？」

「事件，」她複述一遍，彷彿在測試。「噢，是的，我住那裡快滿三年了，從搬來紐約之後一直住那裡。」

「你家鄉在哪裡？」

「俄亥俄州甘頓，如果你聽過這個地名，我可以猜到你是從哪裡聽來的，職業足球名人堂。」

「我差一點就去了，」我說，「有一次我去馬西隆出差。」

「馬西隆！我以前常去欸，我有好多朋友都住在馬西隆。」

「我可能一個都沒見過，」我說，「潘，你在二十七街上的地址是？」

「五十一號。」

「那一帶環境不錯，」伊蓮說。

「嗯，我滿喜歡的。唯一的缺點就是那一區沒有名字。它在基普斯灣西邊，莫瑞希爾區下面，格拉莫西上面，喬爾西東邊。有些人乾脆叫它咖哩丘，因為那裡有很多家印度餐廳。」

「你單身吧，潘？」她點頭。「一個人住？」

「還有我的狗。只是一隻很小很小的狗，可是你只要養了狗，不論多小，很多人就不敢闖進來。那些人就是怕狗。」

「可不可以把經過情形告訴我，潘？」

「你是指那次事件？」

「對。」

「嗯，」她說，「好吧，我們在這裡就是為了談這件事，對不對？」

∞

那是一個夏天的傍晚，一個星期過了一半，她站在離她住的地方兩個街區，在公園大道和二十六街的街角等紅綠燈。一輛貨車駛向路旁停下，一個男的招呼她過去問路，他想去的地方她並不知道。

他從貨車上下來，解釋說可能他也記錯了，地名印在一張收據上。她跟著他走到貨車後方，他把後車廂打開，車裡還有另一個男的，兩人都拿著刀。他們逼她上貨車，原來的駕駛回到車上，把貨車開走。

這時我打斷她的話，想知道她為什麼這麼聽話，跟他們一起上車。難道周圍沒人？有沒有人目擊整個挾持過程？

「細節我已經有點模糊了。」她說。

「沒關係。」

「事情發生得太快。」

伊蓮說：「潘，我可以問你一個問題嗎？」

「當然可以。」

「你是阻街的，對不對，親愛的？」

我心裡想，耶穌基督，我怎麼沒想到呢？

「我不懂你的意思。」潘說。

「那天晚上你出去上班，對不對？」

「你怎麼知道？」

伊蓮握住那女孩的手。「沒關係，」她說，「沒有人會傷害你，也沒有人會批判你。沒關係的。」

「可是你怎麼——」

「那個地方很熱門，南邊那段公園大道，對不對？我老早就知道了。甜心，我從來不在人行道上攬生意，不過我幹這一行已經快二十年了。」

「不會吧！」

「真的，就在這間公寓裡。我是在整棟建築變成住戶共有公寓的時候買下它的。我學會稱呼客人為客戶，偶爾到廣場上，我會說我是藝術史學家，而且這麼多年來我一直很小心理財，但是我過的生活跟你一樣，親愛的。所以你可以把真正的經過情形告訴我們。」

「老天爺，」她說。「你知道嗎？老實說這樣反而讓我鬆一口氣，因為我並不想來這裡跟你編故事，但我也沒有辦法啊。」

「因為你以為我們會瞧不起你？」

「大概吧，而且我沒跟警方講實話。」

「警方不知道你在阻街？」我問。

「不知道。」

「他們從來不覺得奇怪嗎？擄人案就發生在阻街地段上？」

「他們是皇后區的警察。」她說。

「為什麼會輪到皇后區的警察辦這件案子？」

「因為我後來被送進艾姆赫斯綜合醫院，在皇后區，所以才由那裡的警察管。他們怎麼會知道公園大道南段的事呢？」

「你為什麼會去住艾姆赫斯綜合醫院？算了，待會兒你會講到的。請你從頭開始講好不好？」

「當然可以。」她說。

8

那是一個夏天的傍晚，一個星期過了一半，她站在離她住的地方兩個街區，在公園大道和二十六街的街角等別人搭訕。一輛貨車駛向路旁停下，一個男的招呼她過去。她繞到另一邊，坐上乘客座位，他開了一兩條街後，轉進路旁一條小巷子，停在消防栓前。

她以為只是吹個簫，很快，他坐在駕駛座上，差不多五分鐘吧，賺個二十到二十五元。開車來的男人幾乎都要吹簫，而且都會要求就在車裡做，有時候還會要求車子在路上開的時候做，雖然她覺得神經透了，但是她能說不嗎？走路來的漢子通常喜歡上賓館，二十六街和公園大道交叉口的艾爾頓賓館既方便，價錢又合理。她當然可以用她自己的公寓，但除非迫不得已，否則她從不帶人上去，因為她覺得那很不安全。更何況，誰願意在自己睡的床上做生意呢？

一直等到貨車停下來，她才看到後車廂的男人。她甚至不知道後面還有個人，直到他用手臂勒住她的脖子，用手掌捂住她的嘴巴。

他說：「意外吧，潘咪！」

老天，她真是嚇壞了。她整個人僵在那裡，駕車的卻在旁邊笑，一邊把手伸進她的襯衫裡，開始摸她的奶。她的胸脯很大，而且她學會如何在阻街的時候利用這項優點，穿一件小可愛或低胸襯衫之類的，因為喜歡大奶的男人真的只看那個地方，所以何不把貨色亮出來呢？那男人立刻找到奶頭，開始用力捏，捏得很痛，她知道這筆生意會很難做。

「我們全到後面去，」駕車的說，「比較隱蔽，空間又大。既然來了，何不舒服點，對不對，潘咪？」

她痛恨他們叫她名字的方式。她說她叫潘，不是潘咪；而且他們的語氣裡充滿嘲弄，非常獰惡。等後面的男人放開堵住她嘴的手時，她說：「聽著，別動粗，嗯？隨便你們要什麼，我都會給你們一段好時光，可是不能動粗，好吧？」

「你嗑藥嗎，潘咪？」

她說不，因為她真的不嗑。她對毒品沒多大興趣。如果有人遞給她一根大麻，或許她會抽，古柯鹼挺不錯，不過她自己從來沒買過。有些男的會替她一排排倒好，如果你一副沒興趣的樣子，那些傢伙會生氣，何況她還真的不討厭。或許他們覺得那玩意兒可以增加她的性趣吧，令她更進入情況。有些傢伙還會在自己的老二上撒點古柯鹼，彷彿在你吹簫時送你一道可口點心嚐嚐，他就能得到特別好的服務似的。

「你是條毒蟲嗎，潘咪？你怎麼過癮，用鼻子吸？放在腳趾頭中間？你認得大盤毒販嗎？或許你的男朋友是販毒的，嗯？」

這些問題實在很蠢，那兩個人沒事兒幹，好像光問問題就能爽似的。至少那個駕車的是這樣。一講到毒品他就興奮得不得了。另外一個比較喜歡對著她罵髒話。「你這個臭雞掰！幹你這條母狗！」諸如此類。如果你把這些話全都聽進去，一定會倒盡胃口，不過其實很多男人都是這樣，尤其是到了性亢奮的時刻。有一個傢伙，她大概上過他四五次吧，每次都在他車裡，每次事前事後他都非常有禮貌，很體貼，從來不動粗，可是每次情況都一樣，她兜著他的重要部位，他快到達高潮了。「噢，你這個臭屄，臭屄，我希望你死！噢，我希望你死，我希望你死，你這個臭屄！」可怕，真是可怕。但他其實是個紳士，而且每次都給五十元，又不會搞很久。所以就算他嘴巴髒一點又怎麼樣？哪有十全十美的。

他們爬進貨車後車廂，裡面設備齊全，鋪了床墊，其實還挺舒服的，當然，她太緊張，沒辦法放鬆。跟那兩個傢伙在一起是不可能放鬆的，因為他們太怪異了，你怎麼可能放鬆呢？

他們逼她把每樣衣物都脫掉，每一樣！很煩，但她早已學會別跟客人爭。然後呢，他們幹了她，輪流來，先是那個開車的，然後是另一個。那一部分很平常，除了他們有兩個人之外。而且第二個在幹她的時候，開車的那個一直在捏她的奶頭。很痛，可是她早學會把嘴閉上，而且她知道他曉得她很痛，所以他才要捏她。

他們兩人都上了她，而且兩人都爽了，這一點頗令她寬心，因為萬一那些男的爽不了，或是半途作廢，那你可就危險了，他們會生你的氣，彷彿是你的錯。等到第二個男人一邊呻吟，一邊滾到旁邊去時，她說：「嘿，剛才太爽了，你們兩個都夠猛。現在讓我穿衣服吧？」

就在那個時候，他們亮刀了。

一把是彈簧刀，很大，看起來很凶惡。第二個男的，就是嘴巴很髒的那個，拿著一把長刀，他說：「你哪裡都別想去，你這個臭雞掰。」

雷接著說：「我們一塊兒去一個地方，兜兜風，潘咪。」

那個男的叫雷。因為另一個人叫他雷，所以她知道。另一個的名字就算她聽過，也沒記住，因為她一點印象都沒有。可是開車的那個叫雷。

不過這時他們換手了，所以他不再是開車的。另一個男的爬到駕駛座上，雷跟她一起待在後面，他一直拿著刀子，而且他當然不准她把衣服穿上。

從這裡開始，她的記憶變得很模糊。她在貨車後面，那裡很陰暗，她看不見車外，他們不停啊開的，她完全不知道他們在哪裡，或是往哪裡去。雷又開始問她毒品的事，他真的特別哈那個話題。他跟她說毒蟲都想找死，吸毒就是自殺，每個吸毒的人都應該如願以償，他們活該。

他叫她替他吹簫。這樣好多了，因為這樣他才會閉嘴，而且至少她有點事做。

然後他們又把車停下來，誰知道停在哪裡，接下來又是一連串性交。他們輪流上，每個把戲都搞很久，她的意識忽而清醒，忽而恍惚，就好像她其實並不完全在場。她頗能確定兩個人都沒有再爽過。第一次，在二十六街附近那一次，兩個人都爽了，可是現在彷彿兩個人都不想讓自己爽，就好像爽了，派對便會結束似的。他們用她的地方，嗯，就是那幾個地方，而且還把不屬於他們身體的東西放進她身體裡。她並不太確定他們到底用了些什麼東西。有些放進去的時候很痛，有些不痛，反正都很可怕，全部都可怕。然後她記起一件事情，那是她一直沒想到的，於是就在那一剎那，她突然平靜下來。

因為，她知道自己會死。當然她並不想死，她絕對不想死，可是這個念頭閃入腦海之後，她知道這件事情會發生，然後一切就會結束。她想，好吧，我可以面對。我可以忍受。當然這麼想很荒謬，因為一旦死了，還有什麼需要忍受的呢？

「好，我可以應付。」就這樣，真的。

就在這個時候，她真的可以接受這項事實，她剛開始享受那種平靜心情的時候，雷說：「你知道嗎，潘咪？你可以得到一個機會。我們會讓你活下去。」

那時他們兩人開始吵起來，因為另一個男的想殺她，可是雷說他們可以放她走，因為她是個婊子，沒有人會在乎婊子的。

不過她不只是個婊子而已，他說。她還有整條街上最棒的一對奶子。他說：「你喜歡它們嗎，潘咪？你覺得自豪嗎？」

她不知道該怎麼回答。

「你比較喜歡哪一個？快說嘛，伊呢—咪呢—買呢—哞，挑一個吧，潘咪。潘—咪——」——他唱著，像個促狹的小孩——「挑個奶奶，潘咪。你比較喜歡哪一個？」

他的手裡還握著一個東西，有點像一圈鋼絲，在微光下泛著黃銅色。

「挑一個你想自己留著的，潘咪。一個給你，一個給我，很公平，對不對，潘—咪——？你自己可以留一個，另一個我帶走，這是你的選擇，潘—咪——！你非挑不可，你這個小騷貨，你非選一個不可。這是潘咪的選擇，你還記得《蘇菲的抉擇》吧。這個是呢呢，這個是奶奶，潘—咪——你最好選一個哦，否則我就兩個都拿走囉。」

老天爺，他是真瘋了，她能怎麼辦呢？她怎麼可能選一個乳房？一定有法子可以贏得這場遊戲，可她怎麼也想不出來。

「你看，你看，我摸它們，奶頭又硬了，就連害怕的時候、哭的時候，你也會興奮，你這個小雞掰。快挑一個，潘咪。哪一個會入選呢？這一個？這一個？你還在等什麼，潘咪？你想拖延時間嗎？你想惹我生氣嗎？快點嘛，潘咪，快點。碰碰那個你想自己留下的。」

老天爺，她能怎麼辦？

「那一個？你確定，潘咪？」

老天爺──

「嗯，我認為這是一個很好的選擇，非常好的選擇，所以那個是你的，這個是我的。我們說話算話哦，不可以反悔，潘─咪──」

鋼絲圈住她的乳房，鋼絲的兩頭各有一個木頭把柄，就好像安在綁包裹的繩索上、方便人家提的那種把柄。他握著兩個把柄，雙手往外拉，然後──

她飛出了自己的身體，就這樣，留下軀殼，飄浮出去，飄到貨車外面的空氣中，往下透視貨車的車頂，看著，看著，看著那條鋼絲切過她自己的血肉，彷彿切過液體一般；看著那個乳房慢慢滑離她的身體，看著血滲出來。

看著，直到血溢滿她的視域；看著血慢慢變黑、變黑，直到整個世界變成漆黑一片。

14

凱利不在他位子上。布魯克林刑警大隊接電話的那個男的表示如果有要事，可以呼叫他。我說有很重要的事。

電話鈴響時是伊蓮接的，她說：「請等一下。」然後點點頭。我從她手上接過話筒，說聲喂。

「我老爸記得你，」他說，「說你性子很烈。」

「嗯，那是好久以前的事了。」

「反正他是這麼說的。什麼事那麼重要，呼叫我，打斷我吃飯？」

「我有一個關於蕾拉·亞芙瑞茨的問題。」

「你有一個問題，我還以為你有消息要告訴我咧。」

「是關於她接受的那項手術。」

「手術？你這樣稱呼的嗎？」

「你知道他是用什麼東西切除她乳房的？」

「知道，媽的一具斷頭台！為什麼會突然想到問這個問題，史卡德？」

「他可不可能用一段鋼絲？比方說鋼琴裡的紘，用來當絞刑具？」

一陣很長的靜默，我幾乎懷疑自己是不是發音不標準，他不知道我指的是什麼東西。然後他的聲音突然繃得很緊，說：「你他媽的到底在賣什麼關子？」

「我等著討論這件事等了十分鐘，其中五分鐘在等你回電話給我。」

「天殺的，你手上到底有什麼情報，先生？」

「亞芙瑞茨並不是唯一的受害者。」

「你早說過了，戈茲凱恩也是。那份檔案我讀了，我想你說得對，但你是怎麼從戈茲凱恩的案子裡瞧出鋼琴絃來的？」

「還有另外一個受害者，」我說，「遭到強暴、虐待、一邊乳房被切除。唯一不同點是她還活著，我想你一定很想跟她談談吧。」

∞

杜・卡普倫說：「Pro bono，吭？你能不能告訴我為什麼每個人都懂這兩個拉丁字？念完布魯克林法學院之後，我學的拉丁文多到能開家教班了。Res gestae, corpus juris, lex talionis。從來沒有人對我說這些字，整天就只聽到 pro bono 這兩個字。你知道它是什麼意思嗎，pro bono？」

「我相信你一定會告訴我。」

「完整的句子應該是 pro bono publico，為公眾謀福利。這就是為什麼大法律公司會用這句話來形容他們為所謂『公益』設計出來那些少得不能再少的法律工作，目的是要拿來當小點心餵餵他們的良知，也難怪他們會良心不安，因為事實上他們花百分之九十以上的時間去踩窮人的臉，每小時索費至少兩百元。你為什麼這樣看我？」

「這是我聽你一口氣講過最長的一段話。」

「是嗎？卡西迪小姐，我擔任你的律師，有責任警告你千萬別跟像這位先生的人士有任何往來。馬修，說真的，卡西迪小姐是曼哈頓的居民，也是九個月前發生在皇后區一樁犯罪事件的受害者，我則是一名在布魯克林法院街擁有區區一小間辦公室辛苦討生活的律師。所以我請問你，我怎麼可能跟這件事掛勾？」

我們坐在他區區的小辦公室裡，耍嘴皮子只是他打破僵局的方式，因為他事前已經知道為什麼潘．卡西迪小姐會需要一名布魯克林的律師替她護航，度過布魯克林刑警大隊的審問。我在電話裡已經頗為詳細的對他敘述過整個情況。

「從現在開始我叫你潘，」他說，「你不介意吧？」

「當然不會。」

「還是你比較喜歡別人喊你潘咪。」

「不，叫我潘沒問題。只要別叫我潘咪就好。」

那個暱稱的特殊意義卡普倫並不知道。他說：「那就叫潘囉。潘，在你和我一起去找凱利警官之前——他是警官吧，馬修？還是刑警？」

「刑警，約翰．凱利。」

「在我們去見那位好好刑警先生之前，我們得先把信號說好。你是我的雇主，這表示當我不在你身旁的時候，我不希望有任何人來問你問題。你能了解嗎？」

「當然。」

「這包括所有的人，警察、新聞界、把麥克風往你臉前戳的電視記者。『你必須去跟我的律師談。』講一遍給我聽。」

「你必須去跟我的律師談。」

「好極了。有人打電話給你，問你外面天氣如何，你怎麼說？」

「你必須去跟我的律師談。」

「我想她懂了。還有一件事，某人打電話給你，說你剛入選他們的促銷活動獎項，可以免費去巴哈馬群島上的天堂島度假。你怎麼說？」

「你必須去跟我的律師談。」

「不，那種人你可以直接叫他滾一邊去，不過地球上所有其他的人，全得找你的律師談。現在我們來談一下細節，不過一般說來，我都要求只有當我在場時你才能回答問題，而且只能回答與侵犯到你本身這樁可怕犯罪事件有直接關聯的問題。在該次事件發生之前、你的背景、你的生活，以及事件發生之後的生活，別人全部無權過問。如果有人問了我認為不該作答的問題，我就會插進來，阻止你回答。如果我沒作聲，但那個問題讓你覺得不自在，你也不必回答，你就說你想私下跟你的律師商量。『我想私下跟我的律師商量。』說一遍給我聽。」

「我想私下跟我的律師商量。」

「好極了。重點是，你並沒有任何犯罪的嫌疑，也不會有人起訴你，所以你是在幫他們一個忙，這一點對我們非常有利。現在趁著馬修在這裡，我們再把背景講一遍，然後你跟我就可以去見凱利刑警了。潘，告訴我，你當初為什麼會請馬修．史卡德替你追蹤挾持及攻擊你的男人？」

∞

在我打電話找約翰．凱利或杜．卡普倫之前，所有細節我們都已經商量好了。潘需要編個故事，使她自己成為最早發動調查工作的人，讓基南．庫爾里不必出面。經過她、伊蓮和我三個人討論之後，我們想出下面的說詞：

案發九個月之後，潘努力企圖拾回正常生活，但極為困難，因為她深怕再受到同一批人侵犯，甚至考慮離開紐約，永絕後患，但又怕即使她逃得再遠，也逃不開心中的恐懼。

最近她和一位男士交往，她坦承失去一邊乳房的經過。對方是有婦之夫，有一定的身分地位，因此在任何情況下她都不能透露他的名字。他為此感到極端震驚及同情，表示只要這兩名男子一日不繩之以法，他一日便不得心安，而且相信就算找不到他們，只要她採取某種行動，嘗試找尋及逮捕這兩個人，至少會對治療她精神上的創傷有所幫助。警方到目前雖有足夠的時間辦案，卻顯然毫無頭緒，因此他提議由她聘請一位私家偵探，全力偵辦此案，無需仰賴辦案工作堆積如山的警方。

事實上他本人便認識一位足堪信賴的私家偵探，因為這位無名氏以前曾雇用過我。他叫潘來找我，並同意支付所有費用及開支；條件是，無論在任何情況下，皆不可對任何人透露他的身分。

與潘談過一兩次話之後，我認為最有效的調查途徑，即假設她並非那幫人的唯一受害者。的確，根據那兩個人討論要不要殺她的方式，他們顯然曾經殺過人，因此我做了各種嘗試，企圖追蹤出這兩名將我的雇主弄成殘廢的男子，之前或之後犯過其他罪行的證據。

到圖書館查資料後，我發現兩件可能有關聯的案子，即瑪莉．戈茲凱恩案與蕾拉．亞芙瑞茨案。戈茲凱恩案牽涉到用貨車擄人，藉著非正式管道，我取得該案檔案，並證實該案果然也牽涉切斷肢體的情況。亞芙瑞茨案看來是類似的擄人案，因為受害者亦被丟棄在墓園裡（潘被丟棄在皇后區的錫安山墓園）。週四我得知亞芙瑞茨被切斷肢體這部分報紙並未披露的內情，便推斷顯然這兩件案子的做案凶嫌為同一幫人。

為什麼當時我對凱利守口如瓶呢？因為我若未經雇主同意，便缺乏職業道德。因此我花了一整個週末努力說服我的雇主去面對未來她必須面對的情況，除此之外，我還想看看我投入水裡的其他魚餌，有沒有引誘魚兒上鉤。

其中一個餌便是拍攝週末電視影集這一項，我請伊蓮打電話給全紐約市性犯罪小組，希望藉此發現其他倖存的受害者。有幾個女人打電話來過，但沒有一個符合，但我還是想再等一個週末，才決定放棄。

有意思的是，潘自己也接到皇后區小組一位女士打來的電話，建議她打電話給一位馬岱小姐，或許她會發現這麼做將很有收穫。當時她完全不知道這是我們的辦案手段之一，所以相當猶疑，不知該如何回覆這位打電話給她的女士，後來經她敘述給我聽，並發現到所謂的電影製作人到底是誰之後，大家才一笑置之。

到了今天下午，也就是週一下午，我覺得實在沒有必要再對警方隱瞞事實，因為這麼做無疑將阻礙警方對另外兩件重大謀殺案的調查工作，而且我也沒有找到繼續辦案的可能途徑，因此我分析給潘聽，終於說服了她，不過她對再一次接受警方盤問仍心有餘悸，等我告訴她已聘請一位律師保護她的權益之後，她才變得比較樂觀。

現在他們準備啟程去見凱利，而我也可以停止追逐這兩名奸淫的凶手。事情就是這樣。

∞

「這個故事說得通，」我對伊蓮說，「我覺得每件事都可以交代清楚，包括我接到第一通電話以後從事的每一項活動，當然那些和庫爾里有關的事情除外。我想，不管潘告訴警方什麼，都不可能引他們來查證我去亞特蘭大大道上的探案工作，或是昨晚港家兄弟玩的電腦遊戲。潘對那些事情都一無所知，所以就算她有意洩漏，也不可能。她從來沒聽過法蘭欣或基南．庫爾里的名字。

現在想想，我猜她連我為什麼會開始調查這個案子的原因都不清楚，她大概只知道自己的那一套故事吧。」

「或許她根本就相信了。」

「等她講給每個人聽之後，她可能真的就會相信了。卡普倫覺得這個講法頗合理。」

「你有沒有把真正的故事告訴他？」

「沒有，沒有必要。他知道我們告訴他的版本並不完整，但他不會為此感到不安，重要的是他可以保護她，讓警方不要去圍攻她，或是忙著來管我在這些案子裡扮演的角色，只要好好專心去抓凶手。」

「他們會努力破案嗎？」

我聳聳肩。「我不知道他們會怎麼做。現在外面有一大隊的連續殺人凶手，持續做案都已經超過一年多，但紐約市警局甚至連他們的存在都不知道。讓一個私家偵探來提供他們所有人錯過的線索，一定會讓很多人面子上掛不住。」

「所以他們會宰了訊息提供者？」

「就算這麼做，也不會是頭一遭。事實上警方並沒有遺漏任何顯而易見的線索，連續謀殺案的識別通常並不容易，尤其是當案發地點牽涉不同的分局及行政區，而各案彼此相關，又上不了新聞的時候更是如此。不過他們仍可能會因為潘折了他們台，所以決意要讓她不好過，更何況她還是個妓女，而且以前又沒把這件小事告訴他們。」

「現在她準備講了嗎？」

「她現在會說以前她在手頭緊的時候，偶爾會賣身。我們知道她是有案底的，她曾經因為賣淫及具不法企圖徘徊被逮過一兩次。案發的時候他們沒發現，因為她是受害者，警方不需要查證她是否有前科。」

「可是你覺得那個時候他們應該查。」

「嗯，他們做事的確很草率，」我說，「妓女永遠是最佳目標，因為太容易了。他們應該查的，這道手續應該主動去做。」

「不過她會跟他們說自從出院之後，她就不再賣身了，因為她害怕。」

我點點頭。她停了一段時間，一想到要跟陌生人上車就怕得要死，可是積習難改，又下海了。起先她只做汽車約會，不願冒脫下襯衫後會讓男人感到失望或噁心的險，但後來她發現其實大部分的男人並不介意她的畸型。有些人覺得那是個有趣的特點，少部分的人還為此特別亢奮，甚至因此成為常客。

但別人並不需要知道這些。所以她會說案發之後她找到一兩個服務生的工作，在住家附近當黑工，而且多少都靠介紹她來找我的那位無名氏養。

「那你呢？」伊蓮想知道，「難道你不必去見凱利，做筆錄？」

「應該要吧，不過不急。明天我再找他談，看他需不需要我給他正式的東西，也許他不需要。其實我沒什麼東西可給，因為我並沒有找到任何證據，我只是發現了這三樁案子之間的關聯。」

「所以對你來說，戰爭已經結束囉，我的艦長？」

「看來是如此了。」

「我敢說你一定累趴了。想不想去另一個房間躺下？」

「我寧可保持清醒，讓作息回歸正常。」

「說得有理。你餓不餓？噢，我的老天，你從早餐到現在都沒吃東西對不對？坐下，我做點東西，我們一起吃。」

8

我們吃了蔬菜沙拉，和一大碗用橄欖油及大蒜調味的蝴蝶型義大利麵。我們在廚房桌上吃，吃完後她自己泡了茶，替我沖了咖啡，然後我們回客廳，一起坐在沙發裡。談話間她突然說了一句很粗俗的話，不太像平常的她；我大笑，她問我什麼事那麼好笑。

我說：「我最喜歡聽你用混街頭的語氣講話了。」

「你認為我是在裝模作樣，哼？你認為我是溫室裡的小花，對不對？」

「不，我認為你是東哈林區裡的玫瑰。」

「其實我不知道在街上我能不能混得下去，」她若有所思的說，「我很慶幸不必親身去試。不過我可以告訴你一件事，等這件事完全結束之後，街頭精小姐可要出大名了，到時候可以帶著她剩下來那個奶奶，滾離人行道遠一點。」

「你打算收養她？」

「才不呢，而且我們也不會變成室友，替對方上髮捲。不過我倒可以替她租個像樣的房子，教她怎麼樣建立人名簿，在她的公寓裡做生意。她如果夠聰明，你知道她該怎麼做嗎？在《雲雨雜誌》上登個廣告，通知那些奶子綺想家，現在有買兩粒只給一粒的選擇喔。你又笑！這又是混街頭的話了？」

「不是，就是好笑。」

「那我准你笑。我也不知道，或許我應該閃邊，讓她去過自己的日子。不過我喜歡她。」

「我也是。」

「我覺得她不應該淪落街頭。」

「沒有人應該，」我說，「或許她可以全身而退。如果他們逮住那兩個傢伙，進行審判，或許她可以一夕成名，紅個十五分鐘。而且她現在請的那位律師可不會讓她不收半毛錢就奉送精采故事。」

「或許真會拍成電視影集。」

「不是不可能，不過我們最好別奢望由黛博拉．溫姬飾演我們的朋友。」

「大概不會。噢，我想到了，看你覺得如何。我們應該去找一個在真實生活裡已經做過一邊乳房切除手術的女演員來演，你說這個構想是不是很正點？你可以領會我們想傳達的訊息是什麼了吧？」她眨眨眼睛，「那是我在演藝方面的才華。我敢說你一定比較欣賞我混街頭的才華吧？」

「我說這是雜耍才華。」

「頗中肯。馬修？辦一件這樣的案子，到最後拱手交給警方，你會不會不高興？」

「不會。」

「真的？」

「我為什麼要不高興？死扣在自己手上又說不過去。紐約市警局的資源和人力都是我比不上的，能查的我都已經查到了，至少在我能力可及的範圍內是如此。而且我還是會繼續追蹤昨晚那條關於日落公園的線索。」

「你不會把日落公園的事告訴警方？」

「我沒辦法告訴他們。」

「是啊。馬修，我有個問題。」

「你問啊。」

「我不確定你想不想聽，但我非問不可。你真的確定凶手是同一批人？」

「一定是。用段鋼絲切除一個乳房？一次是對付蕾拉．亞芙瑞茨，一次是對付潘．卡西迪？兩位受害人都被丟棄在墓園裡？這不是很清楚了。」

「我同意強暴潘的人必定也是強暴亞芙瑞茨的人，還有在森林公園裡的那個女老師。」

「瑪莉．戈茲凱恩。」

「可是法蘭欣・庫爾里呢？她並沒有被丟在墓園裡，也不見得一邊乳房被切掉，而且，大家都說挾持她的男人有三個。潘雖然很多事記不清楚，卻很確定對方只有兩個人，雷和另一個。」

「擄走法蘭欣・庫爾里的也可能只有兩個人。」

「你是說——」

「你知道我在說什麼。潘說他們從駕駛座鑽到貨車後面，又從後面鑽回駕駛座。或許只是看起來像有三個人，如果你看到兩個男人鑽進貨車後面，貨車接著往前開，你很自然會覺得前面還有個開車的。」

「或許。」

「我們知道這兩個傢伙殺了戈茲凱恩。戈茲凱恩和亞芙瑞茨因為手指被切掉又塞入身體裡，顯然有關聯，而亞芙瑞茨和卡西迪又因為一邊乳房被切掉顯得有關聯，所以說——」

「這三件案子是連續的。這個我懂。」

「戈茲凱恩案的目擊證人也說是三個男人幹的，兩人挾持，一人開車。那很可能是一種錯覺。否則就是那天有三個人做案，擄走法蘭欣那天也有三個人，可是擄走潘那天晚上，其中一個得流行性感冒待在家裡。」

「在家裡打手槍。」她說。

「隨便。我們可以去問潘他們有沒有提到第三個人。『麥可一定會喜歡她的屁屁，』之類的。」

「或許他們把她的乳房拿回家送給麥可了。」

「嘿，麥可，你錯過了今天逃掉的那一個真是可惜啊。」

「饒了我吧？你覺得警方能不能從潘的口述裡得知凶手長相？」

「我想不起來了。」她說她記不得那兩個男人長什麼樣子，當她回想時，總是看到兩張完全模糊的臉，大概他們在頭上罩了絲襪。所以當初查案時警方給她幾本貼滿性侵犯大頭照讓她指認時，根本沒用，她不知道到底該找哪樣的臉。他們也試過讓她以拼湊方式拼出來，還是沒用。

「潘在這裡的時候，」她說，「我腦袋裡一直想到雷・蓋林戴斯。」他是紐約市警局的警察，也是畫家，具驚人異稟，善於和證人溝通，然後畫出神似罪犯的畫像。他有兩張裱起來的速寫此刻正掛在伊蓮的浴室牆上。

「我也想到了，」我說，「不過我看他也不可能從她那兒問出什麼來。如果他是在事發一、兩天後跟她合作，或許還有搞頭，現在已經隔太久了。」

「催眠如何？」

「或許可行。她一定是潛意識裡忘了這段記憶，催眠師或許能讓她重新記起來。這方面我了解不多，但陪審團不見得會相信這種事，我也不太相信。」

「為什麼？」

「接受催眠的證人有時候會因為想取悅別人，自己創造出一些記憶。我就很懷疑在戒酒聚會聽到的那些亂倫記憶的真實性，那些經過二、三十年後，突然浮現的記憶。我相信很多一定是真的，可是大概也有不少是無中生有、只為了討治療師歡喜的想像力。」

「有時候是真的。」

「毫無疑問。但有時候是假的。」

「或許吧。不過這的確是現今最熱門的傷痕話題。我看再過不久，沒有亂倫記憶的女人大概就要開始擔心她們的老爸是不是覺得她們很醜。你想玩『你是爹地，我是頑皮小女兒』的遊戲嗎？」

「我好像沒興趣。」

「你一點趣味都沒有。那你想不想玩『我是阻街酷女郎，你駕車來』？」

「我是不是得去租一部車？」

「我們可以假裝沙發就是車，不過這需要點想像力就是了。我們應該怎麼做，才能讓我們的關係常保刺激、火辣？我可以把你綁起來，可是我已經知道你的反應了，你會睡著。」

「尤其是今天晚上。」

「哦哦，我們可以假裝你喜歡畸型的，我少了一個乳房。」

「別說這種話。」

「好吧，阿們！我無意beshrei，我媽以前常講這個字，你知道是什麼意思嗎？我想這是意第緒語裡『對神傲慢』的意思。『千萬別這麼說，或許你會提醒上帝。』」

「那還是別提醒祂好了。」

「不說了。甜心？你要不要上床？」

「這還差不多。」

15

星期二我睡得很晚，醒來時伊蓮已經出門了。留在廚房桌上的字條說我愛待多久都沒問題。我自己弄了早餐吃，看了一會兒CNN，然後出門散了一個鐘頭的步，正好趕上中午在花旗銀行總公司大樓舉行的聚會。聚會完了我去第三大道上看了一場電影，再走路到弗里克去看了一會兒畫展，然後搭巴士沿著萊辛頓大道往下城走，去距中央車站一條街外的地方參加五點半的聚會，順便看下班趕車的人潮勇敢的在大公司包車中間穿梭。

那個聚會的主題在講「第十一階段」——如何藉著祈禱與冥想探究上帝的旨意——大部分討論內容都駭人的形而上。聚會結束後，我決定招待自己搭趟計程車。結果連著兩輛車都從我身邊疾駛而去，等到第三輛終於停下時，一位穿著訂做套裝、繫一條飄逸蝴蝶結領巾的女人用手肘把我往旁邊一頂，搶先我一步鑽進車裡。我既沒有祈禱，也不用冥想，卻不難探究上帝對此事的旨意：他要我搭地鐵回家！

口信紙條叫我回電話給約翰．凱利、杜．卡普倫、還有基南．庫爾里。我突然想到這三個人的姓氏縮寫都是K，真巧，要是港家兄弟再打給我，那就更妙了。第四個口信沒有留下姓名，只留了個號碼。怪的是，我回的第一個電話就是它。

我撥了那個號碼，話筒裡傳來的不是電話鈴響聲，而是一個訊號。我想電話大概被切斷了，於是掛上再重打了一遍，當那個訊號聲再一次出現時，我按下自己的電話號碼，然後掛斷。

五分鐘不到，我的電話鈴就響了。我拿起聽筒，阿傑說：「嘿，馬修，大哥，怎麼樣？」

「你裝了呼叫機？」

「嚇你一跳，對不對？大哥，一次拿到五百元，你想我會去幹嘛，去買儲蓄債券？他們現在在大特價，買一個呼叫機，外加頭三個月的服務費，才一百九十九。你要不要一個，我可以陪你去店裡，叫他們好好服務你。」

「我看我再等一陣子吧。三個月以後呢？他們會把呼叫機收回去？」

「不，是我的了，大哥。不過我得付很多錢保持通訊。不付錢，機器還是我的，只不過你打來的時候，啥事都不會發生。」

「那有它也沒啥意思嘛。」

「可是街上很多傢伙都有呼叫機。隨時帶在身上，可是從來沒聽到它們響，因為他們沒有繳月費。」

「月費多少錢？」

「他們跟我講過，忘了。不要緊。我是這樣想的啦，等三個月到了，你一定會幫我繳月費，因為你要我隨傳隨到！」

「我為什麼要你隨傳隨到？」

「因為我是不可或缺的，大哥！我是你行動小組裡的重要資產。」

「因為你很有辦法。」

「你看，你這不是懂了嗎？」

∞

我打電話給杜，但是他不在辦公室裡，我不想打到他家裡吵他。我沒有打給基南·庫爾里或約翰·凱利，因為我覺得他們可以等。我到街角上買了一片披薩和一杯可樂，到聖保羅教堂參加那一天之內的第三次聚會。我記不得上一次一天參加三場聚會是什麼時候的事，不過肯定有一段時候了。

並不是因為我有想喝酒的危險；想喝酒的念頭從未真正遠離過我的腦海。也不是因為我覺得問題很多很煩，決定不下。

後來我知道了，原來我的感覺是一種罄盡、疲乏之感。在弗隆特納克旅館熬了一整夜，現在後果終於出現，不過它的效應又因為兩餐飽食和九個小時未被打斷的睡眠打了折扣；但我整個人仍深陷在那件案子裡。我全力以赴了一段時間，現在一切都結束了。

當然，它並沒有結束。凶手尚未指認出來，遑論逮捕。我所做的，是自認為無懈可擊的偵探工作，而且也已有了重要斬獲，但事件本身離結案還有一段遙遠的距離。疲累與否，尚有承諾待我去履行；路程尚遙矣。

因此我去參加另一場聚會，去一個安全、可供憩息的地方。休息時間我和吉姆．法柏聊了一會兒天，聚會結束後和他一起步出會場。他沒有時間喝咖啡，我陪他幾乎走回他的公寓門前，結果我們倆站在街角又談了幾分鐘，之後我才回家。但我還是沒有打電話給基南．庫爾里，不過我試了他哥哥。我在和吉姆談話間提起他，兩人都不記得上個禮拜曾在任何聚會中看過他，於是我撥了彼得的號碼，但電話無人接聽。我打給伊蓮，聊了幾分鐘。她提到潘．卡西迪來電說她不會再打電話來了，因為杜告訴她這段時間最好別跟我或伊蓮聯絡，她想通知伊蓮一聲，好叫她放心。

第二天早晨起床第一件事，是打電話給杜，他說一切進行順利，凱利雖然難搞，卻不會蠻不講理。「如果你想許願的話，」他建議，「那就快祈禱那傢伙鈔票多多。」

「凱利？在刑事組鈔票多不了的。收不到賄賂金。」

「不是凱利，老天。是雷！」

「誰？」

「那名凶手，」他說，「用鋼絲的那個傢伙啊，老天！難道你自己的雇主講話你都不用心聽嗎？」

她並不是我的雇主，不過他並不知道。我問他為什麼我們要希望雷鈔票多多。

「這樣我們才能叫他理賠。」

「我比較希望看到他這輩子都關在牢裡。」

「對，我也這麼希望，」他說，「可是我們都明白刑事法庭是怎麼回事。不過，有一點我他媽的可以保證，只要他們敢讓那個狗娘養的無罪開釋，我就可以送他上民事法庭，叫他把每一分財產都吐出來。不過他得有錢，這樣做才有用。」

「很難講哦。」我說。我知道住在日落公園區的百萬富翁寥寥無幾，但我並不想跟卡普倫提起日落公園，況且我並不能斷定那兩個人，甚至三個人（如果我們要對付的其實有三個的話）全都住在日落公園區裡。但誰知道呢，很可能雷在皮耶旅館租了間套房也不一定。

「我真的很想找個人來告，」他說，「那兩個禽獸可能用的是公務貨車。要是能找到一個有資產的被告，就能替她弄到一筆像樣的理賠金，經過那種事，她應該得到。」

「而且這麼一來你『公益』行為也會符合『成本效率』，對不對？」

「那又怎樣？有錯嗎？老實說，這件案子裡我真的不是最關心自己的利益。」

「好啦。」

「她真的是個好女孩，」他說：「剽悍、有韌性，但又有一種純真的本性，你懂我的意思吧。」

「我了解。」

「那些禽獸可真是整死她了。她有沒有給你看他們對她做的事？」

「她跟我講了。」

「她也跟我講了，而且還給我看。你以為事前知道可以讓你心理有個準備是不是？告訴你，視覺震撼還是嚇死人了。」

「真的，」我說：「她有沒有把剩下的也一起給你看，好讓你徹底了解她的損失到底有多大？」

「你的思想實在很髒，你知不知道？」
「我知道，」我說，「大家都這麼說。」

∞

我打去約翰．凱利的辦公室，別人告訴我他去法庭了。我報上名字，接電話的警察說：「哦，他正想找你，把你的電話號碼給我，我來傳呼他。」過了一會兒凱利便打來了，我們約在郡法院外面街角一個叫「訴訟案件記錄」的地方見面。那個地方我從來沒聽說過，似乎是曼哈頓下城典型的酒吧餐廳，顧客群從警察到律師不等，裝潢總是用很多黃銅、皮革和暗色木頭。
凱利和我從未謀面，這一點在約的時候兩人都忘了，但其實半點都不難認，他長得就跟他父親一模一樣。
「我一輩子都在聽這句話。」他說。
他從吧台上拿起啤酒，我們到後面揀了張桌子坐下。我們這桌的女侍有個朝天鼻和極具感染力的幽默感，而且認得我的伴。他問她今天的辣香腸如何，她說：「對你來說太瘦了，凱利。點個烤牛肉吧。」我們點了烤牛肉裸麥麵包三明治，牛肉切得很薄，堆得老高，配菜是酥脆的炸薯條和一小碟山葵根醬，辣得你直掉眼淚。
「這地方好。」我說。

「沒話講。我都在這裡吃。」

吃三明治的時候他又點了一瓶摩森啤酒，我點了一杯冰淇淋汽水，女侍一聽便搖搖頭，於是我改點了可樂。我意識到凱利雖然沒講話，卻注意到了。等女侍把我們的飲料端來時，他還是說了：「你以前喝酒？」

「你父親提過吧？我認識他的時候喝得還不算凶。」

「不是他告訴我的。我打幾通電話，到處問了一下。我聽說你喝出麻煩，後來就戒了。」

「可以這麼說。」

「我聽說是去戒酒無名會。是個很不錯的組織，評價大多滿正面的。」

「它有它的優點，不過你若想喝杯好酒的話，最好別去。」

他隔了一秒鐘才明白我是在說笑話。他笑了，然後說：「你就是在那裡認識他的？那位神祕男友。」

「我不會回答那個問題。」

「你不打算告訴我任何有關他的事？」

「對。」

「沒關係，我不會在那件事上跟你過不去。你能勸她來，這一點我佩服你。證人跟她的律師手牽手一起來，我不是很喜歡，不過在這種情況下，我必須承認她這麼做很聰明，而且卡普倫也不算太痞。若是上了法庭，他包準把你當猴兒耍，不過管他的咧，那是他的工作，他們全是一個樣兒的。你能怎麼辦，把全世界的律師都吊死？」

「有人會覺得其實這個主意不錯。」

「這個房間裡有一半的人都這麼覺得，」他說，「另外一半就是律師自己。管他的！卡普倫和我同意在媒體那方面，完全不聲張，他說你也會同意。」

「當然。」

「如果我們能把那兩個變態的長相畫出來就好了，可惜我安排她和一位畫家聊了半天，唯一的成果就是他們兩個都有兩隻眼睛，一個鼻子，和一張嘴。對耳朵她就不太肯定了，覺得他們都各有兩片，可是又不願意保證。現在我們手上有的，就是這三樁案子之間的關聯性，我們已經正式把它們當做連續謀殺案件來處理，不過你說讓它上《每日新聞》有什麼好處？除了把老百姓嚇得屁滾尿流之外，還能得到什麼？」

8

中餐吃完，我們並沒有久待。他兩點得回法院去替一件與毒品有關的謀殺案作證，這類公務令他案牘永遠堆積如山。「他們彼此殺來殺去，你實在很難去在意，」他說，「或是讓你想拚老命去破案逮凶手。我他媽的真希望他們趕快讓這玩意兒合法化，而且我對耶穌發誓，以前我絕對想不到自己會說出這種話。」

「我從來沒想到會聽一個警察講這種話。」

「這年頭大家都這麼講囉。警察、地方檢察官、每個人。只有毒品管制署那些傢伙還在唱老調：『我們與毒品的戰爭，勝利在望。給我們必要的工具，我們就能完成使命。』我不知道。或許他們真的都這麼相信吧，不過我寧願相信牙仙，至少牙仙可能會在你枕頭下面擺個銅板。」

「你怎麼能說服自己讓快克合法化呢？」

「我知道，那玩意兒害死人。我自己最喜歡的是天使塵，一個完全正常、愛好和平的人去嗑點天使塵，立時完全喪失意識，開始產生暴力舉動。幾個小時後他醒了，旁邊死了人，他卻什麼都記不得，他連自己嗨的時候是不是很享受都不知道。我願意看到街角糖果店賣天使塵嗎？耶穌基督，我當然不願意，但是現在那些人在糖果店前人行道上賣天使塵，是不是真的就比在糖果店裡賣得少呢？」

「我不知道。」

「沒有人知道。其實現在天使塵賣得不像以前那麼多了，倒不是因為現在的人不嗑它了，快克侵占了天使塵很大一部分市場，所以說毒品世界有好消息囉，各位運動迷，快克在幫助我們贏得毒品戰爭。」

我們分開結帳，然後在人行道上握手道別。我同意若發現任何他應該知道的新消息一定會聯絡他，他說一旦案子有突破性發展，也會通知我。「我可以告訴你這件案子一定會用上大批警力，」他說，「這些才是我們真正想除掉的傢伙。」

8

我告訴過基南・庫爾里那天下午我會離開曼哈頓，所以我便直接往他那個方向走。「訴訟案件記錄」位在傑羅門街上，布魯克林高地就從那兒突出圓石丘。我往東走到法院街，再沿著法院街往下走到亞特蘭大大道，經過杜・卡普倫的辦公室，以及我與彼得・庫爾里一起吃過的那家敘利亞餐廳。我再轉上亞特蘭大大道，好經過阿尤伯的店，想像擄人案發生當時的情景。本來想坐往南走的巴士，可是等我走到第四大道時，一輛巴士正好開走。那天是個和暖的春日，我反正散步散得很愜意。

我走了一兩個小時。雖然我無意一直走到灣脊區，但我還是走到了。起先我以為自己會走個八到十個街區，然後看見巴士經過就上去，可是等我走到第一條以阿拉伯數字命名的街上時，突然意識到自己離綠林墓園才不過一哩，於是便穿過第五大道，走到墓園外，進到墳墓間轉了十到十五分鐘。草的亮綠，是那種只有在早春才見得到的亮綠，墓碑周圍各種春花綻放，很多墓前還擺滿了鮮花。

墓園占地極廣，我不知道蕾拉・亞芙瑞茨是在哪個地方被丟下、又被找到的，或許新聞裡曾經提過吧。就算提過，我也早忘了；即使我記得，又有什麼分別呢？我並不想在她曾經躺過的地方用心電感應接收那片草地發出來的震波。我很願意相信某些人能夠做這種事，可以用柳木條找到遺失的物件及小孩，甚至看到我看不到的靈氣（我實在不確定丹尼男孩最新一任女朋友是否真有這般法力)。但我不能。

不過,親自踏上這片土地,或許真能使靈光乍現,讓腦波裡的線路突然接對地方。誰知道呢?或許我去那裡,是真的想和那位姓亞芙瑞茨的女孩做某種接觸吧——也或許我只是想花個幾分鐘,在綠草地上走走,賞賞春花。

8

我是從二十五街進入墓園的,然後從南邊半哩的三十四街穿出來。那時我已經穿過整個公園坡地區,抵達日落公園區的北界,只離那整個區以它為名的小日落公園兩個街口。

我走到公園外,再穿過公園。然後逐一經過那六支曾經被用來打到庫爾里家的公用電話。從位在四十一街交口新烏得勒支街上的第一支開始。我最感興趣的那一支在四十九街和五十街之間的第五大道上,就是他們用了兩次的那一支,因此據推測應是離他們行動基地最近的一支。不像其他電話都位在街上,它在一家二十四小時營業的自助洗衣店入口處。

店裡有兩個女人,兩個都很胖。其中一人在折衣服,另一個坐在椅子上僅以兩隻椅腳著地往後靠在水泥牆上,邊讀著《時人》雜誌。她們互不搭理,也不管我。我在電話裡投了一個硬幣,打給伊蓮。她接起電話時我說:「是不是每家自助洗衣店都有電話?很普遍嗎,是不是在每家洗衣店裡都可以找到公用電話?」

「你知道我等你問我這個問題等了多少年嗎？」

「是不是嘛？」

「你覺得我無事不知，真讓我受寵若驚，可是我得告訴你一件事，我有好多年都沒跨進自助洗衣店一步了。其實我好像從沒進過自助洗衣店。我們公寓地下室有洗衣機，所以我沒辦法回答你的問題，可是我可以問你一個問題。為什麼問這個？」

「綁架案發生當晚有兩通打去庫爾里家的電話，都是從日落公園一家洗衣店裡的公用電話打出去的。」

「你現在人就在那裡，用那一支公用電話打給我。」

「對。」

「然後呢？別家洗衣店有沒有公用電話有什麼要緊？別告訴我，讓我自己想。我想不出來，為什麼？」

「我想他們一定住得很近，才會想到用這支電話。你從街上是看不到它的，除非你就住在附近一兩條街上，否則打電話的時候一定不會想到它。除非，每家洗衣店裡都有電話。」

「嗯，我對洗衣店不太了解。我們地下室就沒有電話。你怎麼洗衣服的？」

「我？街角就有家洗衣店。」

「他們有沒有電話？」

「我不知道。我早晨把衣服送去，晚上拿回來。他們什麼都幫我弄好，送去的時候是髒衣服，回來的時候已經乾淨了。」

「我打賭他們一定不分顏色。」

「嗯？」

「算了。」

我從洗衣店裡走出來，到街角的古巴午餐吧點了杯古巴咖啡。他用過那支電話，那個狗娘養的。我就離他這麼近！

他們肯定住附近；不只是在這個區，而且是在洗衣店附近一兩個街區內。要是誰來跟我說，他們就在方圓幾百碼之內，而且從我坐的位置就能感應到，我是很願意相信的。不過這是鬼話。我不用感應什麼電波，只需分析邏輯，就可以猜出實際情況。

他們看到她出家門，跟蹤她到阿戈斯蒂諾超市，躲在一旁等提物僮送她上車，尾隨她去亞特蘭大大道，然後在她走出阿尤伯的店時挾持她上貨車後車廂，再載她駛離現場。去哪裡呢？任何地方都有可能。紅鉤區的小巷弄裡、某個倉庫後的小走道、某個車庫。

從綁架到第一通電話，間隔數小時，我猜大部分的時間他們大概都像對付潘・卡西迪一樣對付她。等她死了，他們開車回家，把車停進他們自己的停車位（也可能一開始他們就在那裡幹他們的勾當）。目擊者都說那輛貨車車身上漆有皇后區電視修護公司的字樣，這時可能需要化化妝，或許重新噴漆，或許只需要洗掉便可，如果他們用的是可洗塑膠漆的話。倘若他們的車庫裡裝備齊全，大可以將貨車改頭換面。

然後呢？快快上一堂切肉初級班？可能是在那個時候做的，也可能等到後來；那並不重要。

然後，到了三點三十八分，打第一通電話。四點一分，打第二通——也就是雷的第一通——是去自助洗衣店打的。接著是更多的電話聯絡，直到八點一分的第六通電話，命令庫爾里兄弟出門送贖金。打完那通電話之後，雷或另一個男的應該就位，監視平林及法拉格特那兩支電話，在庫爾里兄弟接近時撥那兩支的號碼。

還是沒那個必要？他們叫基南八點半去那裡，自己大可以從指定時間幾分鐘前開始每隔一分鐘打一次，不論基南何時到達，接聽電話，他都會覺得對方是看到他和哥哥開車過來時才打的電話。

這也並不重要。總之他們打了電話，基南來接電話後，開車去退伍軍人大道，兩個綁架者已經等在那裡。另一通電話進來，剛好就在庫爾里兄弟抵達那一刹那，因為這一次綁架者一定在現場占好位置，以便監視庫爾里兄弟步行離開錢袋。

一等兄弟倆離開，現場確定沒有人在看著車子，雷和他的朋友（不論是一位還是兩位）立刻跳上前去抓了錢就跑。

不對。

至少有一個人留在現場，看著庫爾里兄弟往車內查看，不見法蘭欣。然後公用電話響了，叫他們回家去，說她會在他們到家之前回去。等到庫爾里兄弟真到回到殖民路上的家裡時，綁票者也回到他們的基地，把貨車停好，然後——

不對，不對！那輛貨車一直停在車庫裡。他們還沒有把車子改裝完成，而且法蘭欣．庫爾里的屍體可能還放在後車廂裡。他們是駕著另一輛車去退伍軍人大道的。

是那輛專門為這次行動偷來的福特Tempo嗎？很有可能。或是第三輛，而那輛福特偷來後便藏起來，只為了一個目的——運送屍體。

太多太多的可能……

無論如何，他們把法蘭欣被分屍後的屍塊裝上那輛福特。先分屍，用塑膠袋分別包裹每一塊肉，再用膠帶把每一個包裹綁好。把後車廂的鎖撬壞，像裝肉箱似的裝滿它，同時開兩輛車到殖民路上，開到街角的停車地點，停下福特。不論是誰開福特，此時他回到夥伴的車上，兩人一起回家。

回到那四十萬美金旁邊，慶祝他們幹了完美無瑕的一票。

現在只剩下一件事沒做，打一個電話叫庫爾里去找停在街角的那輛福特。工作已經完成，你因為勝利而紅光滿面，可是你還想臨別前戳戳他的痛處。這時候用自己電話的誘惑多麼大啊，就在桌上！庫爾里沒報警，沒找別人支援，送錢又乾脆，他怎麼可能知道最後一通電話是從哪裡打的呢？

管他的……

但不可以，等一等，到目前為止你每一步都走對了，表現得極具職業水準，為什麼要功虧一簣？說得過去嗎？

不過從另一個角度來看，你也不必神經緊張。你每次都用不同的電話，而且每個電話的距離都至少隔六個街區，就是怕留下痕跡，怕他們派人監視那些電話。

但並沒有人監視電話。現在你可以確定這一點，他們沒有採取類似的措施，所以不必過分謹慎。是該用公用電話，這點沒錯，不過只要用距離最近、最方便的那支就可以了。那支是你的第一個選擇，那就是你選擇它打第一通電話的原因。

既然要出去打電話，乾脆順便洗個衣服算了。剛才幹得鮮血淋漓，把衣服全搞髒了，現在何不全丟進洗衣機裡去？

不，不可能！尤其現在廚房桌上躺著四十萬大洋。你不會洗那些衣服的，你會把它們全扔了，再買新的。

8

附近兩個洗衣店我全走遍了，從第四到第六大道，到四十八及五十二街的矩形之間。我也不知道自己到底在找什麼。若是看到車身上漆有字樣的藍色箱形貨車，肯定會多看兩眼。但我最主要的目的，只是想熟悉那一帶，看看是否有什麼東西能夠捕捉我的視線。

那一區在經濟及種族分布上都很不一致，房舍從破敗傾圮到新翻修成獨棟高級住家的都有。有幾條街房子一間間挨得很近，有些還裝著早期舊式的鋁框和瀝青外牆板，有些街上的房子把舊外觀全拆了，新砌了磚。還有些街上是獨立住宅，前面有小塊草坪，有些草坪被用來停車，有些房子則蓋有車道及車庫。我一路上觀賞到不少街頭插曲，帶著小娃娃的媽媽、精力過剩的孩子、在清理自己車子或坐在門階上就著小紙袋裡的飲料喝起來的男人們。

等我走完那個矩形裡的每一條街時，我並不知道自己到底得到了什麼，但是我頗能確定一點——我行經了事件發生的那一棟房子。

∞

稍後我站在另一棟曾經發生過謀殺案的凶宅前面。

經過六十街及第五大道交口那支位置最南的公用電話之後，我走到第四大道，經過阿戈斯蒂諾超市，進入灣脊區。當我走到參議員街時，突然想到我離湯米．狄樂瑞謀殺妻子的地方不到一兩個街區。我不知道自己在事隔多年後還能不能找到它。起先我有點迷糊，在另一條街上轉，不過一等到我發現自己走錯之後，立刻就找到它了。

它比我記憶中小，就像你的小學教室，不過除此之外，一點都沒變。我站在屋前，仰望三樓閣樓的窗口。狄樂瑞就把他老婆藏在上面，然後把她弄下樓，宰了她，把現場布置得像是被潛進屋裡的小偷殺的。

她的名字叫瑪格麗特，我現在想起來了。可是湯米叫她佩姬。

他為了錢殺她。我總覺得這個殺人的理由很薄弱，或許是因為我太看輕錢，也太看重生命了吧。不過我可以向你保證，為錢殺人總比為爽殺人好。

我就是因為那件案子認得杜．卡普倫的。湯米．狄樂瑞第一次被控謀殺時，卡普倫是他的律師。後來他們放了他，又因為他涉嫌謀殺女友被逮捕，卡普倫鼓勵他去找別的律師。

那棟房子看起來狀況很好。不知道現在的主人是誰，是否知道這段歷史。如果在這些年內這棟房子數度易主，目前的屋主很可能就不知情。不過這個區流動性並不大，大部分的人都是老鄰居。

我在那兒佇立了數分鐘，回想那段酗酒的日子，那些我認識的人，那一段我過過的日子。很久以前了。也或許不那麼久吧，全看你怎麼想。

16

基南說：「我沒想到你會這麼做，案子辦到一半，結案了，交給警方。」

我開始重新解釋一遍為什麼我覺得這是個很簡單的決定。事情發展到這個地步，警方比我能展開更多調查途徑，而且也比我更有效率，我設法把我知道的情報都提供給他們，同時也讓我的雇主及他死去的妻子能夠繼續隱姓埋名。

「不是，這些我都了解，」他說，「我懂你為什麼要那麼做。為什麼不讓他們去辦呢？那不是他們的職責嗎？我只是沒料到而已。我本來想像我們會查出他們在哪裡，最後以一場飛車追逐或槍戰收場，或許我在電視機前面坐太久了吧。」

他看起來倒像是坐飛機坐太久，在室內坐太久，在後面房間及廚房裡坐太久、喝太多咖啡。他沒刮鬍子，頭髮凌亂，需要剪了。和我上次看到的他比起來，他變瘦了，肌肉也垮了：英俊的臉顯得陰沉，黑色的眼睛下面有黑眼圈。他穿了一條淺色便褲，銅黃色的絲襯衫，懶人皮鞋，沒穿襪子。若是平常的他做這身打扮，會給人沉靜優雅之感，今天的他卻看起來不修邊幅、面有菜色。

「假設警察逮住他們了，」他說：「然後呢？」

「這要看他們能以什麼罪名控告他們。最理想的情況是他們蒐集到很多能把不同謀殺罪連在一起的具體證據。如果蒐集不到這樣的證據，或許其中一個罪犯會作證控告另一名罪犯，以換取比較輕的刑罰。」

「換句話說就是讓他們狗咬狗。」

「沒錯。」

「為什麼讓其中一個減刑？那個女孩不是證人嗎？」

「她只是其中一項罪行的受害者，那項罪比謀殺罪輕。強暴與強迫雞姦都是乙級重罪，可能判到六到二十五年不等。如果你可以判他們個二級謀殺罪，那就是無期徒刑。」

「那切掉她乳房那件事呢？」

「那只能構成一級攻擊罪，比強暴和雞姦罪還輕。我想那樣判起來最多十五年。」

「我覺得沒道理，」他說，「我認為他們對她做的事比殺了她還糟。一個人殺另一個人，或許是他控制不住，或許他有他的理由，可是為了好玩這樣去傷害別人——什麼樣的人才會做出這種事？」

「病態或邪惡的人，隨你挑。」

「你知道什麼事令我發狂嗎？就是想像他們對法蘭欣做了什麼事。」他沒坐下，此刻正在踱方步，他走到房間另一頭，往窗外看。然後背著我說：「我試著別去想。我試著告訴自己他們立刻就殺了她，她反抗，他們為了讓她住口想敲昏她，結果用力過猛，她就死了。就這樣，死了！」

他轉過身來，兩肩垮下來。「媽的，這有什麼分別呢？不管他們怎麼整她，現在都已經結束了。

她已經解脫了，走了，變成塵土了。沒有變成塵土的部分也歸上帝了，如果真有上帝的話。或者她已經找到了平靜，或轉世了，變成一隻鳥，或一朵花。或者就是不存在了。我不知道人死後會發生什麼事。沒有人知道。」

「嗯。」

「你常聽他們鬼扯什麼接近死亡經驗，穿過一個隧道，去和基督和你最喜歡的叔叔相聚，看到自己一輩子一閃而過。或許真的就是那樣吧，我不知道。或許只有接近死亡的經驗才是那樣，等到真死了就不一樣了，誰知道呢？」

「我可不知道。」

「對，可是誰他媽的真在乎呢？我們在乎的是現在發生在我們身上的事。強暴罪他們最多能判幾年？你剛才說二十五年？」

「根據法律是這樣的。」

「還有你說的雞姦，在法律上那指的是什麼，肛交？」

「肛交或口交。」

他皺起眉頭。「我不能再談下去了。我們說的每件事，都讓我立刻聯想到法蘭欣，我談不下去，我會瘋掉。你去幹一個女人的屁股，可以判二十五年，可是砍掉她一個奶子，卻最多只會判十五年。你說這中間是不是有問題。」

「要改變法律很難。」

「不，我只是想把罪過推給我們的系統罷了。不過二十五年還是不夠的。無期徒刑也不夠。他們是禽獸，幹！他們該死！」

「法律沒辦法這麼做。」

「對，」他說，「沒錯。法律只能負責找到他們，然後呢，任何情況都可能發生。他們可能進監獄，要做掉牢裡的人並不難。牢裡很多傢伙都不介意替你辦事。他們也可能在上法院途中逃掉了，或繳了保金等待審判，被放出來之後，要做掉他們也很容易。」他搖搖頭，「你聽聽我在講什麼？好像我是教父，往後一靠，命令別人去暗殺似的。誰知道會發生什麼事呢？或許到時候我就沒現在這麼激動了，到那個時候或許我會覺得二十五年也可以了。誰知道？」

我說：「也可能我們會幸運的在警方發現他們之前捷足先登。」

「怎麼可能？去日落公園瞎走，連我們要找的人是誰都不知道？」

「利用警方發掘出來的線索。他們一定會把所有資料送去聯邦調查局，調出連續殺人犯的記錄。或許我們那位證人會想起她一直遺忘的部分，我就可以拿到一張圖片，或至少曉得一些外型特徵。」

「所以說你想繼續辦這件案子。」

「當然。」

他思索了半晌，點了點頭。「再告訴我一次我欠你多少錢。」

「我給那個女孩一千元，律師不會收她半毛錢。那幾位弄到電話公司記錄的電腦技術師一共拿了一千五百元，我們住的旅館是一百六十元，加上我沒拿回來的那五十元電話費押金。就算兩千七百元整數吧。」

「嗯。」

「我還有別的開銷，不過我覺得那些應該由我自己出。這些是特別的開支，而且情況緊急，我不想耽擱，所以沒有得到你的同意就擅自做了主。如果你覺得有任何不合理的地方，我願意跟你討論。」

「有什麼好討論的？」

「我老覺得你好像很煩。」

他重重歎了口氣。「你感覺到了？我飛回來那一天我們第一次通電話的時候，我記得你說你問過我哥哥。」

「沒錯，他身上沒有那麼多，所以我就自己去籌了。怎樣？」

「是他沒有，還是他要你等我同意？」

「他沒有。不過他特別強調說他很確定你一定會出那筆錢，只是他身上沒有現金，因此也愛莫能助。」

「你確定？」

「百分之百確定。怎麼了？到底有什麼問題？」

「他沒說你可以拿我的錢？一句話都沒說？」

「沒有。事實上——」
「怎樣?事實上怎樣?」
「他說你家裡一定有錢,可是他不可能拿得到。他還很反諷的說沒有人會把家裡保險箱的號碼告訴一條毒蟲,即使是兄弟。」
「他這樣說嗎?」
「我不知道他是不是特別指你,」我說,「我覺得他是在說沒有一個正常人會把那種祕密告訴一個吸毒的人,因為那種人是不可信任的。」
「所以他指的是一般人。」
「我是那麼覺得。」
「他很可能是衝著我來的,」他說,「而且他說得對。我絕對不會把那麼大一筆錢交給他管。我的大哥,雖然我會把自己的命交給他,但是一筆六位數字的現金?不,我不會那麼做的。」
我什麼話都沒說。
他說:「前幾天我和彼得通了電話,本來他說要來這裡,可是他一直沒有出現。」
「噢。」
「還有別的。我離開那天是他送我去機場的,我給了他五千塊,怕有緊急狀況發生。所以當你向他要那兩千七百塊錢——」
「沒這麼多。我是星期六下午跟他通話的,那時我還不需要付一千元給姓卡西迪的女孩。我記不得我跟他提的數目是多少，最多一千五或兩千吧。」

他搖搖頭，「你能解釋嗎？我可沒法解釋。你禮拜六打電話給他，他說我禮拜一才會回來，不過沒關係，你去做，把錢付了，回來的時候我會補你。他是不是這樣講的？」

「對。」

「他為什麼要這麼說呢？如果他是覺得我可能會反對，所以不願意付錢，那我可以了解。他也不必拒絕你，好像故意在刁難，大可以說他沒有就好了嘛。可是基本上他又替我答應了那筆開支，自己卻巴著錢不放。我說的對不對？」

「對。」

「你是不是讓他覺得你身上現鈔很多？」

「沒有。」

「如果他是因為覺得你可以先墊，那我可以了解。可是……馬修，我實在不想說，可是我覺得很不妙。」

「我也覺得。」

「我覺得他在嗑藥。」

「聽起來像是。」

「他一直跟我保持距離，說要來，又不來。我打電話去，他不在家。聽起來像什麼？」

「我已經一個多禮拜沒在任何聚會上看到他了。雖然我們不是每次都參加同樣的聚會，可是——」

「可是你經常會碰到他。」

「對。」

「我給他五千元應付緊急狀況，狀況真的來了，他卻說他沒錢。他把那筆錢拿去幹什麼了？還是他在說謊，他想把它存下來做什麼？兩個問題，答案是同一個。我看就是ㄉㄨ毒，二聲毒，還有什麼？」

「說不定有其他可能。」

「我很願意聽。」他拿起電話，撥了一個號碼，站在那兒專心聽話筒裡的鈴響聲，等鈴響了約十聲才放棄。「沒人接，但這並不代表什麼。以前他抱著酒瓶躲起來的時候，可以幾天都不接電話。有一次我問他為什麼不乾脆把電話拿起來算了。他說這樣我就知道他在家了。他實在很奸詐，我那個老哥。」

「那是一種病。」

「你是說那種習慣。」

「通常我們都說那是一種病。我想這兩種說法是一樣的。」

「他戒毒了，你知道。他本來癮很大，後來戒了，然後又酗起酒來了。」

「他告訴過我。」

「他戒酒戒了多久？一年多了。」

「一年半。」

「你以為他可以戒這麼久，一定可以戒一輩子。」

「大部分的人都只能戒一天。」

「對，」他不耐煩的說，「一次一天。這些我都知道，每句口號我都聽過了。彼得剛戒的時候老待在這裡。法蘭欣和我會陪他坐著，給他咖啡喝，聽他講個不停。他去參加聚會，回來就把他聽到的每件事情統統倒給我們聽。我們並不介意，因為他振作起來了。然後突然有一天他跟我說他不能再整天跟我泡在一起，因為會影響他。現在他抱著一袋毒品、一瓶酒，這樣他媽的就沒人可以影響他是不是？」

「你還不能確定，基南。」

他轉過來面對我。「還有別的嗎，耶穌基督？不然他拿五千元去幹嘛，買獎券？我根本就不應該給他這麼多錢，誘惑太大了。不論他出了什麼事，都是我的錯。」

「不，」我說，「如果你給他一個裝滿海洛因的雪茄盒，然後對他說：『幫我看著這個東西，等我回來，』那就是你的錯。這樣的誘惑誰都受不了。可是他已經戒了一年半了，他知道該怎麼對自己負責。如果手頭有錢讓他緊張，那他可以把錢存進銀行裡，或是請協會裡的人替他保管。也許他真的失去控制了，或許他沒有，無論他做了什麼事，都不是你叫他去做的。」

「是因為我才變得那麼容易。」

「永遠都不難的。我不知道現在一袋毒品多少錢，可是叫杯酒不過一兩塊錢而已，而一杯酒就夠了。」

「不過一杯酒不能支持多久。而且五千元夠他用一陣子了。喝酒能花多少錢，如果在家喝，一天不過二十元吧？如果去酒吧喝可能要花上兩三倍。海洛因昂貴多了，不過一天也不可能注射超過一兩百塊錢，而且要恢復以前的用量也需要一段時間。就算他是頭豬吧，也要一個月的時間才能把那五千元都花光。」

「他不用針筒。」

「他那樣告訴你的？」

「難道不是真的？」

他搖搖頭，「他總是這樣跟別人講，而且有一段時間他真的只用吸的，不過他也有只用針筒的時期。扯那個謊可以讓他的習慣聽起來不那麼嚴重，再加上他怕那些知道他以前吸過毒的女人不跟他上床。也不是說他現在有多風流，不過你總不希望跟自己過不去吧。他覺得如果她們知道他曾經共用過針頭，一定會認定他有愛滋病。」

「可是他並沒有共用過針頭？」

「他說他沒有。或許他共用過，或許他從來沒去做過愛滋病檢驗。那一部分他也可能在說謊。」

「那你呢？」

「我怎樣？」

「你是用針筒？還是用吸的？」

「我又不是毒蟲。」

「彼得告訴我說你大概一個月會吸掉一袋。」
「什麼時候說的?在星期六的那通電話裡?」
「一個禮拜以前的事。我們一起去參加聚會,然後吃了個飯,晃了一陣子。」
「然後他就跟你講這個?」
「他說幾天前他來你家,你正嗨。他說被他逮到了,可是你否認。」
他往下望了一會兒,再說話的時候聲音也低了。「對,是真的,」他說,「是被他逮到了,而且我的確否認了。我還以為他相信了。」
「他才沒相信。」
「大概吧。我扯那個謊心也很不安,不過吸毒我倒不覺得有什麼。我絕不會在他面前吸,如果知道他要來,我不會吸的。我吸不會傷害到任何人,尤其是我自己,我不過是偶一為之罷了。」
「隨便你怎麼說。」
「你說我每個月吸一次?老實告訴你,我覺得沒那麼多。我想大概一年吸個七八次吧,從來沒超過那個數兒。我實在不應該騙他,我應該說:『沒錯,我感覺窩囊透了,所以我吸了,怎樣?』因為我可以一年吸它個幾次,對我不會有更大的影響力,但是如果他稍微嚐一點,他的老毛病立刻就回來了,然後他會在地鐵上打瞌睡,他們會把他的鞋子都偷掉。他真的碰過那種事,他在D線地鐵上醒來,發覺腳上只剩下襪子了。」
「很多人都有那樣的經歷。」

「你也有過？」

「沒有，這只是運氣好。」

「你是個酒鬼，對不對？我在你來以前喝了一杯酒，如果你問我，我會承認，我不會扯謊。為什麼我就會對自己的哥哥說謊呢？」

「因為他是你哥哥。」

「對，那是原因之一。他媽的，我真是擔心他。」

「現在你也不能做什麼。」

「是啊，我能做什麼，開車到街上去找他？我們一起去，你往左邊找那些殺我太太的禽獸，我往右邊找我老哥。這個計畫如何？」他做了個鬼臉。「同時呢，我還欠你錢。我們剛才說是多少，兩千七百元？」他從口袋裡掏出一捲鈔票，數出二十七張，剩下沒幾張。他把那疊鈔票遞給我，我找個地方放起來。他說：「現在呢？」

「我會繼續查，」我說，「有些行動得取決於警方調查的結果，不過——」

「不，」他插嘴，「我不是那個意思。你現在要做什麼？你有晚餐約會嗎？是不是要回曼哈頓辦事情？」

「噢，」我得想想，「我大概會回旅館吧，我已經一整天沒坐下了，我想沖個澡，換套衣服。」

「你還想走回去？還是想去坐地鐵？」

「噢，我是不會走路的。」

「我載你回去如何？」

「不用麻煩。」

他聳聳肩，「我需要找點事做。」他說。

∞

在車上他問我那家有名的自助洗衣店在哪裡，說他想去看看。等我們開到那邊時，他把他那輛別克停在對街路邊，熄了引擎。「我們現在是在跟監囉，」他說，「這樣講對不對？還是只有電視上才有這種事？」

「跟監通常得待上好幾個小時，」我說，「所以我希望我們不是。」

「不，我只想在這裡待個幾分鐘。其實我都不知道自己開車經過這裡多少次了，但我從來沒想到要停下來打個電話。馬修，你確定這些傢伙就是殺那兩個女人和切了那女孩的人？」

「我確定。」

「因為這一件案子是為利，而其他那幾件純粹是為了，怎麼說呢？爽？休閒娛樂？」

「我知道。但其中雷同處太明顯，而且太駭人。肯定是同一幫人。」

「為什麼找上我？」

「怎麼說？」

「我是說為什麼會找上我？」

「因為毒販是最理想的目標，有很多現鈔，而且不願意找警察，我們以前不是討論過了嗎？而且其中一個人對毒品特別感興趣，他一直問潘認不認識毒販、吸不吸毒。顯然對這個話題走火入魔了。」

「所以才找上毒販，但這並不能解釋為什麼找上我。」他往前靠，雙臂環抱方向盤。「誰會曉得我是毒販？我從沒被逮捕過，名字也沒上過報，我的電話沒被竊聽，房子裡也沒有竊聽器，我很確定鄰居們沒一個曉得我是怎麼謀生的。毒品管制局在一年半以前曾經調查過我，後來也放棄了，因為毫無線索，至於紐約市警局，我看他們根本不知道我活著。就算你是個變態，喜歡殺女人，還想藉著除掉一個毒販發筆財，你要怎樣才能知道我的存在？我真的想知道。為什麼找上我？」

「我懂你的意思。」

「剛開始的時候我覺得自己是個靶子，整件事打一開頭就有人想傷害我、除掉我。但根據你的說法，事實並非如此。是幾個要靠強暴和謀殺才能爽到的神經病，後來他們還想藉此發財，然後才決定找毒販，最後挑上我。所以說我不能去追查同行裡我認識的人，那些認為我在某筆交易裡坑了他，想藉機報復的人。我並不是說幹毒品交易的人裡就沒有神經病，可是——」

「我懂你的意思，而且你說得很對。你是意外成為靶子的。他們想找一個毒販，正好知道你就是。」

「怎麼知道的呢？」他遲疑了。「我倒有個想法。」

「說來聽聽。」

「我覺得好像說不太通。是不是我老哥在聚會裡講他自己的故事，告訴每個人說他以前做什麼事，為什麼會染上酒癮，或許順便提到他弟弟是靠什麼謀生的，我說得對不對？」

「我以前是知道彼得有個兄弟在販毒，但我並不知道你住在哪裡，叫什麼名字，我連彼得姓什麼都不知道。」

「如果你問他，他一定會告訴你，其他的事想查還會難嗎？『我好像認識你兄弟哦，他是不是住在布什維克？』『不，是灣脊。』『噢，是嗎？哪條街啊？』我不知道，也許是我亂猜的。」

「我覺得呢，」我說，「戒酒無名會裡的確是龍蛇雜處，沒有任何人能阻止一個連續殺人犯走進去，很多有名的殺人犯就是酒鬼，而且都是在酒醉時犯的案，不過我可沒聽過哪一個曾經戒酒成功過。」

「但有可能？」

「大概吧。所有的事都有可能。而且，如果我們那幾位朋友果真住在日落公園這裡，而彼得一向參加曼哈頓的聚會——」

「嗯，你說得有理。他們就住在離我不到一哩半的地方，我卻以為他們是趕到曼哈頓去打聽我的事。當然囉，我說那些話的時候，並不知道他們住在布魯克林。」

「你說哪些話？」

他看我一眼，痛苦就刻在他額頭上。「我說彼得應該閉住他的大嘴巴，別在聚會裡廣播我的生意；我還說或許那些傢伙就是這樣知道我的，因此才會挑上法蘭欣。」他轉頭去看窗外的洗衣店。「我是在他開車送我去機場的時候說的，我一時失去控制，他不知道在講我什麼，我忘了，然後我就衝口而出了。好一陣子他一副我剛在他胃上踢了一腳似的，然後你知道他說了什麼，他說他聽了就會忘記的，不會當真，他知道我是一時動了肝火。」

他轉動鑰匙發動引擎。「去你媽的洗衣店，」他說，「我可沒看到有誰在大排長龍等著打電話。咱們走吧，嗯？」

「好。」

開了一兩個街區以後，他說：「假如他一直想這件事，放不開，鑽牛角尖，連他自己也開始懷疑這是不是真的。」他很快瞥我一眼，「你覺得，他是不是就是因為這樣才跑去嗑藥？如果我是他的話，我可能就會這麼做。」

∞

回到曼哈頓後他說：「我要去他住的地方，敲他的門。你要不要陪我去？」

那間分房出租建築的前門鎖壞了，基南把門推開說：「安全措施真棒，整個地方都棒。」我們進去，爬了兩層樓，一路上都是老鼠和發霉床單的味道。基南走到一扇門前面，側耳聽了一會兒，敲敲門，然後叫他哥哥的名字。沒有反應。他又重複一遍剛才的過程，結果還是一樣。

他試了試門鎖，發覺是鎖上的。

「我怕我會在裡面看到什麼，」他說，「但我又怕走開。」

我從皮夾裡掏出一張已經過期的信用卡，伸進門鎖來刷了刷。基南盯著我，眼神裡有新的敬意。

房間裡是空的，一團糟。床單一半拖在地上，衣服亂七八糟堆在一張木椅上。我在橡木桌上瞄到一本《戒酒大書》，和幾張戒酒無名會的傳單。沒看到酒瓶或吸毒用品，但床頭茶几上擺了個大水杯，基南把它拿起來嗅了嗅。

「我不知道，」他說，「你覺得呢？」

杯子裡面是乾的，但我覺得彷彿可以聞到酒精味兒。不過也可能是心理作用。明明沒有酒，我卻聞到酒味兒，這可不是第一次。

「我不喜歡這樣動他的私人東西，」基南說。「他的東西再少，還是有他的隱私權。但我就是怕看到他臉發青，手臂上扎根針筒，你懂我的意思吧？」

「我也有同感。」

「嗯。他毒品用完了，還可以把法蘭欣的車子賣掉。雖然他不是車主，但那輛車在舊車市場上至少值個八九千，所以黑市大概可以賣個幾百塊。根據毒蟲的算盤，這樣很划算了。」

我告訴他彼得跟我講的那個關於酒鬼和毒蟲的笑話。他們都會偷你的皮夾，可是毒蟲還會幫你找。

「對，」他點頭，「一語中的。」

17

接下來一個星期發生了好幾件事。

我去日落公園區三趟，有兩次是獨自去的，第三次和阿傑一起去。有一天下午我很煩，便傳呼他，他幾乎立刻打來。我們在時代廣場地鐵站碰面，然後一起坐車去布魯克林，先在一家熟食店吃了午餐，再去那家古巴店喝古巴咖啡，然後在那附近逛了一陣。我們聊了很多，結果我對他仍然知道不多，他倒是對我了解不少——如果他有在聽的話。

等回曼哈頓的火車時，他說：「這樣吧，今天你不必付我半毛錢，因為我什麼屁事都沒做。」

「你的時間應該也值錢吧。」

「工作了才算，今天只是在混，大哥，我混了一輩子，都沒拿錢欸。」

另一個晚上我正準備出去參加聚會的時候，接到一通丹尼男孩打來的電話，害我忙不迭衝到科羅納一家義大利餐廳去，據說那裡有三隻突然變成暴發戶的過街老鼠。雖然聽起來不太可能，因為科羅納位在皇后區北方，距離日落公園不知有幾光年，但我還是去了。我坐在酒吧上猛喝聖沛黎洛礦泉水，等待三位穿著絲西裝的傢伙進來天女散花。

那地方的電視開著，到了十點，第五台新聞播出三位涉嫌搶劫及毆打四十七街一家珠寶商而遭到逮捕的嫌犯照片。酒保說：「嘿，你們快看！那幾個混球連續三個晚上都在這裡混，花錢像流水，我就覺得有鬼。」

「他們用的是最古老的賺錢辦法，」坐在我旁邊的男人說，「用偷的。」

那裡離謝伊球場只有幾個街區，不過離大都會球隊仍有數百哩之遙，他們那天下午在雷格里球場以些微之差輸給了小熊隊，洋基則以地主身分迎戰印第安人隊。我走路去搭地鐵回家。

∞

另一次是杜．卡普倫打電話來，說凱利和他在布魯克林刑事組的同事要潘去華盛頓聯邦調查局總部匡提科暴力犯罪分析中心走一趟。我問她什麼時候動身。

「她不去。」他說。

「她拒絕去？」

「在她律師建議之下。」

「這我就不知道了，」我說，「公關部門向來都只講門面，不過據我所知，那個部門做的連續殺人犯檔案非常完整，我覺得她應該去。」

「嗯，」他說，「真可惜，你不是她的律師。我的責任是要保護她的權益，朋友，而且反正現在大山將為愚公來移也，明天他們要派個人上來。」

「結果如何一定要讓我知道，」我說，「當然是在和你的雇主權益不相牴觸的情況下。」

他笑了。「別在那兒酸溜溜的，馬修。為什麼她該老遠跑去華盛頓？叫他們來嘛！」

和犯罪側寫專家會談之後，他又打電話告訴我那次經驗實在夠炫。「他一副屌兒郎噹的德性，」杜說，「彷彿那才殺了兩個女人，切了第三個的傢伙，不值得他紆尊降貴似的。我看殺人愈多的凶手，才愈能博取他們的青睞。」

「有道理。」

「沒錯，不過對於後面的受害者可不是好消息。我想他們會寧願警方早點緝凶到案，也不願意讓凶手有機會證實他有多麼值得分析中心重視。他跟凱利說他們剛替西岸一個變態建立了非常完整的側寫分析，那傢伙小時候收集郵票，幾歲第一次刺青，他們統統可以如數家珍，可是到現在還沒逮到人，目前受害人數已到第四十二號了，另外還有四位疑似受害者。」

「難怪雷和他朋友是小巫見大巫。」

「他對頻率也毫無興趣。他說連續殺人犯通常活動力極頻繁，也就是說做案間隔不會超過數個月。他說要嘛他們還沒真的玩順手，否則就是很少來拜訪紐約市，真正殺人地點其實在外地。」

「不對，」我說，「他們對紐約市瞭若指掌，不可能。」

「你為什麼這麼說？」

「嗯？」

「你怎麼知道他們對紐約市瞭若指掌？」

因為他們讓庫爾里兄弟跑遍了布魯克林，但我不能說。「他們使用兩個外區墓園做丟棄地點，」我說，「還有森林公園。你說哪個外地人可能在萊辛頓大道擄走一個女的，到頭來卻把她丟在皇后區的墓園裡？」

「任何人都可能，」他說，「只要那個女孩不是他想要的。讓我想想他還說了些什麼。他說這幫人可能剛過三十歲，可能小時候是受虐兒，還做了些非常空泛的描述，不過有一件事他說得我毛骨悚然。」

「什麼事？」

「這個人在他那個部門待了二十年，等於是開國元老，就要退休了。他說他很高興。」

「因為他受夠了？」

「不只是受夠了。他說類似案件增加的頻率簡直駭人，而且根據統計弧線的走向，從現在到世紀末這段時間更有暴增的趨勢。他稱之為『獵殺』，還說這種事變成九〇年代流行的休閒活動了。」

∞

我剛戒的時候他們沒這麼做過，不過現在的戒酒無名會聚會通常都會邀請清醒日數少於九十天的新手來做自我介紹，報告天數。報天數時，大部分的聚會都會給他們掌聲。不過聖保羅的聚會卻不然，因為以前有個會員連續兩個月每天晚上都來參加，每次都說：「我叫凱文，我是個酒鬼，我討回了一天。昨晚我喝了酒，但今天我是清醒的！」大家對於為這句話鼓掌感到反胃，因此接下來的正式會議在熱烈辯論後，大家投票決定全面廢除鼓掌一項。「我叫艾爾，」某人會說：「我討回了十一天。」「嗨，艾爾。」我們會說。

我從布魯克林高地一路走到灣脊去跟基南．庫爾里拿開銷費的那天是星期三，隔週的星期二我在八點半的聚會上聽到房間後方傳來一個熟悉的聲音，「我叫彼得，我是個酒鬼，也是毒蟲，我討回了兩天。」

「嗨，彼得。」大家說。

本來我想在休息時間找他，可是坐在我旁邊的女人跟我聊上了，等我轉過頭去找他時，他已經走了。聚會結束後我從旅館裡打電話找他，可是他沒接電話，於是我打去他弟弟家。

「彼得是清醒的，」我說，「至少一個小時前是。我在聚會上看到他。」

「今天稍早我跟他通過話，他說大部分的錢還在，而且車子也沒事。我告訴他我一點都不在乎那筆錢或那輛車，我在乎的是他，他說他沒事。你覺得他看起來如何？」

「我沒看到他，只聽到他發言，等我回頭去找他的時候，他已經離開了。我只是想打電話告訴你他還活著。」

他說他很謝謝我。隔了兩個晚上，基南打電話來說他人在樓下大廳。「我在旅館前面並排停車，」他說，「你吃了晚餐沒？下樓來吧，我們外頭見。」

上了車，他說：「你對曼哈頓比我熟，你想去哪裡？挑個地方。」

我們去第九大道上的巴黎綠餐廳。布萊斯直呼我的名字，給了我們一張靠窗的桌子，蓋瑞也在吧台後面誇張的對我揮手。基南點了一杯葡萄酒，我叫了一瓶沛綠雅礦泉水。

「好地方。」他說。

點了餐之後，他說：「我不知道，老兄，我沒有理由進城。我上了車，到處轉，發覺沒一個地方可去。以前我也常常這樣，開車到處兜風，為石油危機和空氣污染盡一份心力。你會不會這樣？噢，怎麼可能，你沒有車。如果你想出城度個週末，你怎麼辦？」

「租一輛啊。」

「嗯，當然，」他說，「我沒想到。你常常出城嗎？」

「天氣好的時候挺常的。我和我女朋友到紐約州北部，或去賓州玩。」

「噢，你有個女朋友啊？我正想問呢。你們倆在一起很久了嗎？」

「不是很久。」

「她是做什麼的，不介意我問吧？」

「她是搞藝術史的。」

「非常好，」他說，「一定很有意思。」

「她好像覺得挺有意思的。」

「我是說她一定很有意思，是個有意思的人。」

「非常有意思。」我說。

那天晚上他看起來好多了，理了頭髮，刮了鬍子，不過仍有種疲憊的神情，還隱藏著一股焦躁。

他說：「我不知道該拿自己怎麼辦。我坐在家裡，都快瘋掉了。我太太死了，我哥哥不知道在幹什麼，生意一塌糊塗，自己也不知所措。」

「你的生意怎麼了？」

「或許沒什麼吧，也或許很大條。上次出國的時候我談了一筆交易，下個星期貨就應該到了。」

「或許你不應該告訴我這些。」

「你嚐過鴉片大麻沒？如果以前你只酗酒，可能就沒嚐過。」

「沒有。」

「我就在等那玩意兒，在土耳其種的，轉經塞浦路斯進來，至少他們是這樣告訴我的。」

「問題出在哪裡？」

「問題出在我應該閃的。這筆交易裡的人有些我根本不該信任，我參一腳的理由是最不應該的理由：我是因為沒事幹才去參一腳的。」

我說：「關於你太太的死，我可以替你工作，我可以不管你的謀生方法，甚至代你觸犯幾條法律。不過一旦牽涉到你的職業，我就不能替你工作了。」

「彼得說如果替我做事，會引誘他回去吸毒。這也是你拒絕的因素嗎？」

「不是。」

「那個東西是你絕對不想碰的。」

「大概吧。是的。」

他想了一會兒，然後點點頭。「我可以了解，」他說，「我也能尊重你的選擇。不過從另一個角度來看，我希望你能跟我合作，因為有你做後援，我可以放心。而且這種生意利潤很高，你知道的。」

「當然。」

「可是很髒，對不對？我知道，我怎麼會不知道？這是一個很髒的行業。」

「那就別做了。」

「我正在考慮。我從來沒打算把它當成終生職業，總是想再做個兩年，再做它個幾筆，在國外再多存點錢。老生常談，對不對？我真希望他們趕快讓毒品合法化，讓大家都好過些。」

「前一陣子才有個警察這麼說。」

「絕對不可能的。或許也有可能。但我可以告訴你，要真是這樣，我肯定樂觀其成。」

「然後你要幹什麼呢？」

「賣別的東西啊。」他笑笑，「上次出國碰到一個傢伙，跟我一樣是黎巴嫩人，在巴黎的時候我都跟他和他太太混在一起。『基南啊，』他說，『你最好趕快退出這一行，它會殺死你的靈魂。』他要我跟他合夥。你知道他是幹什麼的嗎？他是軍火商，耶穌基督！他是賣武器的。『大哥，』

我說，『我的買主只會用貨自殺，你的顧客還會去殺別人。』『那不一樣，』他堅持，『我只跟像樣的人，有身分地位的人做交易。』然後他跟我講一大堆他認識的重要人物，中央情報局的，還有其他國家的國防部的。所以說，或許我會退出毒品交易，搖身變成響噹噹的死亡商人。你覺得這樣是不是比較好呢？」

「難道那是你唯一的選擇？」

「說真的嗎？當然不是。我可以買賣任何東西，或許我老爸以前講到腓尼基人做貿易的事有點言過其實，不過你不能否認，全世界都有做貿易的黎巴嫩人。大學退學之後，我做的第一件事就是出國旅行，去拜訪各家親戚。整個地球到處都有黎巴嫩人，老兄。我有個叔叔跟嬸嬸住在尤卡坦，中、南美洲到處都有我的表親。我還去了非洲，我媽那邊的親戚住在一個叫多哥的國家。去之前我從來沒聽過那個國家。我的親戚在多哥的首都，洛梅，做黑市貨幣交易。他們在洛梅市中心一棟建築裡租了一大間辦公室，大廳裡沒有招牌，還得爬一層樓梯，可是滿公開的。每天人潮不斷，都拿著錢進來換錢，換美金、英鎊、法郎、旅行支票。金子，他們還買賣金子，先秤，然後就算價錢。

「一整天哦，鈔票就在他們用的那張長桌子上推來推去，我簡直不敢相信他們經手的錢有多少。那時候我還年輕，從來沒看過大筆現鈔，但那裡的現鈔是算噸的。每筆交易大概只賺個百分之一或二，可是交易量之驚人！

「他們住在城市邊界上一個四周有圍牆的大宅邸裡，因為僕人太多，所以房子一定要夠大。我只是個從柏根街出來的小鬼，從小就跟哥哥合用一個房間，結果我這位表親居然家裡每位成員都可以分到五個僕人，包括小孩哦。我沒誇張。起先我覺得很不自在，覺得他們很浪費，後來他們解釋給我聽，如果你很富有，就有義務要雇用很多人。你是在製造工作機會，為人民做點事。」

「『留下來嘛，』他們對我說，想叫我加入。如果我不喜歡多哥，他們還有個姻親在馬利做同一行。『不過多哥比較好。』他們說。」

「你現在還能去嗎？」

「那是二十歲幹的事，去一個新的國家，開始新生活。」

「你現在幾歲，三十二？」

「三十三，現在入門有點老了。」

「或許你不必從跑腿的幹起。」

他聳聳肩，「妙的是法蘭欣和我還討論過這件事。她不願意，因為她怕黑人。在一個黑人國家裡當少數幾個白人，她覺得很可怕，她說，萬一他們決定奪權怎麼辦？我說，甜心，什麼叫做奪權？本來就是他們的國家，他們是主人。不過一談到這個話題，跟她沒理可講。」他的聲音突然變硬，「結果你看看帶她上貨車的是什麼人，殺她的是什麼人？白人！你怕一樣東西怕了一輩子，結果卻不小心栽在另一樣東西手上。」他的眼睛鎖住我的眼睛，「就好像他們不只殺了她而已，他們把她整個抹滅了，她不再存在。我看不見屍體，只看見身體部分、肉塊。半夜三更我去我表哥家的獸醫院，把那堆肉塊燒成灰燼。她不見了，只留下我生活裡的這個大洞，而我不知道該拿什麼放進去。」

「別人都說時間能夠治療一切。」我說。

「我可以分點時間給他們，我的時間多得我不知道該怎麼辦。我整天一個人待在家裡，發現我居然會自言自語。還講得很大聲。」

「習慣有伴的人都會這麼做，你會習慣的。」

「就算我不習慣，又怎樣？就算我自言自語，也沒有人會聽到我講話，對不對？」他從自己的水杯裡啜了一口。「還有性，」他說，「我他媽的也不知道該怎麼對付那件事。我會有慾望，你知道嗎？我還年輕，這是很自然的。」

「剛才你還說你太老了，不能去非洲開始新生活。」

「你懂我的意思。我有慾望，我不僅不知道該怎麼辦，還覺得有慾望是不對的。不管我是不是跟女人上床了，我都覺得自己不忠實。就算我想跟女人上床，我又能跟誰上床？我能幹嘛？去酒吧跟女人甜言蜜語？還是去按摩院，付錢叫個鬥雞眼的韓國妹幫我打手槍？還是去他媽的『約會』啊？請女人去看電影，陪她聊天？我試著想像自己去幹這種事，最後決定還是在家裡自己打手槍算了，只不過我連那也不能做，因為那樣我也會覺得自己不忠實。」他突然往後靠，表情訕訕的。「真抱歉，」他說，「我沒有意思要倒這麼多垃圾給你聽。本來我並不想說的，我不知道自己是怎麼搞的。」

8

回旅館後我打電話給我的藝術史學家。那天晚上她有課，還沒回家。我在她的答錄機裡留了話，不知道她會不會回。

幾天前的晚上我們不歡而散。晚餐後我們租了一個她想看、我不想看的電影，或許我是在賭氣吧，我不知道。總之我們倆之間就是不對勁。電影結束後，她說了一句帶點顏色的話，我建議她應該努力一點，講話別老像個妓女。在平常的情況下，這個答覆是可以接受的，可是當時我的語氣很認真，她適時也回了一句很厲害的話。

我先道歉，她也道歉，我們說好不會在意；但實際情況並非如此。等到該上床的時候，我們是在城市的東西兩邊上的床。隔天談話時，我們都沒提那件事，到現在也沒提，可是只要我們一開始講話，它就一直梗在我們中間，即使我們不講話，也是如此。

十一點半的時候她回電話給我。「我剛進門，」她說，「上完課後幾個同學一起出去喝了一杯。你今天如何？」

「還好。」我說，然後我們聊了幾分鐘。接著我問她現在去她那裡會不會太晚了點。

「噢，」她說，「我也很想見你。」

「可是太晚了。」

「我想是的，甜心。我累壞了，只想快快沖個澡，趕快上床倒下。不要緊吧？」

「當然不要緊。」

「明天再聊囉？」

「嗯，好好睡。」

我掛上電話說：「我愛你。」對著空蕩蕩的房間說，聽到那句話從四面牆上彈回來。我們兩個在一起，已經能夠很熟練的將那一句話逐出我們的談話內容，現在我聽見自己說出口，心裡不知是真是假。

我有個特別的感覺，但說不上來到底是什麼感覺。我沖了個澡，走出來擦身體時，望著盥洗盆上那面鏡子裡自己的臉，突然了解那是什麼感覺了。

我每天晚上都有兩場午夜的聚會，最近的地方在西四十六街，我趕到的時候，聚會剛剛開始。我倒了杯咖啡坐下，幾分鐘後我聽到一個熟悉的聲音說：「我叫彼得，我是個酒鬼，也是毒蟲。」

很好，我心裡想。「我討回了一天。」他說。

不太好。星期二他清醒了兩天，今天他清醒了一天。我知道那一定很苦，拚命想回到救生艇上，卻怎麼也搆不著邊。然後我就不再想彼得·庫爾里了，因為我是為了自己才去參加聚會的。

我很專心聆聽主講人的發言，不過卻說不上來到底聽到了什麼，等主講人講完了，宣布聚會開始，我立刻舉手。他們點了我，我說：「我叫馬修，我是個酒鬼。我已經清醒了兩年，從我踏進協會那一刻開始，我經歷了不少事，有時候我會忘記其實我還是活得很混亂。目前我和我女友的關係正面臨一個困難的階段，而且我一直不自知，直到剛才。在我來這裡以前，我覺得很不自在，必須站在蓮蓬頭下沖五分鐘的澡，才終於搞清楚我自己的感覺到底是什麼。我明白那是恐懼，我在害怕。

「我甚至不知道自己在怕什麼。我感覺如果我放任自己的感情，就會發現其實世界上每一件事情我都怕。我害怕和我女朋友在一起，也害怕不跟她在一起。我害怕有一天早晨當我醒來時，會發現鏡子裡有個老頭子在瞪我。我怕我會孤孤單單死在那個房間裡，直到臭味漫出牆外，才被人發現。

「所以我穿上衣服，趕來這裡，因為我不想喝酒，也不想有這種感覺，經過了這麼多年，我還是想不通為什麼這樣講一頓之後就會好過很多，不過它就是有幫助。謝謝各位。」

我想我講話的口氣大概像個神經病吧，不過我已學會別他媽的在意別人怎麼想，我的確不在意。對我來說，在那個房間裡那樣掏心挖肝出奇容易，因為除了彼得．庫爾里之外，我不認識任何人。要是他真的只清醒了一天，大概也聽不完整句話，更別提聽完了還記得。

或者沒那麼糟吧。聚會結束時，大家站起來一起唸平靜禱告詞，唸完後，坐在我前面兩排的一個男人過來要我的電話。我給他一張名片。「我常常不在家，」我說，「不過你可以留話。」

我們聊了一分鐘，等我去找彼得．庫爾里時，他已經走了。我不知道他是說完了馬上就離開，還是等到聚會結束。總之，他已經離開了。

我有個預感，他並不想見我；我可以了解。我還記得剛戒時的痛苦，熬個幾天，喝了酒，然後再從頭開始。他還處在另一種劣勢裡，因為他曾經清醒了一段時間，現在再一次失去控制，肯定覺得很羞辱。加上他目前的經歷，要想重拾自尊，可能需要一段時日。

不過話說回來，他現在是清醒的。雖然只有一天，但我們誰不是呢？

∞

週六下午我本來在看電視運動節目，後來決定休息一下，打了個電話給接線生。我告訴她我的卡掉了，不知該如何啟動及解除轉機服務。我想像她在查過記錄之後，發現我從未訂購該項服務，於是打電話給一一九，請巡邏車將整個旅館包圍。「把電話放下，史卡德，把手舉起來。」我還沒想像完，她已經把我接給電話錄音，由電腦語音向我解釋該怎麼做，它講得很快，我來不及全寫下，所以我又打了一次電話，重複整個過程。

我準備出門去伊蓮家的時候，便按照指示，讓所有的電話都可以自動轉到她那支電話上，至少理論上會這樣。不過我對整個程序沒多大信心。

她買了票去看曼哈頓劇場俱樂部的演出，那齣戲非常晦澀、陰鬱，是個南斯拉夫劇作家寫的。我感覺一定有很多東西因為翻譯而遺漏了，不過整齣戲的張力還是很具壓迫感，帶領我進入人類內心黑暗的甬道，完全沒有開燈。

雪上加霜的是這戲沒有中場休息時間，搞得我們十點半出場，卻覺得一分鐘也沒辦法多待，因為每一刻都不放過我們。最後演員謝幕，劇院裡的燈光亮起，我們一個個像僵屍般走出門。

「良藥苦口啊。」我說。

「還是毒藥？對不起，最近我挑的都大賣座，對不對？先是那部你痛恨的電影，現在又是這個。」

「我並不討厭這齣戲，」我說，「我只是覺得我跟它打了十個回合，臉上挨了好幾拳。」

「你覺得它想表達的訊息是什麼？」

「或許用塞爾維亞和克羅埃西亞語講最淋漓盡致吧。訊息啊？我不知道。也許它想說這個世界實在很爛吧。」

「要了解這一點何必去看戲，」她說，「讀讀每天的報紙就可以了。」

「噢，」我說：「或許在南斯拉夫情況不同。」

我們在戲院附近吃了晚餐，那齣戲的氣氛纏著我們不放。吃到一半，我說：「我想告訴你一件事，我想為那天晚上的事道歉。」

「已經過去了，甜心。」

「我可不確定。最近我的情緒很怪，一部分是因為這件案子。有了一兩個突破，我以為有進展了，現在又陷入膠著，我感覺好像進退維谷。但我不希望這件事影響到我們兩人，你對我很重要，我們的關係也很重要。」

「對我也一樣。」

我們又聊了一會兒，感覺似乎慢慢對了，但那齣戲的氣氛仍然陰魂不散。然後我們回她的公寓，我進洗手間的時候，她去查她的電話錄音。等我出來時，她臉上有個很奇怪的表情。

她說：「誰是華特？」

「華特？」

「只想打個招呼，沒什麼要緊的事，想讓你知道他還活著，或許待會兒再打給你。」

「噢，」我說，「是昨晚我在聚會裡認識的一個男的。他最近才戒。」

「你把這支電話的號碼給了他？」

「沒有，」我說，「我怎麼會做這種事？」

「我就覺得奇怪嘛。」

「噢，」這時我才想到，「八成真的管用。」

「什麼東西管用？」

「轉接服務。我告訴過你港家兄弟玩電腦的時候給了我轉接的服務項目，今天下午我啟動了。」

「所以說你的電話會轉到這裡。」

「沒錯。我本來不相信它真的管用，不過我錯了。怎麼了？」

「沒什麼。」

「你確定？」

「當然。你想聽那個留言嗎？我可以倒回去放給你聽。」

「如果他只說那些就不必了。」

「那我可以把它洗掉囉？」

「好。」

她洗掉錄音，然後說：「不知道他會怎麼想，撥你的號碼，卻聽到一個女人的錄音。」

「顯然他並不認為撥錯了號碼，否則他不會留言。」

「他會覺得我是誰？」

「一個聲音非常性感的神祕女郎。」

「他大概會認為我們住在一起，除非他知道你一個人住。」

「他對我的了解僅限於我很清醒，而且很神經。」

「為什麼很神經？」

「因為我在認識他的那個聚會裡倒了一大堆垃圾。他可能會猜我是病人，你是牧師公館裡的管家。」

「這個遊戲我們沒試過欸。神父和女管家。『請賜福給我，神父，因為我是個淘氣的女孩，或許你該打我屁股。』」

「我一點都不驚訝。」

她咧齒笑，我伸手去抱她，電話居然挑那個時候響。「你去接，搞不好是華特。」

我拿起電話，一個聲音極為低沉的男人想找馬岱小姐。我一句話都沒說便把話筒遞給她，走到另一個房間裡去。我站在窗前，望著東河對岸的燈光。過了一兩分鐘，她走進來站在我身邊。她沒提那個電話的事，我也沒問。十分鐘之後電話鈴又響了，她去接，結果是找我的。是華特，他是依照協會裡的建議，拚命打電話。我沒跟他聊太久，掛斷之後，我說：「抱歉，這是個餿主意。」

「嗯，你常在這裡，應該想個辦法讓別人找得到你。」幾分鐘之後她說：「去把電話拿起來，今天晚上我們倆都不需要接電話了。」

∞

第二天早晨我去找喬．德肯，結果他和另外兩位刑事組的朋友一起去吃午餐。我回到旅館，查我的口信，發覺一個都沒有。我上樓挑了本書坐下，過了二十分鐘，電話鈴響。

伊蓮說：「你忘了解除轉機服務。」

「哎，我的老天，」我說，「難怪沒有我的口信。我才剛到家，整個早上都在外面，完全忘了這回事。我本來想直接回家解除，可是我忘了。你一定快被逼瘋了。」

「沒有，可是——」

「你怎麼打得過來呢？難道沒有轉回你那支電話，給你一個通話中的訊號聲？」

「我第一次打來的時候就是這樣，然後我打到樓下櫃檯，請他們轉上去。」

「哦。」

「顯然它不會把打到樓下總機的電話也轉過來。」

「顯然不會。」

「阿傑稍早的時候打來，不過並不重要。馬修，基南．庫爾里剛才打電話來，你得立刻回話，他說非常緊急。」

「是嗎？」

「他說攸關生死，可能是死。我不知道那是什麼意思，可是他的語氣好像很認真。」

我立刻打電話過去，基南說：「馬修，感謝上帝，你別走開，我跟我哥哥在另一線上講話。你現在在家，對不對？好，別掛斷，我馬上跟你談。」喀了一聲，等了一分鐘，又是喀一聲，他回來了。「他現在就過來，」他說，「他會去你旅館，就停在門前。」

「他怎麼回事？」

「彼得？彼得沒事，他會載你去布萊頓海灘。今天誰也不准搭地鐵慢慢晃。」

「布萊頓海灘那兒有什麼？」

「有很多俄國人，」他說，「我該怎麼說呢？其中一個俄國人剛打電話來說他跟我遭到同樣的生意難題。」

那只可能意味著一件事，但我仍想確定。

「他老婆？」

「比老婆更糟。我得出門了，我們去那裡碰頭。」

18

九月底伊蓮和我曾在布萊頓海灘過了一個很有田園風情的下午。我們搭Q線地鐵到底站，沿著布萊頓海灘大道散步，瀏覽特產市場、逛商店，然後到大街旁的小巷裡去探險，欣賞那兒簡樸的木造房子和迂迴複雜的後巷、小步道和小胡同。大部分的居民皆是俄國猶太人，很多都是新移民，使整個區域瀰漫一種異國情調，同時又有說不出的紐約精髓。我們在一家喬治亞餐廳吃飯，沿著海濱的木板路一直走到科尼島，看那些比我們勇壯的人在海裡戲水。然後在水族館裡待了一個鐘頭，才打道回府。

如果那天在街上我們曾經和尤里．藍道擦肩而過，我想我們是不會多看他一眼的。他一臉在地的模樣，想必多年前在基輔或敖德薩時，也看起來十分在地。他是個身材魁梧的男子，厚胸膛，那張臉真可以做為社會寫實主義時代頌揚勞工階級壁畫裡的典範；寬寬的額頭、高高的顴骨，臉上的骨頭稜角分明，加上一個厚斗下巴。棕色頭髮長而柔軟，常常往後甩頭把臉上的頭髮甩開。

他快五十了，移民美國十年，來的時候帶著太太和四歲的女兒，露米拉。以前在蘇聯他便做過一些黑市交易，到布魯克林之後很快便接觸各種邊緣企業，不久即開始交易毒品。他做得很不錯，不過幹這行沒有不賺不賠的人，要嘛送了命或進監牢，否則通常都做得不錯。

四年前他太太的卵巢癌已經轉移，靠著化療多活了兩年半。本來她希望看到女兒初中畢業，可惜卻在秋天過世了。露米拉（現在她自稱露西亞）在春天畢了業，現在是一所位在布魯克林高地、名叫奇切斯特學院的私人女子高級中學的新生。那所學校學費很貴，要求也很嚴格，同期畢業生進入長春藤聯盟大學的比率極高，當然也包括像是布林莫爾或史密斯這類的著名女子大學。

當基南開始打電話警告同行小心綁架的時候，他差點就決定不打給尤里．藍道。他們並不熟，幾乎沒有往來過，不過最主要的原因是基南以為尤里不必擔心，因為他太太已經死了。

他沒有想到他還有個女兒：不過他還是打了電話，尤里聽了更覺得自己打從一開始送露西亞上學的方式是明智之舉。他不讓她坐地鐵或巴士，安排了叫車服務每天早上七點半來家裡，然後下午兩點四十五分再到奇切斯特校門口去接她。如果她想去朋友家，車子會送她去那兒，等她想回家時，她再打電話叫車子去接。如果她想到家裡附近逛，通常一定會帶狗。那是一條非洲獵獅犬，性情其實非常溫和，但看起來卻夠凶猛、嚇人。

那天中午剛過，奇切斯特學院辦公室的電話響起，一位說話頗有教養的男士解釋說他是藍道先生的助理，要求學校早半個鐘頭讓露西亞離開，因為家裡有急事。「我已經打電話跟叫車服務公司講好了，」他向接電話的女士保證，「他們的車子兩點十五分的時候會在校門口等，不過可能不是今天早上去接她的司機和車子。」還有，他補充說，如果有任何問題，請不要打電話去藍道先生的公館，可以直接找他，派提柏恩先生，然後他給了她一個電話號碼。

她並沒有打去那個號碼，因為這件事並不難辦。她叫露西亞（學校裡沒有人知道她叫露米拉）

來辦公室，告訴她今天她得早點離開學校。兩點十分，那位女士往窗外看，一輛墨綠色貨車停在位於龐艾普街上的學校大門正前方。那輛車跟平常接送那位女孩的新型通用轎車很不一樣，不過顯然是來接她的。叫車服務公司的名稱及地址清清楚楚漆在車身兩側，雪弗林租車服務，地址在海洋大道上。繞到貨車另一邊替露西亞開車門的司機，身穿藍色便裝外套，正是該公司的制服，而且他還戴了一頂規定的硬舌帽。

露西亞本人，毫不遲疑便上了車。司機關上車門，繞到另一邊，上了駕駛座，開到威婁街街角；這時辦公室內的女士才轉開視線。

到了兩點四十五分，大家都放學了。幾分鐘之後，平常的那位駕駛駕著那輛當天早晨送露西亞去上學的奧斯摩比轎車來到。他很耐心的靠著路肩等，因為他曉得露西亞循例會遲個十五分鐘才出校門。他很可能會等那麼久都不說一句話，但露西亞的一位同班同學認出他來，告訴他一定是搞錯了。「因為她早就離開了，」她說，「半個鐘頭前就有人來接她走了。」

「最好是啦。」他說，以為她在跟他開玩笑。

「是真的！她爸爸打電話到辦公室去，你們公司派了另一輛車來接她。你要是不相信我，可以去問賽佛倫斯小姐。」

那位司機沒有進去問賽佛倫斯小姐；如果他那麼做了，賽佛倫斯小姐肯定會打電話到藍道公館，甚至還可能會打電話報警。但司機只使用車上無線電電話打給海洋大道公司裡的配車員，問她在搞什麼飛機。「如果她早需要用車，」他說，「你還是可以叫我來啊。就算你聯絡不到我，也該通知我一聲，讓我別白跑一趟嘛。」

配車員當然不知道司機在講什麼。等到她大概抓出個頭緒，她想到一定只有一個可能，藍道不知為什麼原因，打電話到另一家公司叫了車。本來她可以不管的，或許是因為他們的線路都在忙，或許藍道有急事，或許他自己去接女兒了，忘了取消訂車。不過顯然她覺得事有蹊蹺，她查了尤里的號碼，打了個電話給他。

起先尤里覺得她在大驚小怪。顯然雪弗林公司有人出了差錯，派出兩輛車去接同一個人，讓第二位司機白跑一趟。為這種事打電話來找他幹什麼？但他開始意識到情況不對，他仔仔細細問了配車員經過情形，說他很抱歉，造成他們的不便，然後把電話掛上。

他接著打電話給學校，等他和賽佛倫斯小姐講完電話，知道他自己的助理，派提柏恩先生，打電話過去的事之後，心裡已毫無疑問了。某人已成功從學校裡拐走他的女兒，騙她上了一輛貨車。她被綁架了！

這時賽佛倫斯小姐也想通了，但藍道說服她別打電話報警，說這件事最好私下處理。他邊說邊編故事，「她母親那邊的親戚是非常虔誠的希臘正教徒，甚至可以說是宗教狂熱分子。他們一直煩我，想讓她別再上奇切斯特，送她去公園區一個神經猶太學校裡念書。你別擔心，我向你保證她明天一定會回學校上學的。」

然後他掛上電話，開始發抖。

他們綁走他女兒了。他們要什麼？他什麼都願意給，那些狗娘養的傢伙，他願意把所有家當都給他們。到底是誰呢？看在上帝的份上，他們到底要什麼？

不是幾個禮拜以前才有人提到綁架的事嗎？

他想起來了，馬上打電話給基南。基南再打電話給我。

8

尤里．藍道的家在那棟十二層樓磚造建築的布萊瓦特華庭頂樓。我們一進貼了磁磚的公寓大廳，兩名穿著斜呢西裝外套、戴硬舌帽的剽悍俄國青年便上前夾住我們。彼得沒有理睬穿制服的門僮，只對那兩個人說他姓庫爾里，藍道先生在等我們。其中一個人便陪同我們乘電梯上去。

我們抵達的時候差不多四點半，尤里剛接到綁架者打來的第一通電話。他還非常激動。「一百萬，」他叫道。「我去哪裡弄一百萬？是誰幹的，基南？是不是黑人？是不是那些牙買加來的瘋子？」

「是白人。」基南說。

「我的小露綺卡，」他說，「這種事情怎麼會發生呢？這是什麼樣的國家？」他一看到我們就崩潰了。「你是哥哥，」他對彼得說。「你是？」

「馬修．史卡德。」

「你是替基南做事的。很好。謝謝你們兩個趕過來。你們是怎麼進來的？就這樣通行無阻嗎？

我派了兩個人在大廳裡守著，他們應該——」然後他看到陪我們上來的那個人。「原來你在這裡，丹尼，好孩子。你回大廳去守著。」然後他自言自語的說：「現在我才派保鏢。馬已經被偷走了，我才把穀倉鎖起來。有屁用？他們還能偷走什麼？上帝偷走了我太太，那個卑鄙的傢伙，現在這些狗娘養的又偷走我的小露娣，我的露綺卡。」他轉向基南，「就算接到你的電話之後我就派保鏢看著樓下，又有什麼用？他們從學校裡綁走她，當著大家的面把她偷走。早知道跟你一樣就好了，你送她出國了，對不對？」

基南和我對看一眼。

「怎麼了？你跟我講你把你太太送出國去了。」

基南說：「那是我們編的故事，尤里。」

「編故事？你為什麼要編故事？發生了什麼事？」

「她被綁架了。」

「你太太？」

「對。」

「他們要多少？」

「他們開價一百萬。我跟他們談，結果殺了價。」

「多少？」

「四十萬。」

「結果你付了錢？你太太回來了？」

「我付了錢。」

「基南，」他抓住他兩個肩膀說：「求求你，告訴我，你太太回來了，對不對？」

「她死了。」基南說。

「噢，不！」尤里整個人往後一旋，彷彿遭到重擊，他突然舉起一隻手臂，用手蒙住自己的臉。「不，」他說，「別告訴我這個。」

「藍道先生——」

他不理我，又抓住基南的手臂。「可是你付錢了，」他說，「你沒有少給？你沒有想騙他們？」

「我付錢了，尤里。他們還是殺了她。」

他的肩膀往下垮。「為什麼？」他質問。不要問我們，而是問那個偷走他太太的卑鄙上帝。

「為什麼？」

我上前去說：「藍道先生，這幫人非常危險、邪惡，又難以預料。除了庫爾里太太之外，他們至少還殺了兩個女人。照目前的情況來看，他們毫無放你女兒活著回來的意思，很可能她已經死了。」

「不！」

「如果她還活著，我們尚有一線機會。但你必須當機立斷，決定你要怎麼處理這件事。」

「什麼意思？」

「你可以報警。」

「他們說絕對不可以找警察。」

「他們當然會這麼說。」

「我最不希望的事，就是讓警察來這裡打探我的生活。我若籌到贖金，他們一定立刻要查錢是哪裡來的。但只要能救回我的女兒……你認為呢？如果報警，希望是不是會比較大？」

「或許抓住綁走你女兒的人的希望會比較大。」

「去他媽的，那救回我女兒呢？」

她已經死了，我心裡想；但又告訴自己我並不能確定，而且大可不必講給他聽。我說：「我認為現在讓警方介入，並不能提高救回你女兒的機率，而且還可能造成反效果。倘若警方介入，讓綁架者知道了，他們一定會撒手逃逸，而且絕不會讓女孩活下來。」

「那就去他媽的警察。我們自己來，現在怎麼做？」

「現在我必須打一個電話。」

「你快去打。等等，這支電話不能占線。他們剛才打來，我有一百萬個問題想問他，他卻掛我電話。『別用電話，我們會再打給你。』去用我女兒的電話，就在那扇門後面。這些小孩子，整天講電話，你想打回家永遠都打不通。以前我裝了另一種服務，插撥服務，把每個人都快逼瘋了。在你耳朵旁邊喀喀喀響個不停，叫這個等一下，你得接另一個電話。可怕。後來我不要了，乾脆幫她裝一支新的，她愛打多久就讓她打多久。上帝，把我所有的東西都拿走吧，只要把她還給我就好！」

∞

我打了阿傑的呼叫機號碼，然後按下藍道女兒那文史努比電話的號碼。從房間裝飾看來，史努比和麥可・傑克遜這兩樣東西，似乎在她的偶像名單中占有重要地位。我踱著方步，等我的電話，在白色琺瑯梳妝檯上看到一張全家福照片。尤里和一位黑髮女人，以及一個小捲捲頭髮直洩肩頭的黑髮女孩。那張照片裡的露西亞大約十歲。另一張是她的獨照，長大了不少，應該是去年六月時的畢業照。這張照片裡她的頭髮短些，表情很嚴肅，也頗為早熟。

電話鈴響，我拿起話筒，他說：「喲！誰找阿傑？」

「是我，馬修。」我說。

「嘿，大哥！怎麼樣？」

「正經事，」我說，「緊急狀況，我需要你幫忙。」

「沒問題。」

「你能不能找到港家兄弟？」

「你是說現在？他們有時候很難找。吉米・洪有呼叫機，但不見得隨時帶身上。」

「你試試看能不能找到他，然後把這個號碼給他。」

「還有，」我說，「你記不記得我們上個禮拜去過的那家洗衣店？」

「好。就這樣？」

「當然記得。」

「你知道怎麼去嗎？」

「搭R線到五十五街，離第五大道一個街區，離『洗刷刷洗刷刷』四五個街區。」

「我沒想到你那麼用心。」

「媽的，」他說，「大哥，我一直都很用心的。我是個用心的人。」

「不只有辦法而已？」

「用心，又有辦法。」

「你能不能現在立刻去？」

「現在？還是先打電話給港家兄弟？」

「先打電話給他們，然後就去。你就在地鐵車站附近嗎？」

「大哥，我永遠都在地鐵車站附近。我現在用的是港家兄弟解放後的電話，在四十三街和第八大道交口。」

「一到那裡，馬上打電話給我。」

「好，事情大條了？」

「非常大條！」我說。

我把房門敞開回到客廳，免得待會兒電話鈴響聽不見。彼得．庫爾里站在窗前眺望大海。一路上我們沒講什麼話，但他主動告訴我自從上次我們碰面的聚會之後，他沒有喝酒，也沒用藥。

「所以我有五天。」他說。

∞

「那太好了。」

「這已經變成行話了，對不對？不論是一天還是二十年，你跟人家講你戒的時間，每個人都會說那太好了。『重要的是你現在是清醒的。』我他媽的要是知道什麼是重要的才怪！」

我走到基南和尤里旁邊跟他們講話。臥室的電話沒響，可是差不多一刻鐘後，客廳那支響了，尤里過去接。他說：「對，我是藍道，」然後別具深意的看我一眼，再往後一甩，把戳到眼睛裡的頭髮弄開。「我要跟我女兒講話，」他說，「你必須讓我跟我女兒講話。」

我走過去，他把電話遞給我。我說：「我希望那女孩還活著。」

一陣靜默，然後，「幹！你是哪棵蔥？」

「我是你拿女孩換錢的最大希望。不過你最好別傷害她，如果你想耍花招，就趕快祈禱上蒼保佑吧，因為只有她活，才有交易。」

「幹！」他說。沉默了一陣子，我本來以為他還想再說些什麼，可是他掛斷了。

我把對話內容報告給尤里和基南聽。尤里很煩躁，深怕我姿態太硬，會壞了事。基南告訴他我知道分寸；我自己倒沒這麼有把握，但還是很感謝他支持我。

「現在最重要的事是要讓她活著，」我說，「他們必須知道這一回不可能只聽他們的，若不亮出人質還活著的證據，就別想看到贖金，做成交易。」

「可是如果你把他們惹火了——」

「他們本來就是瘋子。我知道你的意思，你不希望我給他們一個殺她的理由，但他們不需要理由，他們一開始就打算殺她，他們需要的是一個讓她活下去的理由。」

基南支持我的論點。「我什麼事都聽他們的，」他說。「唯命是從。結果她——」他遲疑了，我在心裡幫他把話說完，「還是被切成一塊塊送回來。」但他並沒有告訴尤里那一部分，直到現在他還是沒講。「——回來的時候已經死了。」他說。

「我們需要現金，」我說，「你有多少？能籌多少？」

「老天，我不知道，」他說，「我的現鈔很少。那個雜種會要古柯鹼嗎？我有十五公斤，距離這裡只有十五分鐘。」他看看基南，「你要不要買？隨便你出多少。」

基南搖搖頭。「我會把我保險箱裡的錢都借你，尤里。我現在也緊得很，正在等一筆大麻交易。我已經預付了一筆訂金，八成是付錯了。」

「什麼樣的大麻？」

「從土耳其來，經過塞浦路斯。鴉片大麻。有什麼分別呢？反正不會見到貨的。我保險箱裡大概有個十萬吧，時候到了我就跑回家去拿來，你儘管拿去。」

「你知道我會還的。」

「別擔心。」

藍道猛眨眼睛，把眼淚擠回去。等他開口想說話時，聲音有些哽咽，講得有點困難。他說：

「你們聽聽這個人，我根本不認識他，一個他媽的阿拉伯人，居然要給我十萬元。」他張開雙臂抱住基南，開始啜泣。

這時露西亞房裡的電話響了，我走過去接。

是阿傑，從布魯克林打來。「在洗衣店了，」他說，「要我幹嘛？等個白人惡霸進來用電話？」

「沒錯，他遲早會進來的。你可以到對街的餐廳坐下，注意看洗衣店的門口——」

「我有更好的法子，大哥。我就等在洗衣店裡，假裝是另一個等衣服洗好的貓。這附近各色人種都有，我看起來不會很奇怪。港家兄弟打電話給你了沒？」

「沒有。你聯絡到他們了？」

「我打呼叫機，按了你給的那支電話號碼，不過吉米要是沒帶身上，那嗶了也是白嗶。」

「就像森林裡的那棵樹。」

「說什麼？」

「沒事兒。」

「我會再打過去。」他說。

∞

下一通電話打來時，是尤里接的，他說：「等一下。」然後便把電話遞給我。這一次是個不一樣的聲音，比較柔，比較有教養。雖然語氣中仍帶著邪氣，但不像前一個有那麼明顯的憤怒。

「我了解咱們遊戲裡新加入了一個玩家，」他說，「好像我們還沒自我介紹吧。」

「我是藍道先生的朋友。我的姓名並不重要。」

「我們總想知道對手是誰吧。」

「說起來，」我說，「我們應該是同一邊的，不是嗎？我們都想做成這筆交易。」

「那你只要聽我的指示就可以啦。」

「不，沒那麼簡單。」

「當然就是這麼簡單。我們告訴你們該怎麼做，然後你們照做，如果你們還想看到女孩活著回去的話。」

「你得先讓我相信女孩還活著。」

「我可以向你保證。」

「對不起。」我說。

「這樣不夠？」

「你把支離破碎的庫爾里太太送回來的時候，信用就已經破產了。」

他頓了一下，然後，「真有意思。你沒有俄國口音嘛，而且也沒有布魯克林腔。庫爾里太太的情況比較特殊，她先生想砍價，這是他們那個民族的天性，所以我們才砍了她——嗯，其他的你自己明白囉，是不是？」

那潘．卡西迪呢？我心裡想。她又做了什麼激怒你們的事？可是我只說：「我們不會討價還價。」

「你們願意付一百萬。」

「交換女孩，要她安全無恙。」

「我保證她安全無恙。」

「你的保證不夠。讓她過來講電話，讓她父親跟她講話。」

「恐怕——」他正要開始說，奈拿克斯的錄音插進來，要他繼續投錢。「我待會兒再打電話給你。」他說。

「銅板用完了？把你那邊的號碼給我，我打給你。」

他笑笑，把電話掛了。

8

下一通電話打進來時，公寓裡只剩下我和尤里。基南和彼得和樓下兩名保鏢之一先行離開，想辦法去湊錢。尤里給他們一張清單，上面有些名字和電話號碼，而且他們自己也認識些人。若能從家裡用電話聯絡，事情會簡單很多，但我們只有兩線電話，而這兩線我都不能讓他們用。

「你不是幹這一行的，」尤里說，「你是警察，對不對？」

「私家偵探。」

「私家偵探，所以你是在替基南辦案。現在你替我辦案，對不對？」

「我是在辦案，但我不想跟誰要薪水，你是在講這個嗎？」

他擺擺手不想談。「這行生意很好做，」他說，「不過也有不好做的地方。你知道吧？」

「我想一定是。」

「我想退出，所以我才沒有現鈔。我賺很多錢，可是我從來不留現鈔，也不要貨。我買停車場、買餐廳，把錢分散，你知道吧？再過一陣子，我就會完全退出毒品交易了。很多美國人都是從黑道起家的，後來不都變成合法的生意人，嗯？」

「有些人是這樣。」

「有些人卻一輩子待在黑道裡。不過並不是每個人都那樣，要不是為了蒂芙拉，我早就退出了。」

「你太太？」

「醫院帳單、醫生費用，我的天，真貴啊。沒有保險。我們是新移民，哪知道什麼藍十字保險公司？沒關係，要多少，我都付，我很樂意付。能讓她再活久一點，我願意付更多錢。只要能讓她再多拖一天，我連我嘴裡的假牙都願意賣。我付了十幾萬，醫生說她能有的時日，她沒有早走一天。那些日子真是苦啊，可憐的女人，她受的折磨！可是她真的想多活一點，你知道嗎？」他用一隻厚手掌抹抹前額，正想繼續說時，電話鈴響了。他無言的指指電話。

我拿起話筒。

同一個男的說：「我們重新開始好不好？恐怕女孩是不能來講電話了，這個要求絕對不可能。有什麼其他的辦法能讓我們證明她很好呢？」

我用手把話筒捂住，「講一個你女兒會知道的事。」

他聳聳肩，「狗的名字？」

我對著話筒說：「叫她告訴你——不行，等等。」我又把話筒捂住，說：「他們很可能也會知道，他們跟蹤她一個多星期了，知道她的作息時間，肯定也看過她帶狗出去散步，聽到她叫狗的名字。再想一個。」

「之前我們還養了另一隻狗，」他說，「一隻小的，黑白相間，後來被車撞了。養那隻狗的時候她還是個小娃娃。」

「可是她會記得？」

「怎麼可能忘掉？她愛死那隻狗了。」

「她那隻狗的名字，」我對著話筒說，「還有以前養的那一隻。叫她描述兩隻狗的樣子，把狗的名字講出來。」

他覺得很有趣，「一隻狗還不夠，非要兩隻不可。」

「對。」

「這樣你才能得到雙重保證。我就滿足你吧，我的朋友。」

8

我不知道他會怎麼做。

他是用公用電話打來的，這一點我很確定。他講電話的時間不是很長，銅板都還沒用完，不過這一套手法如此無懈可擊，現在他不可能改變。本來他打公用電話，現在得設法查出兩隻狗的名字和長相，然後再打電話給我。

假設這次他並沒有用洗衣店的那支電話；假設他是開車出去，到離他家頗遠的某條街上用那裡的公用電話，現在他得開車回家，停車，進屋去問露西亞・藍道她那兩隻狗的名字。然後他得再開一段車，找到另一支公用電話，把那些情報再轉告給我聽。

我會不會這樣做？

可能會，也可能不會。或許我會再花一個銅板，省點時間，也省得跑這一趟，直接打電話給留下來看守女孩的夥伴，叫他暫時把塞在她嘴裡的東西拿出來，問到答案。

如果現在港家兄弟在這裡，該有多好。

這可不是我第一次那麼想。如果能讓吉米和大衛進駐露西亞的臥室，把他們的數據機接上她的史努比電話，把電腦放上她的梳妝檯，事情就會變得多麼簡單！他們可以用露西亞的電話監聽她爸爸的電話，不論任何人打來，我們都可以立刻追蹤到對方的位置。

如果雷打電話回家問狗的名字，而我們在這邊監聽電話，那麼在他知道狗叫什麼之前，我們已經知道藏匿女孩的地方在哪裡了。在他再打電話給我之前，我們早已派車守住兩個地點，等他一掛電話就逮他，然後再去包抄他的房子。

但港家兄弟並不在這裡。我只有阿傑，呆坐在日落公園的一間洗衣店裡，等著別人來用電話，倘若他沒有明智的把一半財產浪費在買呼叫機上，我就連他這項資源都沒有了。

「真要叫人發狂，」尤里說，「坐在這裡盯著電話看，等它響。」

那電話可是慢條斯理的。顯然雷——我一直這麼想他，而且有一次幾乎就要脫口直呼他名字了——顯然他不知為什麼理由，並沒有打電話回家。算他得開十分鐘車回家吧，盤問女孩個十分鐘，再開個十分鐘回來打電話給我們。要是他心急，應該會更快；但如果他中途停下來買包菸，那可能就要久些，或是她人事不省，他們得把她弄醒。

就算它半小時吧。或許長一點，或許短一點，但差不多半個小時吧。

如果她死了，那可能就要更久了。假設她死了，假設他們一開始就殺了她，在打第一通電話給她父親之前就殺了她。那顯然是最簡單的處理方式；沒有逃跑的可能，不必擔心她尖叫。

如果她真的死了呢？

他們不可能承認。一承認就沒有贖金了。他們不可能急需要錢，不到一個月前他們才從基南手裡拿到四十萬，不過這並不表示他們不想弄到更多錢。錢這玩意兒，沒有足夠的，若非如此，他們不會打那第一通電話，也根本不會去綁架誰。如果你只是想找刺激，那麼在街上隨便挑個女人不是很容易嗎？何必這麼大費周章。

那麼，他們會怎麼做呢？

我猜他們大概會找個理由搪塞，說她人不清醒，說她被下了藥，意識不能集中，沒辦法回答問題。不然就隨便編個名字，硬說那是她講的。

那我們就會知道他們在扯謊，而露西亞已經死了。但人總是只相信我們想相信的，而我們願意相信她還活著，即使只有一點點希望。所以說我們可能還是會付贖金，因為如果我們不付，就連那一點機會也沒有了。

電話鈴響了，我立刻把它抓起來，結果是個撥錯號碼的傢伙。我打發了他，但三十秒鐘後他又打來，我問他打幾號，他講的就是這裡的電話，可是他原來想打到曼哈頓去。我提醒他得撥區域碼。「噢，老天，」他說，「我老幹這種事，真笨。」

「今天早上我也接到幾個這樣的電話，」尤里說，「打錯號碼的。真煩人。」

我點點頭。萬一我在應付那個白癡的時候，他正好打電話來呢？果真如此，他為什麼不再試？現在線路已經不忙了，他媽的他還在等什麼？

或許我犯了一個錯，不該跟他要證據。如果她早就死了，那我只是在逼他們攤牌而已。他可能決定不甩我了，乾脆取消整個行動，逃之夭夭。

那樣一來，我豈不是要等上一輩子了，因為我們再也不可能等到他們的電話了。

尤里說得對，這樣子等真會叫人發狂，坐在這裡盯著電話看，等它響。

8

其實沒有我所估計的半個鐘頭這麼久，我們只等了十二分鐘。電話鈴響，我伸手抓話筒。我說喂，雷說：「我還是想知道你到底是什麼角色。你一定是毒販，做大宗的嗎？」

「好像回答問題的人應該是你。」我提醒他。

「我真希望你能告訴我你的名字，」他說，「搞不好我知道呢。」

「我也可能知道你的名字。」

他笑笑，「噢，我看不會吧。你急什麼呢，我的朋友。你怕我會追蹤你的電話？」

在我的腦海裡，我聽見他嘲弄潘說：「挑一個嘛，潘—咪——。一個給你，一個給我，你挑哪一個，潘—咪——。」

我說：「反正是你的銅板。」

「說的也是，好吧。那隻狗的名字是，嗯？讓我想想，最老套的有哪些？費多、陶瑟、國王。羅夫，這個名字一向很熱門，對不對？」

我心裡想，媽的！她死了！

「那斑斑如何？『快跑，斑斑，快跑！』給條非洲獵獅犬取這個名字不錯吧。」

跟蹤她幾個星期，他應該知道。

「那隻狗叫華生。」

「華生。」我說。

坐在房間另一邊角落上的大狗移動了一下，挺起耳朵。尤里在點頭。

「另一隻狗呢？」

「你要求好多哦，」他說，「你到底要幾隻狗？」

我等著。

「她說不上來以前那隻狗是什麼狗，狗死的時候她還小。她說他們得讓牠安樂死。好蠢的說法，你不覺得嗎？你想殺一個東西，就應該有膽承認。你怎麼不說話，你還在聽嗎？」

「還在。」

「我想那應該是條雜種狗，就好像我們很多人也是混種的。不過名字的部分就有點麻煩了，那是個俄文名字，我不太會唸。你的俄文如何，朋友？」

「不太靈光。」

「靈光這個狗名不錯耶，說不定牠就叫靈光喔。你這個聽眾真難取悅，我的朋友，想逗你笑還真難。」

「我是個非常專心的聽眾。」我說。

「噢，真的嗎？要不是現在情況特殊，不然我們就可以好好聊聊，就你和我。好吧，改天吧。」

「再看囉。」

「說得一點都沒錯。可是你要聽那隻狗的名字，對不對？那隻狗死了，我的朋友。他的名字有什麼用呢？給一隻狗取個死名字，給一隻死狗取個壞名字——」

我等著。

「或許我的發音不太對。巴拉萊卡！」

「巴拉萊卡。」我說。

「她告訴我說這本來是一種樂器的名字。你怎麼說？是不是很耳熟啊？」

我看看尤里．藍道，他正在使勁點頭。雷還在電話那一頭不知囉嗦些什麼，但我一個字都聽不進去。我覺得頭很昏，如果不往廚房流理台上靠，彷彿就要倒下似的。

那女孩還活著！

19

我和雷的電話剛掛，尤里便撲向我，用力將我抱在懷中。「巴拉萊卡，」他彷彿像在唸咒語似的呼喚著那個名字，「她還活著，我的露綺卡還活著！」

前門打開時，我仍在他懷中。庫爾里兄弟走進來，後面尾隨著藍道的保鏢丹尼。基南提著一只有拉鏈的老式皮書包，彼得則拎著一個白色塑膠袋。「她還活著。」尤里告訴他們。

「你跟她講話了？」

他搖搖頭，「他們告訴我狗的名字。她記得巴拉萊卡。她還活著。」

我不知道庫爾里兄弟聽懂了沒有。一待信號發出，他們便出去執行募款的任務；不過看來他們是抓住重點了。

「現在你只需要一百萬美元。」基南告訴他。

「錢永遠可以賺的。」

「沒錯，」基南說，「一般人都不了解，不過這可是百分之百的真話。」他打開皮書包，開始從裡面拿出一綑綑的鈔票，排列在桃花木桌面上。「你的好朋友真不少，尤里。另外一件好事是他們都不信任銀行。一般人都不曉得這個國家的經濟體制有多大一部分靠現金運作。一聽到現金，你就想到毒品、賭博。」

「那是冰山的一角。」彼得說。

「那你就說對了。別光想到非法的生意，想想乾洗店啊、理髮廳啊、美容院啊，任何一個有大量現鈔進出的地方，都多準備一本帳簿，把國稅局剝削掉的那份再刮一半回來。」

「還有咖啡店，」彼得說，「尤里，你應該當希臘人的。」

「希臘人？為什麼我應該當希臘人？」

「每個街角上都有一家咖啡店，對不對？大哥，我就在一家工作過，我輪的那個班有十個人一起幹活兒，其中就有六個是黑工，付現金的。為什麼？因為他們手上沒報的現金一大堆，進出得平衡嘛。假使他們每放一塊錢進收銀機裡，還報上去三角，那就算很多了。你知道蛋糕上的糖霜吧？法律規定營業稅是百分之八點五，可是商家有百分之七十的營業額都沒報，你總不能要求他們繳那麼多稅吧，嗯？所以都刮過的。那些全是免稅利潤，每一分錢都是淨賺！」

「不只希臘人這樣。」尤里說。

「對，可是他們這方面已經科學化了。你要是希臘人的話，只需要去找二十家咖啡店湊就可以了。保險櫃裡鎖著、床墊裡塞著、衣櫥木板後面藏著，加起來，哪家不是藏個五萬塊？只要找二十家，你那一百萬就湊到了。」

「可惜我不是希臘人。」尤里說。

基南問他認不認得鑽石商。「他們的現鈔也很多。」他說。彼得說很多珠寶商都靠信用做生意，借據轉來轉去。基南說但是還是有現金。尤里說那並不重要，因為反正他一個賣鑽石的也不認識。

我走進另一個房間，讓他們去吵。

∞

我想打電話找阿傑。我把港家兄弟列印給我的那張紙拿出來，上面列出所有打給基南那支電話的通話記錄。我找到洗衣店的號碼，卻猶豫起來。阿傑曉得要去接嗎？如果店裡很多人，是不是會讓他露出馬腳？萬一拿起電話的是雷呢？雖然不太可能，但是——

然後我想起一個更簡單的辦法，我可以傳呼他，讓他打給我。對於這項新科技，我似乎一直不能習慣，老是想用最原始的老辦法。

我在筆記本裡找到他的呼叫機號碼，還沒撥號，電話鈴先響了，是阿傑。

「那傢伙剛才來過，」他的語氣似乎很興奮，「就用這支電話。」

「一定是別人。」

「不可能。好惡霸！只要看他一眼，就知道看到魔鬼了。剛才跟他講電話的不是你嗎？我接收到一個心電感應，告訴我馬修大哥在跟那位惡霸講話哪。」

「是沒錯，可是我們在十分鐘前就講完了，可能有十五分鐘了。」

「對，差不多。」

「我以為你會馬上打來。」

「不能啊，大哥，我得去跟蹤那位惡霸。」

「你跟蹤他？」

「不然怎樣？他一來就跑？我可沒有跟他手牽手一起出去，我讓他先走一分鐘，然後再溜出去跟在他後面。」

「太危險了，阿傑，那個人是殺人犯。」

「大哥，這樣我就要嚇死了是不是？我每天都在丟斯混欸，在那附近走來走去，一天不碰到一個殺人犯才怪咧。」

「他往哪裡走了？」

「往左轉，走到街角。」

「四十九街。」

「然後過街走到對面那家熟食店，進去待了一兩分鐘，又走出來。大概不是去買三明治，時間那麼短。可能買了半打啤酒，出來的時候手上拿的袋子差不多就那麼大。」

「然後他去哪裡了？」

「又走回原路，那白癡就經過我旁邊，又穿過第五大道，然後又往洗衣店走。我心裡想，幹，現在不能再跟進去了，得在外面逛，等他打完電話。」

「他並沒有再打來。」

「他根本沒打電話，因為他沒走進去，他上了車，開走了。等到他上車我才知道他原來是開車來的。就停在洗衣店另一頭，如果你坐在我那個位置上，根本看不見。」

「是轎車還是貨車？」

「轎車，我本來想繼續跟，沒法度。我離他有半條街遠，因為他回洗衣店的時候不想跟得太緊，結果他一上車就開跑了，我來不及啦。等我跑到街角上，他已經不見了。」

「可是你看清楚他了？」

「大哥，難道你不認得你老媽嗎？這是什麼鳥問題？那傢伙五呎十一吋，一百七十磅，很淡的棕髮，帶副棕色塑膠框的眼鏡，穿那種高統繫鞋帶的黑靴子，深藍色長褲，藍色拉鏈的夾克，裡面穿的那件襯衫我沒有看過比它更菜的，藍白格子。我看清楚他了沒有？大哥，如果我會畫畫，我就把他畫出來，你要是讓我去跟你提過的那個畫家講，我們畫出來的會比他的照片更像他。」

「我真是服你。」

「真的？那輛車是喜美的，有點藍灰藍灰，破爛破爛的。在他上車之前，我本來打算一直跟蹤他回家的。他又抓了人，對不對？」

「對。」

「誰？」

「一個十四歲的小女孩。」

「幹他老母的，」他說，「早告訴我，我就會跟他跟近一點，跑快一點。」

「你表現得很好。」

「我現在咧，就去查看一下附近這一帶，也許可以看到他停車的地方。」

「如果你覺得你可以認得的話。」

「嗯，我記得車牌號碼啊，雖然喜美的車子一大堆，有同樣車牌號碼的可不多吧。」

他把號碼唸給我聽，我抄下來，然後開始告訴他我對他的表現有多滿意。

他沒讓我說完。「大哥，」他很不耐煩的說，「我們還要這樣搞多久啊，每次我做一樣對的事情，你就歡喜得目瞪口呆？」

∞

「你可以用那支電話，」我對尤里說，「接下來這個鐘頭他不會再打來。我們現在有多少了？」

「四十多一點，」基南說，「還不到一半。」

「不夠。」

「我不知道，」他說，「從另一方面來看，他們還能把她賣給誰？如果你跟他講我們就只有這麼多，要不要隨便他，他還能怎樣？」

「問題就是我們不知道他會怎麼做。」

「對，我老是忘記他是個神經病。」

「他需要一個殺那個女孩的理由。」我並不想在尤里面前強調這件事，但這話非說不可。

「這是他們一開始的目的。他們就是喜歡殺人。她現在是還活著，而且只要她是拿到錢的保證，他們就會繼續讓她活下去，他們一覺得安全了，或是已經沒有拿到錢的希望了，馬上就會殺她。我寧願帶著五十萬去，騙他說那是一百萬，祈禱他不要當面數錢，先救回那女孩再說。」

基南想了一下。「問題是，」他說，「那個狗娘養的已經知道四十萬看起來是多少了。」

「再去想辦法看能不能多湊一點。」說完我就回去守著那支史努比電話了。

∞

以前有一個可以打去監理所的號碼，你只要報上你的警徽號碼，告訴他們你想追查的車牌，他們就會去查，把資料唸給你聽。現在我不知道該打去哪裡，而且我有個感覺，這個管道大概早就被廢除了。監理所的電話沒有人接。

我打電話找德肯，但他不在局裡。凱利也不在位子上，傳呼他也沒有用，因為他距離太遠，沒辦法幫我做我需要他幫忙的事。我記起去德肯辦公室拿戈茲凱恩檔案時，旁邊桌子上的巴勒米對著電腦自言自語的樣子。

我打電話去中城北區分局找到他。「馬修．史卡德。」我說。

「噢，嘿，」他說，「你近來可好？喬現在恐怕不在哦。」
「沒關係，」我說，「或許你可以幫我一個忙。剛才我跟我朋友在車上，一個開喜美的混帳擦了她擋泥板一下，居然就跑了。你看過這麼過份的事沒有？」
「媽的。當時你還在車上？那傢伙是豬啊，敢這樣離開肇事現場，八成不是喝醉了就是嗑藥。」
「我也是那麼想，問題是——」
「你記下車牌號碼了沒？我幫你查。」
「那就謝了。」
「嘿，小事情。我問電腦不就得了。等等。」
我等著。
「媽的。」他說。
「哪裡不對勁了？」
「他們把進入監理所資料庫的暗語改了，我照著以前的方式做，結果電腦不讓我進去，一直講『暗語無效』。如果你明天再打電話來，我——」
「我是想今天晚上就採取行動，免得他明天就清醒了，你懂我的意思吧。」
「噢，當然。我是很想幫你——」
「難道你就不能打電話去問誰嗎？」
「對哦，」他若有所思的說，「管記錄的那個母夜叉，可是她一定會告訴我說她不能給我，我每次都要聽她說那堆廢話。」

「告訴她這是五號緊急狀況。」

「什麼？」

「你就跟她講這是五號緊急狀況，」我說，「她最好快告訴你，免得事情搞大條，一路燒到克里夫蘭去。」

他給我聽等候錄音。隔著房間，麥可．傑克遜正躲在他的白手套裡偷瞄我。巴勒米又回到線上說：「媽的，還真管用。『五號緊急狀況。』什麼廢話都沒說，就把暗語告訴我了。我來試試。好極了。車牌號碼是幾號？」

我告訴他。

「讓我們來瞧瞧。好，不會太久的。車型為八八年喜美雙門轎車，顏色，白鐵色……白鑞色？拜託，講灰色不就得了。不過你不會在乎這個的。車主為——你有鉛筆嗎？卡藍得，雷蒙．約瑟夫。」他把姓拼出來。「地址是普娜勒比大道三十四號，應該在皇后區，但是在皇后區哪裡呢？你聽過普娜勒比大道嗎？」

「好像沒聽過。」

「我就住皇后區，但從來沒聽過這條街。等等，有郵遞區號，一一三七九，在中村，不是嗎？從來沒聽過什麼普娜勒比大道。」

「我會找到的。」

「嗯，你的動機應該夠強，對不對？車裡的人都沒受傷吧？」

「沒有，就是車身擦壞了一點。」

「別放過他，這麼不負責任。不過話說回來，你要是報上去，你朋友的保險費率就會漲哦。最好的辦法就是找他私下解決，你大概正有此意，是不是？」他咯咯笑了一陣。「五號，」他說，「大哥，這一招真有效，讓她火燒屁股了，我欠你一次。」

「不客氣。」

「不，我是說真的。我常常碰到這種問題，以後可以省下我不少麻煩。」

「如果你真的覺得你欠我的話——」

「說吧。」

「我想知道他有沒有記錄，這位卡藍得先生。」

「這個容易查，不必用到五號緊急狀況，因為我正好知道進入密碼。等一下。沒有！」

「什麼都沒有？」

「至少在紐約州內，他是個童子軍。五號。那到底是什麼意思啊？」

「就說它層次夠高吧。」

「大概。」

「如果他們還找你麻煩，」我聽見自己的聲音說，「就說他們應該知道五號狀況可以取代及撤銷既有規定。」

「取代及撤銷？」

「沒錯。」

「取代及撤銷既有規定。」

「完全正確，不過一般狀況可別用它。」

「當然不會，」他說，「用濫了多可惜。」

8

有那麼一剎那，我以為我們已經掌握住他了。現在我有一個名字，一個地址，可惜那地址不是我要的。他們在布魯克林日落公園的某處，而那個地址卻在皇后區中村。

我打電話給皇后區查號台，然後撥了他們給我的那個號碼。電話發出一個他們新發展出來的訊號聲，像是信號音，又像鳥在呱呱叫，然後電話語音告訴我那個號碼已經退話了。我又打電話給查號台，說明狀況，接線生查過後告訴我那支電話最近才退話，所以記錄尚未取消。我說有沒有留下新的號碼，她說沒有。我問她可不可以告訴我是何時退話的，她說她不能講。

我打電話給布魯克林的查號台去查雷蒙．卡藍得，或R或R．J．卡藍得。接線生說同樣的姓可能有很多種拼法，我沒想到的，她全替我查了。姓氏同樣發音的，名字登記R的有兩位，R．J的一位，可是地址都差了十萬八千里，一個在綠角的麥瑟羅街，另一個更遠在布勞斯維樂，離日落公園都很遠。

令人發狂！不過其實這整件案子從頭開始便令人發狂。我不斷受到戲弄，以為有重大突破，結果卻毫無頭緒。找到潘・卡西迪便是最好的例子，我們從無中居然生出一個活的證人，但最後的成果只是讓警方將三樁無頭公案送作堆，變成一個懸案。

潘提供了一個名字，現在我有了姓，甚至教名，這都得感謝阿傑與巴勒米的協助。我也有一個地址，不過在電話切斷的同時，這個地址很可能就毫無用處了。

要找他應該不會這麼難，一旦知道對方是誰，就容易多了。現在我手頭上的資料其實夠多了，如果能讓我等到天亮，或再多給我幾天時間，我一定能找到他。

但這樣還不夠好；我非現在就找到他不可。

∞

客廳裡，基南在打電話，彼得站在窗旁，我沒看到尤里。我走到彼得旁邊，他告訴我尤里出去找錢了。

「我不能看到錢，」他說，「我會得焦慮症，心跳急促，手心冒汗，典型的徵兆。」

「你怕什麼？」

「怕？我不知道，就是會讓我想用毒品。現在你要是讓我做聯想測驗，我給你的每一個答案都會是海洛因，每一個墨水漬圖看起來都會像隻想掙脫卻徒勞的毒蟲。」

「可是你現在並沒有用毒品，彼得。」

「有什麼分別嗎，大哥？我知道我會用的，只是遲早的問題。外面真美，不是嗎？」

「大海？」

他點點頭，「只不過現在看不太清楚了。能住在水邊一定很好。以前我有個迷占星術的女朋友，告訴我說水是我的元素，你相信那玩意兒嗎？」

「我知道的不多。」

「她說得對，那的確是我的元素，其他的我都不太喜歡。空氣，我從來不想飛，也不想被一把火燒光，或埋進土裡。可是海洋，那是生命之母，大家都那麼說，對不對？」

「大概吧。」

「外面那一片也是海洋，不是一條河或一個海灣而已。只有一望無際的水，只要看著它，我就覺得自己乾淨好多。」

我拖拖他的肩頭，讓他繼續看海。基南掛上電話後，我走過去問他現在湊了多少錢。

「快一半了，」他說，「我打通了所有我認識的人，尤里也一樣。老實告訴你，我看不可能有太大進展。」

「我唯一可以想到的人現在在愛爾蘭。我只希望我們有的看起來像一百萬，只要在他們第一次匆促數錢時能矇過去就可以了。」

「我們放點空氣進去如何？如果每綑少放五張，十綑下來又多五千了。」

「好是好，萬一他們隨便撿一綑起來抽樣點數呢？」

「有理，」他說，「猛一看，這堆錢會比我給他們的看起來多很多，因為我的全是百元大鈔，這裡大概有百分之二十五是五十元鈔。你知道還有一個法子可以讓它看起來多一點。」

「用白紙夾在裡面。」

「我是想用一元鈔票。紙張對，顏色也對，除了面額不同之外其他都一樣。比方說一綑全是五十元面額的，總共是五千，你用一千塊真的擺上面，再一千塊真的擺下面，其中塞三十張一元鈔票。這樣其實你只擺了兩千多，看起來卻有五千。打開來瞧，反正全是綠的。」

「還是有同樣的問題，除非他們沒挑到一綑假的，否則拿起來仔細一看，發覺其中有詐，馬上就會明白，沒二話可說，就是想騙人嘛。如果你本來就是個神經病，一整個晚上都在等一個理由好讓你下手殺人——」

「喀！把女孩宰了，一切都結束。」

「碰到這種凶神惡煞，萬一我們做出一點好像要耍他們的動作——」

「他們馬上就會動怒。」他點點頭，「或許他們不會數到底有幾綑。你把五十和一百的都混在一起，一綑五千，其中有一半都是五十面額的，五十萬應該會有幾綑？如果都是一百的，應該有一百綑，所以應該有一百二到三十綑吧？」

「應該是。」

「我不知道，要是你，會不會去數？做毒品交易你是會數的，因為你有的是時間，你往後一靠，慢慢數錢，檢查貨色。那個情況不同，不過你知道大宗毒販怎麼數錢？那種每次成交量都在百萬元以上的？」

「我知道銀行有一種數鈔機，數得比你翻得還快。」

「有時候他們會用那玩意兒，」他說，「不過大部分的時候都用秤的。你知道多少錢該有多少重量，好，全放到秤上去。」

「在多哥的家族企業是不是也這樣做？」

他若有所思的笑笑。「不，那不一樣，」他說，「他們每一張鈔票都數，不過沒有一個人在趕時間就是了。」

這時電話鈴響起，我們對看一眼。我接起來，原來是尤里從他車上打來電話跟我們說他馬上就回來。我掛上電話後，基南說：「每次電話一響——」

「我知道，我也以為是他。你們出去的時候，有一個傢伙連續打錯了兩次電話，他說他忘了撥二一二曼哈頓的區域號碼。」

「媽的最煩人了，」他說，「小的時候我們的電話號碼跟一家在遠景大道及平林大道交口上的披薩店只差一個數字，你可以想像撥錯號碼的人有多少。」

「你們一定覺得很煩。」

「我父母覺得，我和彼得才愛咧。我們照接訂單，『一半起司，一半義大利香腸？不加醃鹹魚？好的，我們馬上去做。』然後咧，幹，讓他們餓死去算了。我們壞透了。」

「披薩店的傢伙才可憐咧。」

「對啊。現在我接到打錯電話的很少了。你知道我哪一天才接到兩通嗎？就是法蘭欣被綁架的那一天。那天早上，就好像上帝要警告我一樣。老天，我只要一想到法蘭欣受的罪，還有那個女孩現在正在受的罪。」

我說：「我知道他叫什麼名字，基南。」

「誰的名字？」

「那個打電話來的傢伙，不是唱黑白臉裡面的那個黑臉，是另一個，大部分都是他在發言的那個。」

「你告訴過我啊，叫雷。」

「雷蒙．卡藍得。我知道他以前在皇后區的地址，也知道他那輛喜美車的車牌號碼。」

「他的車不是貨車嗎？」

「他還有一輛雙門喜美。我們一定會逮到他的，基南。或許不是今天晚上，但我們一定會逮到他。」

「那好，」他慢慢的說，「不過我得告訴你一件事，你知道我之所以攪進來是因為我太太的緣故，所以我才會雇用你，才會來這裡。不過現在那些事一點都不重要了，現在我覺得唯一要緊的就是那個孩子，露西亞、露綺卡、露米拉。她名字這麼多，我都不知道該叫哪一個，而且我們連面都沒見過。但此刻我唯一在乎的事，就是要把她救回來。」

謝謝你，我心裡想。

因為，就像他們在T恤上印的那句標語，一旦鱷魚淹腳踝，你很可能就會忘記你是來開墾沼澤的。那兩個人是否躲在日落公園某處，或是今晚、明晚，甚或永遠我都查不出來，此刻一點都不重要。明天一到，我可以把我查到的所有東西都交給約翰．凱利，讓他從那裡開始。誰逮到卡藍得，或是他會被判十五年、二十五年，或終身監禁，或在某條街上死在基南或我的手裡，甚至給他跑了，不管是拿到錢還是沒拿到錢，這些全都不重要。或許明天那些事會顯得很重要，或許不會，但在今晚，那些事都不重要。

突然之間，事情變得非常清楚，其實一開始便應該如此。唯一重要的事，就是救那個女孩，其他的，一點都不重要。

∞

尤里和丹尼在八點還差幾分的時候回來，尤里一手提一只航空貨運袋，上面都印著一家因為合併早已消失的航空公司標記。丹尼則提著一只塑膠袋。

「嘿，可以談生意囉。」基南說，他哥哥則鼓起掌來。我雖然還沒有拍手，但心中也一樣興奮。不知道內情的人看到了，一定以為錢是給我們的。

尤里說：「基南，過來一下，你瞧瞧。」

他打開一個航空袋，把裡面的東西往外倒，全是一綑綑的百元大鈔，每一綑紮繩上都印有大通曼哈頓銀行的鋼印。

「太帥了，」他說，「你怎麼弄來的，尤里，非經授權的提款嗎？這麼晚了，去哪裡搶銀行？」

尤里遞給他一綑，基南把紮繩拉掉，看看最上面一張，說：「不必叫我看吧？如果這玩意兒是真的，你不會問我，是假鈔，對不對？」他湊近了看，用拇指撫摸，拉開第一張，繼續看下一張。「是假鈔，」他確定，「可是做得很好。連續號碼每張都一樣？不，這張不同。」

「有三個不同的號碼。」尤里說。

「銀行一定會查出來，」基南說，「他們有掃描裝置，光電的。除了這一點，我覺得它們很不錯。」他將一張鈔票揉縐，再撫平，對著燈光盯著眼看。「紙張很好，印刷看起來也不錯。都是用過的紙張，肯定放在咖啡粉裡泡過，然後用老式滾筒壓過。沒用漂白水，軟紙劑沒被洗掉。馬修？」

我從皮夾裡拿出一張真鈔——至少我以為那是真鈔——放在基南遞給我的假鈔旁邊。假鈔上的富蘭克林看起來似乎稍微不那麼沉著些，有一點點狡滑，不過換做平常的情況，我想我絕不會多看那張鈔票一眼。

「非常好，」基南說，「多少折扣？」

「四折，每一塊錢付四角。」

「貴欸。」

「好東西哪有便宜的。」尤里說。

「沒錯。而且幹這行也比毒品交易乾淨些，有誰會受傷害嘛，你想想？」

「會降低貨幣價值。」彼得說。

「真的嗎？這好比是九牛一毛，只要有一家銀行倒閉，我看它降低貨幣價值的程度，比你印二十年偽鈔的程度還嚴重。」

尤里說：「這是借的，如果我們原封不動還回去就不用付錢，否則就是我欠的，一塊錢付四角。」

「夠義氣。」

「他是在幫我一個忙。我想知道他們會不會發現？如果被他們發現——」

「他們不會發現的，」我說，「他們會在光線很差的地方隨便看兩眼，而且我覺得他們不會想到這是偽鈔。銀行紮繩倒是個好主意，也是他印的？」

「對。」

「我們來重新綑一下，」我說，「用大通的紮繩，不過每一綑都抽六張出來，換上真鈔，三張放上面，三張放下面。你這裡有多少，尤里？」

「偽鈔總共是二十五萬，丹尼那裡有六萬多一點，四個不同的人幫我湊的。」

我算了算。「這樣算起來我們有八十萬左右，夠了，我們可以談生意了。」

「感謝上帝。」尤里說。

彼得把一綑偽鈔的紮繩拉下，將鈔票如扇面般打開，然後站在那兒邊看邊搖頭。基南拉來一把椅子，開始從每一綑裡抽出六張。

這時電話鈴響了。

20

「好累。」他說。

「我也覺得。」

「或許根本不值得這麼麻煩。你知道，毒販多的是，大部分又都有老婆女兒。或許我們應該撕票跑了算了，或許下一位顧客會比你們願意合作。」

從尤里帶著那兩只裝滿偽鈔的航空袋回來之後，這是我們第三次談判。他每隔半個鐘頭打來一次，先講他的交易辦法，我每提出一個建議，他都設法找碴。

「尤其該讓他聽聽我們在跑路之前是怎麼撕票的，」他說，「我來把小露西亞切成剛好一口一塊那麼小好不好，我的朋友？然後明天再出去找新的獵物。」

「我很想合作。」我說。

「但你的表現卻正好相反。」

「我們必須面對面，」我說，「讓你有機會檢查那筆錢，我們也有機會確定女孩真的沒事。」

「然後你們的人一擁而上，把整個地方都包圍住，誰知道你們會召集多少帶傢伙的人來啊，我們的人力卻有限。」

「你還是能跟我們平分秋色，」我說，「因為女孩在你們手上。」

「在她脖子上架把刀子。」他說。

「可以啊。」

「刀鋒就貼在她粉嫩嫩的皮膚上。」

「然後我們把錢交給你，」我繼續說下去。「你們一個人架著女孩，另一個檢查那筆錢。然後一個人拎著錢去你們的車上，另一個還是架著女孩。同時你還可以派第三個人躲在我們看不到的位置，用來福槍瞄準我們。」

「很可能有人會繞他後面去。」

「怎麼可能？」我質問他，「你們會先到那個地點，看著我們抵達，我們的人會一起到。你可以用槍瞄準，我們人再多也沒有用。你那位拿槍的手下，可以在你們撤退的時候掩護你們，而且反正你已經安全了，因為那時候女孩已經回到我們這邊，錢也被你的夥伴拿到車上了，我們不可能再碰那筆錢。」

「我不喜歡面對面那一招。」他說。

我心裡想，而且他也不能指望第三名手下，那個能拿槍掩護他們撤退的人。因為我已經確定他們其實只有兩個人，所以根本不會有第三個人。但我決定讓他以為我們覺得他們有三個人，或許這樣他會感覺比較安全。第三個人的價值不在於他能擔任什麼掩護工作，而是在於他讓我們相信真有其人。

「我們可以離對方五十碼，你把錢提到中點，轉回你原來的地點，然後我們把女孩也帶到中間，我們留一個人在那裡，就跟你講的一樣，拿刀子架在她脖子上——」

是你講的，我心裡想。

「——另一個人帶著錢撤退，然後我把女孩放了，她回到你們身邊，我再退後。」

「不好。你拿到錢，女孩也在你手上，而我們卻在另一頭。」

話題繞來繞去，繞來繞去。接線生的錄音又插進來要銅板，他一拍也不差的丟了個硬幣下去。到這個地步，他不再擔心電話追蹤，通話時間愈來愈長。

我們若能早點找到港家兄弟，現在就可以趁著他還在打電話的時候逮住他了。

我說：「這樣吧，我們離對方五十碼遠，就照你說的。你會先到，看著我們抵達。你讓我們看到女孩，確定你把她帶來了。然後我提著錢朝你站的地方走過去。」

「就你一個人？」

「對，不帶傢伙。」

「你身上可以藏槍啊。」

「我一手提一個裝滿錢的箱子，藏把槍又有什麼用？」

「繼續講啊。」

「你先檢查錢，等你滿意了，再把女孩放走。她回到她父親和我們的人身邊，你的手下把錢先拿走，你和我在原地等。然後你走路，我回家。」

「你可以一把抓住我。」

「我沒帶傢伙，你手上有刀，還可以帶槍，而且你的神槍手還躲在樹後面用來福槍瞄準每個人。你占了絕對的優勢，還有什麼好擔心的。」

「你會看到我的臉。」

「戴面具啊。」

「會影響視線。而且就算你沒看清楚我的臉，你還是能描述我的樣子。」

我心裡想，幹，只好賭一把了。

我說：「我已經知道你長什麼樣子了，雷。」

我聽到他倒吸了一口氣，然後是一陣沉默，有那麼一分鐘，我以為他離線了。

然後他說：「你知道什麼？」

「我知道你的名字。我知道你的長相。我知道幾個被你殺掉的女人，還認識一個差一點就被你殺掉的女人。」

「那個小妓女，」他說，「她聽到我的名字。」

「我還知道你姓什麼。」

「證明給我看。」

「為什麼？你可以自己去查啊，就在『日曆』上。」（譯註：calendar，英文日曆與卡藍得諧音）

「你到底是誰？」

「難道你猜不出來？」

「你的口氣聽起來像警察。」

「如果我是警察，為什麼沒有一大隊藍白相間的警車圍在你家外面？」

「因為你不知道我家在哪裡。」

「中村？普娜勒比大道。」

我幾乎可以感覺到他放鬆了。「我真佩服你。」他說。

「什麼樣的警察會這樣玩，雷？」

「你是藍道的手下。」

「很接近。我們是床頭人、是合夥人。我娶了他表親。」

「難怪我們查不到——」

「查不到什麼？」

「沒什麼。我應該現在就脫身，割了那小騷貨的喉嚨，逃之夭夭。」

「那你就死定了，」我說，「在幾個小時內全國都會收到緝拿你的通緝令，加上戈茲凱恩和亞芙瑞茨那兩件案子。你做成這筆交易，我就保證三緘其口一個星期，甚至更久，也許永遠。」

「為什麼？」

「因為我也不想張揚出去，對不對？你可以到西部去另起爐灶，洛杉磯的毒販多得很，漂亮女人也如過江之鯽，她們都喜歡坐全新的貨車兜兜風的。」

他沉默了半晌，然後說：「你再把整個過程講一遍，從我們抵達開始。」

我重複一遍。他時不時便提出一個問題，我每個問題都答了。最後他說：「但願我能信任你。」

「耶穌基督，」我說，「我才需要信任你咧。我得一手提一箱錢，不帶傢伙，單槍匹馬往你站的地方走過去。你只要決定不再信任我了，隨時可以殺了我。」

「沒錯，我是可以。」他說。

「不過你最好不要輕舉妄動，這筆交易如能依照計畫順利完成，對你我都有好處，我們倆都會是贏家。」

「你少了一百萬。」

「或許那也在我計畫之內。」

「噢？」

「你自己去想吧。」我讓他去為我不可告人的家族祕密費疑猜——某種令我的合夥人吃癟的策略？

「有意思，」他說，「你想在哪裡交換？」

我一直在等這個問題，在其他通電話裡我已提出各種地點，卻把這一個保留到最後。「綠林墓園。」我說。

「我應該知道在哪裡。」

「你當然知道，那就是你丟棄蕾拉．亞芙瑞茨的地點。雖然距離中村有點遠，不過以前你去那兒可不嫌麻煩。現在是九點二十分，墓園在第五大道上有兩個入口，一個在二十五街轉角，另一個得往南走十條街。你從二十五街入口進去，靠著圍牆往南走差不多二十碼，我們會從三十五街入口進去，從南邊往北走，跟你會合。」

沙盤演練，我全替他做了，就像個戰略玩家，重複蓋茨堡戰役。「十點三十分，」我說。「給你一個鐘頭的時間趕過去，現在交通不擠，應該沒有問題。還是你需要更多時間？」

他根本不需要一個小時，他就在日落公園，距離墓園開車只要五分鐘。不過他並不需要知道我知道這一點。

「應該夠了。」

「你還有時間布置人馬。我們會在十點四十分的時候從你南邊十條街之外進入墓園，你會比我們早到十分鐘，再加上我們往北走還需要十分鐘。」

「其他人會留在五十碼以外的地方。」他說。

「對。」

「剩下來的路你一個人過來，帶著錢。」

「對。」

「我比較喜歡跟庫爾里交易，」他說，「我說『青蛙』，他就跳。」

「不過這次也不壞啊，你拿到的錢多兩倍。」

「沒錯，」他說：「蕾拉・亞芙瑞茨。好久沒想到了。」他的聲音突然變得像在夢囈，「她真的很好，上選。」

我沒吭聲。

「老天，她真是嚇壞了，」他說，「可憐的小婊子，她是真的害怕。」

∞

終於掛上電話之後，我必須立刻坐下。基南問我怎麼了，我說我沒事兒。

「你看起來不太對勁，」他說，「你看起來需要喝一杯，不過那大概是你最不想要的東西吧。」

「答對了。」

「尤里剛煮了些咖啡，我去幫你拿一杯。」

他把咖啡端過來時，我說：「我沒事，只不過跟那個混帳王八蛋講話讓人筋疲力竭。」

「我知道。」

「我攤了一些牌，讓他知道我曉得一部分的實情，因為我覺得那似乎是唯一讓他罷手的辦法。除非他能掌控全局，否則他不想動一步，我決定讓他明白他並不如他想像中占這麼大優勢。」

尤里說：「你知道他是誰？」

「我知道他的名字，我知道他的長相和車牌號碼。」我把眼睛閉上一會兒，感覺他在電話線彼端的存在，揣測他的思考方式。「我知道他是誰。」我說。

我向他們解釋我和卡藍得同意的交易程序，一邊開始畫墓園內的地形圖，這才發覺我們需要一張地圖。尤里說家裡應該擺了一張布魯克林的市區街道圖，但不知道擺在哪兒了。基南說法蘭欣那輛豐田的前座置物箱裡有一張，彼得下樓去拿。

我們把桌上東西全清乾淨。所有為了隱藏偽鈔而經過重新捆紮的錢，都已裝進兩只手提箱內。我將地圖攤在桌上，手指循著開往墓園的路徑，指出墓園西面的兩個入口，說明該怎麼做，如何布置人馬，如何交易。

「讓你走最前面。」基南注意到了。

「我不會有事的。」

「萬一他耍花招——」

「我認為他不會。」

你隨時可以殺我，我對他說。沒錯，我可以，他說。

「提箱子過去的應該是我。」尤里說。

「箱子沒那麼重，」我說，「我提得動的。」

「你還說笑話，我是認真的。是我的女兒，我應該在最前面。」

我搖搖頭。倘若他真離卡藍得這麼近，難保他不會失控撲上前去。但我有一個更好的理由可以說服他。「我要露西亞盡快跑到安全的地方。如果你去，她會想跟你待在一起。我要你站在這裡，」我指著地圖說：「好大聲叫她。」

「你最好在皮帶裡塞把槍。」基南說。

「可能吧，不過我覺得那也沒什麼用處。如果他真想要詐，我來不及掏槍的，如果他照規矩來，我根本不需要用槍。我倒是很希望能有一件凱弗勒。」

「就是防彈背心對不對？我聽說連刀子都擋不住。」

「有時候擋得住，有時候擋不住，而且也不是百分之百防彈，不過還是能多給你一線機會。」

「你知道我們能去哪裡弄一件來嗎？」

「這麼晚了，不可能。算了，並不重要。」

「不重要？我覺得很重要。」

「我甚至不確定他們有槍。」

「你說笑啊？我不相信住在布魯克林的人有誰沒槍的。而且他們還有第三個人啊，那個躲在墓碑後面瞄準每個人的神槍手。不然你認為他會拿什麼玩意掩護，他媽的彈弓啊？」

「如果有第三個人的話。是我提起第三個人的，卡藍得很聰明，照著我的話說。」

「你認為他們只有兩個人？」

「他們在公園大道上擄走那個女孩的時候，只有兩個人，我看他們不可能單單為了這次行動，跑出去召另一個幫手來。這是從淫慾殺人演變而成的圖利勾當，並不是普通的職業犯罪行動，不可能隨時召集一隊人馬。有些目擊到前兩次擄人案的證人說有三個歹徒，但他們很可能是認定還有一名司機，因為依照常理推斷應該如此。可是如果他們一開始就只有兩個人，另一個人也可以充當司機，我認為這才是真正的情況。」

「所以我們可以不要管第三個人。」

「不，」我說，「那就是最討厭的地方，我們必須假定他真的存在。」

我進廚房再倒些咖啡，等我回來時，尤里問我需要多少人手。他說：「我們有你、我、基南、彼得、丹尼和帕弗。帕弗現在在樓下，你進來的時候看過他。我還有三個人在待命，隨傳隨到。」

「我可以找到一打，」基南說，「我去找的那些人，不管他們有沒有錢借我們，每個人都說同樣的話。『如果你們需要人手，儘管說一聲，馬上去。』」他趴在地圖上說：「我們可以讓他們占好位置，然後再叫十幾個人分三四輛車，堵住兩個入口，加上其他的人，這裡還有這裡。你在搖頭，為什麼？」

「我要讓他們拿著錢跑掉。」

「你連試都不想試一下？等我們救回那個女孩以後嘛。」

「不。」

「為什麼？」

「因為只有瘋子才會想晚上在墓園裡挑起槍戰，或是繞著公園坡地區飛車射擊。除非你能控制大局，否則這樣的行動一點好處都沒有，在這種情況下，隨時都可能出差錯。聽著，我說服他，是因為我們雙方誰也不占優勢，我計畫得的確很好。我們真的是平分秋色。我們救回女孩，他們拿到錢，每個人都活著回家。幾分鐘前這不是我們唯一的要求嗎？難道現在大家改變主意了？」

尤里說沒有，基南說：「是沒錯，我只要求如此。我只是很恨他們可以拍拍屁股走掉。」

「他們跑不掉的。卡藍得認為他還有一個星期的時間收拾行李，離開紐約。但他並沒有一個星期的時間，我很快就會找到他。至於現在，哪需要多少人手？我想目前的人數綽綽有餘了。我們開三輛車，丹尼和尤里開一輛，彼得和……樓下那位叫帕弗吧？彼得和帕弗開豐田，我坐基南的別克。這樣就夠了，六個人。」

露西亞房內的電話響起，我接起來，是阿傑，他在附近車道和路肩獵尋那輛喜美，無功而返，回到洗衣店打電話給我。

我回客廳說：「算七個。」

21

基南在車上說：「我看走海岸公園大道和戈溫納斯快速道路吧，你覺得如何？」我跟他講他路應該比我熟。他說：「我們現在去接的這個小鬼，怎麼會扯進來的？」

「他是貧民窟出身的小孩，常在時代廣場混，天知道他住哪裡。大家都喊他阿傑，我不知道這是不是他的真名，搞不好只是他在字母湯裡舀出來的兩個字。或許你不相信，不過他可幫了我大忙。他介紹我認識那兩個電腦天才，今晚看到卡藍得和記下他車牌號碼的也是他。」

「你認為他去墓園也能幫得上忙？」

「我希望他最好別試著幫忙，」我說，「我去接他，是因為我不想他在卡藍得和同夥回家時還待在日落公園想他的辦法，我不想讓他有受到傷害的危險。」

「你說他是個小孩？」

我點點頭，「十五、十六吧。」

「長大以後他想幹什麼？像你一樣當偵探？」

「現在就想了；他不想等長大。我不怪他，因為太多人等不到了。」

「等不到什麼？」

「長大。一個住在街頭的黑人青少年？他們的平均壽命還不如果蠅長。阿傑是個好孩子，我希望他能撐過去。」

「你真的不知道他姓什麼？」

「不知道。」

「真妙！從戒酒無名會到街頭，你只知道名字，不知道姓的人還真不少。」

過了一會兒他說：「你覺得丹尼這個人如何？他是尤里的親戚嗎？」

「不知道，你幹嘛問？」

「我只是在想，他們兩個人開那輛林肯出去，後座擺了一百萬元。我知道丹尼身上有帶槍，萬一他做了尤里，帶錢跑了，我們連上哪裡去找都不知道，只曉得他是個穿了不合身夾克的俄國人。又是一個不知道姓啥的人，鐵定是你的朋友，蛤？」

「我覺得尤里很信任他。」

「可能是親戚，否則怎麼會信任到這種程度？」

「況且，那還不到一百萬。」

「八十萬，才差媽的二十萬，你就要罵我是騙子？」

「而且幾乎三分之一都是假鈔。」

「你說得對，不值得偷。如果現在要去會合的這兩個傢伙願意把它扛走，我們就應該偷笑了。如果他們不願意，只好往地下室裡擱，等下一次童子軍撿廢紙活動的時候再捐出去。你幫我一個忙好不好？等你一手提一個箱子走過去時，可不可以問我們那位朋友一個問題？」

「什麼問題？」

「問他們他媽的為什麼會挑上我，好不好？因為我到現在還在為這件事發狂。」

「噢，」我說，「我想我已經知道了。」

「真的？」

「嗯。我覺得他多少也參與毒品交易。」

「說得通，不過——」

「不過他自己並不做買賣，我幾乎可確定這一點。我找了一個朋友幫我查，他並沒有前科。」

「我也沒有。」

「你是例外。」

「沒錯。尤里呢？」

「以前在蘇聯被逮捕過幾次，但沒坐過長時間的牢。在這裡曾經被控收受贓貨而遭到扣押，可是後來告訴被撤銷了。」

「都沒有牽涉到毒品。」

「對。」

「好，卡藍得的記錄很乾淨，他不是做毒品交易的，所以說——」

「不久前毒品管制署還想定你罪，不是嗎？」

「沒錯，但他們查不出任何結果。」

「剛才我問過尤里，他說去年他談一筆生意臨時取消了，因為他感覺是特勤小組下的餌，想陷害他，他覺得那批人是聯邦調查局派來的。」

他轉過頭來看我，然後逼自己往前看，猛轉了一下方向盤，超了一輛車。「耶穌基督，」他說，「難道這是最新的強制政策？因為沒辦法控告我們，所以就殺我們的老婆和女兒？」

「我覺得卡藍得可能在毒品管制署裡做過事，」我說，「可能沒待多久，而且肯定不是優秀的特派員。或許當過一兩次線民，或許只是辦公室裡的職員。他不可能晉陞，也不可能在署裡待太久。」

「為什麼不可能？」

「因為他是瘋子。或許他能進去是因為他恨毒販入骨，在那個行業裡這可是一大優點，不過要是恨過了頭，那就不妙了。聽著，這只是我的直覺，我在電話裡告訴他說我是尤里的合夥人時，他說了一句話，彷彿在解釋他們為什麼會套不牢尤里。」

「耶穌基督。」

「明天或後天我就能證實這件事，我可以到毒品管制署去套個交情，看看卡藍得這個名字他們熟不熟，或是找我的電腦天才來，設法潛進他們的檔案裡。」

基南一副若有所思的樣子，「他講話不像警察。」

「是不像。」

「不過若真如你所描述的，他也不算是警察，對不對？」

「比較像外聘人員，是聯邦調查局的外聘人員，而且專門針對毒品案件。」

「他知道一公斤古柯鹼的中盤價錢，」基南說，「不過我不確定這真能證明什麼，你那位朋友阿傑搞不好就知道古柯鹼的中盤價格。」

「那我可一點也不驚訝。」

「露西亞上的那所女校的同班同學搞不好也知道。我們周圍的世界就是如此。」

「你應該當醫生的。」

「完成我老爸的願望？不，我不覺得。或許我應該印偽鈔，應付的人比較高級一點，至少他媽的毒品管制署不會來盯我的哨。」

「印偽鈔？那情報局就會來了。」

「耶穌基督，」他說，「跑得了和尚，跑不了廟。」

∞

「就是那家洗衣店？右邊那家？」我說是的，基南把車開到路邊，停在店門口，但並沒有熄火。他說：「我們來得及吧。」他一說罷便看看錶，再看看儀表板上的時鐘，自己回答自己的問題。「沒問題，還有點早。」

我盯著洗衣店看，但阿傑卻從第五大道上的另一個出口鑽出來，過了街，鑽進車子後座。我介紹他們倆認識，兩人都宣稱很高興見到對方。然後阿傑縮進椅背裡，基南換了檔。

他說：「他們十點三十分到，對不對？我們預定十分鐘之後抵達，然後我們朝他們的方向走過去，是不是這樣？」

我說是。

「所以我們應該會在十一點差十分的時候，在荒原上面對面，這是不是你的計畫？」

「差不多。」

「交換和撤退會花多少時間？半個鐘頭？」

「只要不出差錯，可能很快。要是出了狀況，那就是另外一回事兒了。」

「對，所以我們趕快祈禱別出事吧。我只是有點擔心出來的時候怎麼辦，不過墓園大概不到午夜是不會鎖門的。」

「鎖門？」

「是啊，本來我以為關得更早，不過我想一定不會，否則你會挑別的地點。」

「耶穌基督。」

「怎麼了？」

「我根本沒想到這點，」我說，「你為什麼不早說？」

「說了又怎樣，你可以打電話找他改嗎？」

「當然不能囉。我根本沒想到墓園會關門，他們不是整夜開的嗎？為什麼要鎖門？」

「不讓人進去啊。」

「有這麼多人喜歡進去嗎？耶穌基督，我大概小學四年級的時候就聽過這個笑話了，『墓園周圍為什麼要蓋圍牆？』」

「或許有人進去破壞墳墓吧，」基南說，「小孩子進去扳倒墓碑啦，在花瓶裡拉屎啦。」

「你覺得小孩子不會爬圍牆？」

「嘿，大哥，」他說，「這又不是我規定的。如果我能做主，我一定讓全紐約的墓園無限制開放，可以了吧？」

「我只是怕被我搞砸了，萬一他們來的時候看到大門是鎖上的——」

「怎樣？他們會怎樣，把她賣給阿根廷的白人奴隸販子是不是？他們會跟我們一樣，爬牆進去啊。而且墓園很可能要到午夜才鎖門，有些人或許想下班後進去，看看死去的愛人啊。」

「晚上十一點去？」

他聳聳肩，「有些人工作很晚啊。他們去曼哈頓上班，下班後先去喝兩杯，吃個飯，然後等地鐵等上半個鐘頭，就像我認識的某人，小氣鬼，捨不得坐計程車——」

「耶穌基督。」我說。

「——等他們回到布魯克林的時候已經很晚了，他們想，『嘿，現在去綠林如何，看看他們把維克叔叔埋在哪裡，我以前從來不喜歡他，我看我去他墓上撒泡尿好了。』」

「你是不是緊張，基南？」

「我當然緊張，你認為咧？媽的。到時候不帶傢伙只帶錢、走到那兩個意識不清的凶手面前的

可是你，我看你大概開始冒汗了吧。」

「或許有一點吧。慢一點，前面就是入口，好像門是開的。」

「嗯，看起來像是。你知道，即便規定是應該鎖門，他們搞不好也懶得鎖。」

「可能。我們先開車繞墓園一周，好不好？然後想辦法在靠近我們這邊的入口處找個地方停

車。」

我們在沉默中繞行墓園一周，街上根本沒車，那夜的空氣靜得很，彷彿墓園裡濃得化不開的死

寂滲出了圍牆，壓迫了整個周邊地帶。

等我們快接近剛才的出口時，阿傑說：「我們要進墓園嗎？」

基南把頭轉開，不讓我們看到他在咧齒笑。我說：「如果你不想進去，可以待在車上。」

「幹嘛？」

「也許這樣你會比較自在些。」

「大哥，」他說，「我才不怕死人咧。原來你這樣想？你以為我害怕？」

「是我錯了。」

「你是錯了！死人我才不討厭咧。」

我也不怎麼討厭死人，叫我擔心的是某些活的人。

8

我們在三十五街的大門口會合，立刻溜進墓園裡，因為不想引起街上人車注意。此刻錢由尤里和帕弗提著。我們一行七個人，共有兩支手電筒。基南拿了一支，另一支在我手上，由我帶路。我並沒有一直開著燈，只在需要看路時很快打開又關上。大部分的時候並不需要開燈，我們頭頂上有一彎新月，街上路燈的光線也漏進來不少。墓碑大多是白色大理石做的，一旦眼睛適應黯淡光線之後，它們便顯得極為明顯。我在墓碑之間迂迴前進，臆想著不知腳下躺的骨頭屬於誰。最近一年有家報紙登出一則連載報導，記錄名人富豪在紐約五區內的埋葬地點，我沒有仔細讀，但彷彿記得有挺多出名的紐約客都埋在綠林墓園。

我讀到有些狂熱分子養成拜訪墓園的習慣，有些人來拍照，有些人來拓下墓碑上的銘文。我想不出幹這種事有什麼可爽的，不過我做的事很多不是比他們更瘋嘛。那些人只在白天活動，不會在晚上來墳墓裡跌跌撞撞，免得磕碰上一塊塊的花岡岩。

我挺直脊樑往前行，貼著圍牆好讀街名，到了二十七街的時候，我放慢腳步，其他人往我這邊靠過來，我比了手勢，叫他們散開，但別再往北挺進。然後我轉回雷蒙·卡藍得應該現身的方向，打開手電筒往我前面照，按照我們同意的暗號很快按了三下開關。

很長一段時間，我得到的回答僅是一片黑暗及沉寂。然後，三道閃光對著我眨了眨眼，就在我正前方偏右一點。據我估計，他們大約離我們一百碼左右，或更遠。對一個抱著足球飛奔的人來說，這點距離不算什麼，但現在卻顯得太遙遠了。

「你們不要動，」我大叫，「我們會再往前走一點。」

「別走太近！」

「再走個五十碼，」我說，「我們說好了。」

我的左右兩邊分別是基南和尤里的保鏢之一，其他的人也在後面不遠處，我走到差不多一半的地方。「夠近了！」其間卡藍得大叫過一次，但事實上並不夠，所以我沒理他，繼續往前走。我們一定得靠得夠近，進行交易時才能得到掩護。我們有一支來福槍，此刻在彼得手上，因為他在國家防衛隊服過六個月的役，那時槍法很準。當然，那是在他染上毒癮及酒癮以前的事，事隔很久了，不過他似乎仍是我們這一群人裡的神槍手。他那把步槍很不錯，有視鏡儀，不過並沒有紅外線裝置，所以得靠月光瞄準。我想設法把距離拉近，萬一真需要開槍，希望他開的每一槍都有用。

不過那對我而言並沒有什麼分別。唯一需要他開槍的理由，便是對面的玩家來硬的，果真如此，我一定是在第一個回合首先倒下的人。倘若彼得開始還擊，我也不會知道子彈飛去哪裡了。

好令人心安的想法。

等走到一半距離的地方，我對彼得比了個手勢，他便往旁邊移，選了個射擊地點，把來福槍的槍管架在一個低矮的大理石墳地指標上。我開始搜尋雷和他的同夥，但只能看到人影，他們都躲進黑暗裡去了。

我說：「出來，到我可以看清楚你的地方，然後讓我看看那個女孩。」

他們走進我的視線範圍。兩個人形。等到眼睛習慣之後，你可以看到其中一個人形原來由兩個人組成，一個男的把女孩架在他前方。我聽見尤里倒抽一口氣，我心中祈禱他能保持鎮靜。

「我拿刀架在她脖子上了，」卡藍得大叫道，「萬一我的手不小心滑一下——」

「你最好不要。」

「那你最好帶錢過來，而且別想玩花樣。」

我轉身把手提箱提起來，檢查了一下我們的人馬。我沒看到阿傑，問基南怎麼回事。他說阿傑可能回車上去了。「腳不聽使喚，」他說，「我看他畢竟還是不喜歡晚上進墓園。」

「我也是。」

「聽著，」他說，「你跟他們講我們臨時改變規則了，錢太重，一個人提不動，我跟你一起走過去。」

「不成。」

「非要逞英雄，嗯？」

我實在沒有當英雄的感覺。兩個手提箱的重量令我腳步沉重，一點都不昂然。看來其中一個手裡帶了槍，不是抱著女孩的那個，而且那把槍似乎正對準我，但我並不覺得有被射擊的危險，除非我們的人亂了陣腳先開槍，那可就要子彈滿天飛了。至於現在，就算他們想殺我，也會等到我把錢帶過去之後。他們雖是神經病，卻不是呆子。

「別想要花招，」雷說，「我不知道你看得見看不見，不過刀就貼在她脖子上。」

「我看得見。」

「夠近了，把箱子放下。」

架住女孩、握著刀子的人是雷。我認得他的聲音，即使他不講話，我也可以藉著阿傑的描述認出他來，阿傑描述得像透了。他的夾克拉鏈拉起來了，所以我看不見他那件菜襯衫，不過我相信阿傑的話。

另一個男的比較高，亂糟糟的黑髮，那對眼睛在黯淡的光線下看起來簡直像床單上燒了兩個洞。他沒穿夾克，只穿一件法蘭絨襯衫和牛仔褲。我雖然看不清楚他的眼睛，卻能感覺他射出的憤怒，真不知他哪裡看我不順眼，這麼火大。我送一百萬來給他，他卻等不及要宰了我。

「打開箱子。」

「先把女孩放了。」

「不，先給我看錢。」

基南堅持要我帶的槍揣在我的背腰上，槍管就塞在我皮帶裡，槍身藏在我的運動夾克下。以我現在站的姿勢，要拔槍並不容易，不過我現在兩手空空，可以拔槍了。

但我並沒有拔槍；我跪下去，把其中一只箱子皮釦鬆開，打開箱蓋，讓他們看到鈔票，然後再站直。拿槍的那個人開始往前走，我伸出一隻手掌。

「現在放她走，」我說，「然後你們就可以來檢查錢。別在這個節骨眼改變規則，雷。」

「噢，甜蜜的露西，」他說，「我真不願意讓你走，孩子。」

他放開她。她被他身體的陰影擋住，直到這一刻我才有機會看清楚。即使在黑暗中，她仍顯得蒼白而畏縮；雙手在手腕處被綁住，兩隻臂膀緊貼著身側，肩膀往前縮，看起來像是想把自己縮到最小，別讓世界看見她。

我說：「過來這裡，露西亞。」她沒有移動。我說：「你爸爸就在那邊，親愛的。去找你爸爸。快去。」

她往前走了一步，然後停下。她的腳步看起來相當不穩，而且正用一隻手緊緊握著另一隻手。

「快啊，」卡藍得對她說，「快跑！」

她看看他，再看看我。很難說她到底看到了什麼，因為她的視線完全沒有對焦，異常的空洞。

我真想一把抱起她，扛在我肩膀上，趕快跑到她父親等待的地方。

或者用一手扯開我夾克的一角，用另一隻手掏出槍來，此時此刻就把那兩個禽獸給斃了。但黑髮男子正拿槍指著我，而且卡藍得現在也握著一把槍了，剛才拿的長刀也還在。

我對著尤里大叫，叫他呼喚女兒。「露綺卡！」他嘶吼，「露綺卡，是爸爸。快到爸爸這裡來！」

她認出那個聲音了。她很專心皺起眉頭，彷彿想辨認出那幾個音節的意義。

我說：「用俄文講，尤里！」

他回了一串我一個字也聽不懂的話，但顯然露西亞聽懂了。她鬆開雙手，往前踏出一步，再一步。

我說：「她的手怎麼回事？」

「沒什麼。」

當她經過我身邊時，我伸手出去握她的手。她很快掙脫開。

她少了兩根指頭。

我瞪著卡藍得，他一副幾乎要道歉的表情。「是在我們談好條件之前發生的。」這是他給我的解釋。

尤里又爆出一連串俄語，這時她移動得比較快了，但仍然不算在跑，似乎她再盡力，也只能蹣跚的搓著腳步，我真怕她連走那幾步都走不動。

但她撐過去了，一直往前走。我也沒亂動，只盯著那兩只槍管瞧。黑髮男子沉默的瞪著我，仍充滿了憤怒，卡藍得則注意看那女孩。他想拿槍瞄準我，但卻忍不住不斷掉頭去看她。我可以感覺出來他有多麼想把槍口掉個頭，轉往她的方向。

「我喜歡她，」他說，「她很好。」

∞

剩下來的就簡單了。我先打開第二個手提箱，然後往後退幾步。雷往前走，過來檢查兩只箱子的內容，他的同夥則繼續拿槍指著我。他檢查得非常粗略，只拿出五、六綑從頭到尾撥了一遍，但並沒有數，也沒認出其中雜有偽鈔；老實講，我覺得世界上沒有一個人能分辨得出來。

他把手提箱闔起來，扣緊皮帶釦，再把槍掏出來，讓站在一旁的黑髮男子上前來，哼一聲將兩只箱子提起。這是他當著我的面發出來的第一個聲音。

「別使喚我，雷。」他說，但仍然放下一個箱子，提著另一個走了。

他沒消失多久。他不在場時雷和我也沒有交談。等他回來之後，他提起第二個箱子，立刻說這一只比剛才那個輕，彷彿我們有意詐他。

「那應該比較容易提，」卡藍得慢條斯理的說，「快走吧。」

「我們應該斃了這個吸老二的，雷。」

「來日方長。」

「賣毒品的警察，幹！應該把他頭轟掉。」

等他走後，卡藍得說：「你答應給我們一個星期，你會守信吧？」

「只要我有能力，還能拖更久。」

「關於那根指頭，我很抱歉。」

「不只一根指頭。」

「隨便你說。他很難控制。」

我心裡想，但是在潘身上用鋼絃的卻是你。

「很感激你給我們一個星期準備時間，」他繼續說，「我覺得也該換換氣候了，不過我覺得亞伯一定不想跟我去。」

「你要把他留在紐約？」

「可以這麼說。」

「你怎麼找到他的？」

他對這個問題微微一笑。「噢，」他說，「是我們互相找到對方的。有特殊嗜好的人通常都能找到對方。」

那一剎那感覺非常詭異，我覺得自己彷彿在和面具底下的人交談，難得的機緣為我開了一扇小窗。我說：「我可不可以問你一個問題？」

「問啊。」

「為什麼挑女人？」

「噢，老天，這得要心理醫生來回答了，對不對？大概是埋藏在童年裡的某樣情結吧，他們的研究結果不都這麼說嗎？太早或太晚斷奶？」

「我不是那個意思。」

「哦？」

「我不管你為什麼會變成這樣，我只想知道你為什麼要做這種事。」

「你以為我有選擇？」

「我不知道，你覺得呢？」

「嗯——這個問題不太好回答。刺激、權力感、單純的張力——我詞窮了。你懂我的意思吧？」

「不懂。」

「你有沒有坐過雲霄飛車？我很討厭坐雲霄飛車，好幾年都沒坐了，因為我會反胃。但如果我不討厭坐雲霄飛車，如果我很愛坐，那麼這兩件事的感覺就會是一樣的。」他聳聳肩，「我說過了，詞窮！」

「聽你講話不像個怪物。」

「為什麼我講話應該像怪物？」

「因為你做的事只有怪物才做得出來，可是聽你講話，你很人性化，你怎麼能夠——」

「怎樣？」

「你怎麼下得了手？」

「噢，」他說，「她們都不真實。」

「什麼？」

「她們都不真實，」他說，「那些女人，她們並不真實，只是玩具。當你在享受漢堡的時候，難道會覺得自己在吃一條牛嗎？當然不會，你是在吃漢堡嘛。」他淺淺一笑。「走在街上，她是個女人，一旦進了貨車，一切就都結束了。她只是一堆身體部位。」

我的脊樑一陣冰冷。我已經去世的舅媽佩姬以前常說，有那種感覺的時候就是一隻鵝踩過我的墳墓了。好奇怪的說法，不知是哪裡傳來的。

「我是不是可以選擇呢？我想是的。並不是每次滿月我不做就會發狂。我永遠都可以選擇，我可以選擇不要做任何事，有時候我的確會做這樣的選擇，但有時候我會做另一個選擇。

「所以說，這算什麼選擇呢？我可以拖延，但總有我不想再拖延的時候。拖延只會讓那種感覺更甜美，或許這就是我的理由。我曾經讀過，所謂成熟度，即是能將得到滿足感的時間往後延的能力，我不知道他們講的是不是我的情況。」

他彷彿想繼續傾訴下去，但某種念頭一閃而過，那扇難得的機緣之窗就此緊閉了。不論剛才和我交談的那個真我是誰，此刻已經又鑽回那層肉身保護殼裡去了。「你為什麼不害怕？」他突然暴躁的問：「我拿槍指著你，你卻一副當它是水槍的樣子。」

「有一支高性能的步槍正對準你，你一步也別想逃。」

「對，但那對你有什麼用呢？照理說你應該害怕的。你很勇敢是不是？」

「不。」

「嗯，反正我不會開槍的。錢讓亞伯獨吞？不好！不過我看我該隱入陰影中的時間也到了。轉過身去，朝你朋友那兒走回去。」

「好。」

「我們並沒有拿來福槍的第三個人。你覺得有嗎？」

「我不能確定。」

「你根本就知道。不過沒關係，你們救回女孩，我們拿到錢，皆大歡喜。」

「對。」

「別企圖跟蹤我。」

「我不會的。」

「我知道你不會。」

他沒再作聲，我還以為他溜開了。我一直往前走，等我跨出十幾步之後，他突然叫住我。

「關於指頭的事，很對不起，」他說，「是個意外。」

22

「你好安靜。」阿傑說。

我正開著基南的車。當露西亞・藍道跑到她父親身旁那一剎那，他立刻一把抱起她，往自己肩膀上一放，隨即奔回自己的車上，丹尼和帕弗也跟著他跑了。「我叫他別等在那裡，」基南說：「那孩子需要看醫生。他認識一個住在附近的傢伙，他會去他們家裡。」

因此我們四個人還有兩輛車，等走到車邊，基南把他那輛別克的鑰匙丟給我，說他想跟他哥哥坐一輛。「來灣脊，」他說，「我們叫個披薩或什麼的，然後我再送你回家。」

是在等一個紅燈的時候阿傑說我很安靜的，他說的沒錯。從我們上車之後，兩個人都沒開口。和卡藍得交談之後的感覺仍揮之不去，我告訴阿傑剛才那一連串行動令我覺得疲憊。

「不過你很酷，」他說，「站在那兩個惡霸前面。」

「你去哪裡了？我們還以為你回車上了。」

他搖搖頭，「我繞到他們後面，想看看拿步槍的那第三個人。」

「沒有第三個人。」

「有也是隱形的。我呢，繞了一大圈到他們後面，然後從他們進來的地方出去，找到了他們的車子。」

「你怎麼找到的？」

「又不難，我看過，就是同一部喜美。然後我退到一根柱子後面，監視車子，然後有一個沒穿夾克的惡霸急急忙忙從墓地裡走出來，丟了一個手提箱在後車廂裡，然後又跑進去了。」

「他要回去拿第二個箱子。」

「我知道，那時我心裡想，趁著他去拿另一個箱子，我可以把頭一個偷走。後車廂雖然上了鎖，但我可以學他的樣兒，打開前座置物箱按裡面開後車廂的按鈕；車子並沒有鎖。」

∞

「我很高興你沒那麼做。」

「我本來可以試試看的，可是等他回來，發現後車廂裡的手提箱不見了，他會怎麼做？回去射你一槍？很有可能。所以我覺得那個主意不酷。」

「聰明。」

「然後我又想，如果我們現在在拍電影，我就可以鑽進車裡，躲在後座和前座之間。他們會把錢放在後車廂，兩個人都坐前座，沒有人會往後看的。不管他們是回家，還是去別的地方，等我們到了，我再溜下車，打電話給你，告訴你我在哪裡。可是我又想，阿傑啊，這不是電影，你太年輕，還不能死。」

「我很高興你想到那一點。」

「何況你可能不會回那支電話那裡去，那我該怎麼辦？所以我只是等著，等他帶著第二個手提箱回來，丟進後車廂，然後坐上前座。後來另外一個，就是打電話的那一個，他也回來了，坐到駕駛座上。然後他們就開走了，我再溜進公墓，和其他人會合。公墓亂詭異的，大哥。我可以了解為什麼要立個石頭，告訴別人底下埋的是什麼人，可是有些墳上蓋了些小小的屋子，比活人住得還時髦。你會蓋那樣的東西嗎？」

「不會。」

「我也不會。只要一個小石碑就好，什麼都沒說，只要寫上阿傑。」

「不寫日期？也不寫全名？」

他搖搖頭。「只要寫阿傑兩個字，」他說，「或許再加上我的呼叫機號碼。」

∞

回到殖民路，基南開始打電話想找家這個時候還營業的披薩店；找不到。不過也沒關係，反正沒人肚子餓。

「我們應該慶祝的，」他說，「孩子回來了，她還活著。這算哪門子慶祝？」

「這回合算是平手，」彼得說，「平手的時候誰慶祝來著？沒有人贏，就沒有人放鞭炮。平手的球賽，比輸球還叫人難受。」

「如果女孩死了我們會更難受。」基南說。

「因為這不是足球賽，這是玩真的。但你還是不能慶祝，寶貝。壞人拿著錢跑了，你會想把帽子往空中丟嗎？」

「他們並沒有逃走，」我加了一句，「頂多一兩天就夠了，他們哪裡也別想去。」

不過我也和其他人一樣，毫無慶祝的心情。就像所有平手的比賽，這場也留下痛失良機的遺憾。阿傑恨自己沒有躲進後座與前座之間，或想個辦法跟蹤那輛車子；彼得有不少次機會，可以在不危害到我或那女孩的情況下，斃了卡藍得；我呢，我可以有一打能夠奪回錢的辦法。我們都盡力了，但為什麼就沒有機會讓我們做得更好呢？

「我想打電話給尤里，」基南說，「那孩子狀況糟透了，走路都走不動，我看她不只少了兩根指頭而已。」

「恐怕你猜對了。」

「他們一定狠狠玩了她一頓，」他邊說邊用力戳電話上的按鍵，「我不願意往這方面想，因為我又會開始想到法蘭欣——」他突然提高聲音說：「噢，喂，尤里在嗎？對不起，我撥錯號碼了，真抱歉，這麼晚打擾你。」

他掛上電話歎了口氣，「西班牙裔的女人，聽起來好像睡得正香，被我吵醒了。老天，我真恨這種事。」

我說：「打錯電話的。」

「嗯，我不知道是打錯的人衰，還是接電話的人衰，這樣去吵人家，覺得自己真他媽的是個混球。」

「你太太被綁架的那天你接到兩個打錯的電話。」

「對啊，就像是惡兆，只不過接到的時候並不覺得有什麼特別，只覺得討厭。」

「今天早上尤里也接到兩通打錯的電話。」

「那又怎樣？」他皺起眉頭，然後點點頭。「你覺得是他們？打來看看有沒有在家？可能吧，不過又怎樣呢？」

「換做是你，會去打公用電話嗎？」他們一臉茫然的看著我。「如果你只想假裝撥錯號碼，你不會多講什麼，也不會受到注意。你會願意開車開個五六條街，花兩毛五去打公用電話嗎？還是會用家裡的電話？」

「我大概會用家裡的吧，不過——」

「我也會。」我說完便急忙掏出筆記本，找吉米．洪替我抄下打去庫爾里家裡所有電話的單子。雖然我並不需要第一通要求贖金的電話之前的通話記錄，但他仍從午夜開始抄起。今天早上我還帶著那張單子，我想打電話給阿傑時，曾拿出來查那家洗衣店的號碼。我把它放哪兒去了？

我找到了，將那張紙展開，「嗯，」我說，「兩通，都不超過一分鐘，一通是早上九點四十四分的時候，另一通是下午二點三十分。對方號碼，二四三－七四三六。」

「老天，」基南說，「我只記得有兩通打錯的電話，我不知道是什麼時候打來的。」

「可是你認得那個號碼嗎？」

「再唸一遍。」他搖搖頭。「沒聽過。我們何不打過去，看看在搞什麼鬼。」

他伸手出去抓電話，我把手蓋在他手上。「等等，」我說，「咱們別打草驚蛇。」

「什麼意思？」

「讓他們知道我們曉得他們的位置。」

「我們知道嗎？我們只有一個電話號碼。」

阿傑說：「現在港家兄弟或許在家了，要我試試嗎？」

我搖搖頭。「我想這一次我自己來就可以了。」我拿起電話，撥了查號台，接線生接了之後，我說：「這裡是警局，需要查一個號碼。我是艾爾頓．賽邁克警官，警徽號碼二四九一－一九〇七，現在我手上有一個電話號碼，我需要登記人姓名及地址。沒錯，二四三－七四三六。好的，謝謝你。」

我用耳朵夾著話筒，趕緊將地址抄下。我說：「登記人為A．H．華倫斯，是你的朋友嗎？」

基南搖搖頭。「A應該是亞伯的縮寫，卡藍得就是這麼稱呼他同黨的。」我把抄下來的地址讀出來。「四十一街六百九十二號。」

「日落公園。」基南說。

「日落大道，離洗衣店只隔兩三條街。」

「這一局不平手了，」基南說，「咱們走。」

8

那是個木造房子，即使在月光下，也看得出來乏人照顧；護牆板亟需粉刷，樹籬亂長。前門有一段四分之一層樓高的階梯，通往一道全用紗窗圍住的走廊，走廊中段明顯往下陷。房子右邊有一條車道，上面補了東一塊西一塊的柏油，通往一棟獨立的雙車庫。往屋後走差不多一半處有一扇邊門，屋後還有一扇後門。

我們只開一輛別克過來，這時停在第七大道的轉角。每個人都拿了槍。基南遞一把槍給阿傑時，我臉上想必露了驚色，因為他看著我說了一句，「要跟來就得帶槍，他當後援，讓他跟吧。你知道怎麼用吧，阿傑？只要對準了扣扳機就行了，跟日本照相機一樣。」

車庫的高架門是鎖上的，鎖很堅固。旁邊有道窄木門，也是鎖著的；我用信用卡無法撥開。我正思索怎麼打破玻璃才最安靜，彼得卻遞給我一支手電筒，起先我還以為他要我用手電筒敲破玻璃，正覺得莫名其妙，然後才恍然大悟，拿手電筒頭抵著窗戶，打開開關。那輛喜美就停在裡面，車牌號碼我認得。另一邊因為手電筒照射角度看得不十分清楚，是一輛深色貨車。

從我的位置看不清楚車牌號碼，在那種光線下也無法判斷顏色。不過這樣就夠了；我們來對地方了。

屋裡燈火通明。各種跡象都顯示這是一棟獨戶住宅——邊門上只有一個門鈴，通往走廊那扇門旁只有一個郵箱——但是他們可能待在房裡的任何一個角落裡。我們慢慢繞巡屋子。到了後面，我雙手手指交叉將基南的腳往上一頂，他攀住窗沿，一吋吋慢慢把頭往上伸，掛在那兒好一陣子，然後才落地。

「在廚房裡，」他耳語，「金髮的在裡面數錢，他把每一綑都拆開數，在紙上記下數字。浪費時間。交易都做完了，還在乎拿到多少幹嘛？」

「另一個呢？」

「沒看見。」

我們到另一扇窗口下重複剛才的動作，經過邊門時又試了一次。邊門是鎖上的，不過即使是小孩子，也能把門踢開。通往廚房的那扇後門，看起來就結實多了。

但是我並不想破門而入，除非兩個人的位置我都確定了。

彼得在前面冒著引起路人注意的危險，用小刀將走廊門的閂子往後撥開。從走廊通往屋子前面部分的那扇門上的鎖就牢多了，不過門上有一大片玻璃，可以在極短時間內打破進入屋內。他並沒有打破玻璃，只往裡面瞄了一陣，確定亞伯也不在客廳裡。

他回來報告給我聽，我確定亞伯不是在樓上，就是出去喝杯啤酒了。我正計畫該如何一聲不響先做了卡藍得，再進行第二階段，一旁的阿傑卻彈了彈手指，吸引我的注意。我往他那個方向看，他正蹲在地下室的窗戶邊上。

我走過去，彎腰往裡看。阿傑拿著手電筒，對著寬敞的地下室東照西照。房間一個角落上有個大水槽，旁邊擺著洗衣機和乾衣機，對面角落是一方工作桌，堆著兩架電動工具，工作桌上方的牆上有面掛釘板，吊著各式各樣成打的工具。

靠近窗子這邊擺了一個乒乓球桌，球網已經塌了。有一只手提箱擺在桌上，箱蓋打開，裡面是空的。身上還穿著去墓園那套衣服的亞伯·華倫斯，坐在乒乓球桌旁一張梯狀椅背的椅子上，像是在數手提箱裡的錢，只不過箱裡並沒有錢；而且在黑暗中數錢也是件怪事。除了阿傑那支手電筒射出的光線，地下室裡一片漆黑。

我雖然看不見，但我知道亞伯的頸子上肯定有一段鋼琴琴絃，而且很可能就是切除潘·卡西迪一邊乳房，甚至蕾拉·亞芙瑞茨一邊乳房的那一段鋼絃。這一次它並沒有切斷什麼，因為它碰到了骨頭和軟骨，不像以前，只是一塊毫無抵禦能力的血肉。不過，任務還是達成了。亞伯的頭腫得可怕，因為血只能往裡流，卻流不出去。他的臉像張月亮臉，已呈一片瘀紫色，雙眼突出，吊在眼眶外面。以前我曾經看過被勒死的人，所以我立刻就確定了，不過這種事你永遠無法做心理準備；那真是我這輩子看過最恐怖的景象。

不過這對我們倒很有利。

8

基南又往廚房裡看了一次，還是沒看到槍，我感覺卡藍得一定把搶收起來了。在所知的擄人案中，從來沒聽人說他持槍，在墓園裡他是帶了槍，不過只是用來當做架露西亞脖子上那把刀的後盾。他在與亞伯解除合夥關係時，也沒有選擇用槍，而挑了鋼絃。

現在的調配問題是，分別從各扇門到達卡藍得數錢地點的時間各是多少。如果從後門或邊門進去，得奔上通往廚房的那段階梯；如果從前面走廊進去，又得穿過前面，才能繞到後面。

基南提議大夥兒靜悄悄的從前面進去，這樣就不會發出踩樓梯的噪音，而且前門距離他最遠，他現在全神貫注數錢，或許不會聽到打破玻璃的聲響。

「用膠帶黏住，」彼得說，「玻璃雖然破了，不會掉到地上，這樣聲音會小很多。」

「又是你當毒蟲時學到的。」基南說。

可惜我們沒有膠帶，附近賣膠帶的店也早打烊了。阿傑提醒我們地下室工具桌周圍一定有合適的膠帶，但我們還是得打破一扇窗子才能進去，所以這個方法也沒用。彼得又跑到前面走廊上去了一趟，回來時說客廳地上鋪了地毯。我們大夥互看了一眼。「管他的。」有人說。

我把阿傑往上頂，由他監視廚房，讓彼得從前面敲破玻璃。從我們站的地方完全沒聽見，顯然卡藍得也沒聽見。然後大夥兒全從前門進屋裡，小心避開地上的碎玻璃，走一步停一會兒，仔細聽，靜悄悄的穿過那棟死寂的房子。

走到廚房門口時，我領頭，基南站在我右側，我們兩人手上都有槍。雷蒙．卡藍得坐的方向讓我們看到他的側面，他一手拿著一疊鈔票，一手拿枝鉛筆，那可是精明的記帳員手中的寶劍，不過比起槍或刀來，威脅性小多了。

我不知道我等了多久。可能不到十五、二十秒鐘吧，不過感覺過了很久。我一直等到他的肩膀姿勢稍稍變動了一下，讓我們知道他終於意識到我們的存在了。

我說：「是警察，別動。」

他並沒有動，甚至沒有將視線轉向我，只是坐在那兒，度過他生命面臨大轉變的這個剎那。然後他才轉過來看我，表情裡既沒有恐懼，也沒有憤怒，只有無限的失望。

「你說一個星期的，」他說，「你答應過的。」

∞

錢似乎全在那兒。我們先裝滿一箱，另一個箱子在地下室裡，沒人想下去拿。「本來該叫阿傑去的，」基南說，「可是看他在墓園裡那副德性我看下去跟死人在一起他大概會受不了。」

「你就是想激我，要我下去。」

「對，」基南說，「我就知道你會這麼說。」

阿傑翻了個白眼，然後就下去拿了。回來的時候他說：「大哥，下面臭死了，死人都這麼臭嗎？下次輪到我殺人的時候，提醒我要在遠處下手。」

那個情況非常怪異。我們在卡藍得的周圍工作，完全當他不存在，而他彷彿也有共識，緊閉著嘴，一聲不吭。他坐在那兒顯得矮小、虛弱又無能。我知道他其實一點都不符合這些描述，但他徹底的被動卻給人這種印象。

「全裝進去了，」基南把第二只手提箱的皮釦扣上，「可以直接送去尤里家。」

彼得說：「尤里只要求把女兒救回來就夠了。」

「今晚是他的幸運夜，錢他也可以拿回去。」

「他說他不在乎錢，」彼得像在說夢話似的，「說錢並不要緊。」

「彼得，你是不是話中有話？」

「他並不知道我們來這裡。」

「對。」

「只是個想法而已。」

「不行。」

「很多錢欸，寶貝。而且最近你才大失血。那筆大麻的生意沒指望了，不是嗎？」

「又怎樣？」

「上帝給你一個扯平的機會，你卻要朝祂的臉吐口水？」

「哦—哦，彼得，」基南說，「難道你忘了老爸怎麼跟我們講的？」

「他跟我們講了各種屁話，我們哪時候聽進去了？」

「他說除非能偷到一百萬，否則就別偷。彼得，不記得了？」

「現在正是機會啊。」

基南搖搖頭，「不，你錯了。這裡只有八十萬，其中二十五萬是假鈔，還有十三萬本來就是我的，減一減還剩多少？四十多，四十三萬吧？」

「你正好可以扯平啦，寶貝。這個混球拿走你四十，加上你給馬修的費用，加上他的開銷一共是多少？四十二？數目多近啊。」

「我並不想扯平。」

「呃？」

他用力瞪他哥哥一眼。「我不想扯平，」他說，「我為法蘭欣付的贖金都是些髒錢，現在你還要我從尤里那兒偷那些髒錢。大哥，你那種毒蟲的心態——偷他的皮夾，然後再幫著他去找。」

「對，你說得對。」

「我是說，看在老天的份上，彼得——」

「不，你說得對，你說得對極了。」

卡藍得說話了，「你們給我假鈔？」

「你這個白癡，」基南說，「我本來都忘了你的。你叫什麼，還怕花錢的時候被逮是不是？告訴你一個新聞，這些錢沒你花的份。」

「你就是那個阿拉伯人，那個丈夫。」

「怎樣？」

「我只是在猜測而已。」
我說：「雷，你從庫爾里先生那兒拿來的錢在哪裡？那四十萬。」
「我們分了。」
「錢呢？」
「我不知道亞伯怎麼處理他那一半，我只知道不在這個屋裡。」
「你那一半呢？」
「保險箱。布魯克林第一商業銀行，新烏得勒支大道和漢彌頓堡公園大道交口。我想明天早晨出城的時候去那裡。」
基南說：「你想，嗯？」
「我拿不定主意是開喜美好呢，還是開貨車好。」他繼續說。
「他是不是腦袋在別的地方，馬修？我想關於錢的部分，他說的是真話。存進銀行裡的那一半我們可以不用想了，至於亞伯的那一半呢，我不知道，即使我們把這棟房子翻了，大概也找不到，你說是不是？」
「可能。」
「他可能埋在院子裡了，或是媽的就埋在那個墓園裡。幹，本來那些錢就不該是我的，我早就知道了。咱們快把該辦的事辦了，離開這裡吧。」
我說：「你現在必須做個選擇，基南？」

「怎麼說？」

「我可以把他交給警方。現在對他不利的證據相當多，他的同黨死在地下室裡，車庫裡的那輛貨車上肯定到處是纖維和血跡，誰知道還有什麼別的玩意兒。潘·卡西迪可以指認出他即是致她傷殘的人，其他證據可以把他和蕾拉·亞芙瑞茨和瑪莉·戈茲凱恩兩案連在一起，他至少會被判三個無期徒刑，還外加二、三十年有期徒刑。」

「你可以保證他會終身監禁？」

「我不能，」我說，「說到司法系統，誰都不能做任何保證。我猜最有可能的情況，是他被送往馬提瓦精神病罪犯州立醫院，一旦進去，他永遠不可能活著出來。不過，任何事都可能發生，你也知道。雖然我覺得他不可能逃過制裁，不過以前我也曾經這麼預測過，卻有一些人一天牢也沒坐過。」

他考慮了一陣子。「回到我們當初的協議，」他說，「我們從來沒說過要讓你把他交給警方。」

「我知道，所以我才說你得做個選擇。不過，如果你不選擇我說的，那我得先走一步。」

「你不想留下。」

「不。」

「因為你不贊成？」

「我不贊成，也不反對。」

「但你自己絕不會做這種事？」

「不，」我說，「這絕不是原因，因為我已經做過這種事了，我曾經授權自己做過劊子手。但我不想養成習慣。」

「噢。」

「而且這件案子我也沒有理由自己動手。我可以把他交給布魯克林刑事組，晚上一樣可以睡得著。」

他思索了一下。「我覺得我睡不著。」他說。

「所以我說你得做個選擇。」

「嗯，我想我剛剛已經決定了，我得自己處理。」

「那麼我就先走了。」

「好，你跟他們一起走，」他說，「我們就這樣吧。可惜我們只開一部車來。馬修，你、阿傑和彼得送錢去給尤里。」

「其中有一部分是你的，你想把你借給他的那筆先拿出來嗎？」

「到他那邊再分，好不好？我可不想拿到假鈔。」

「假鈔都用大通銀行的紮繩綁著。」彼得說。

「對，可是被這個豬頭一數，全搞亂了，所以最好還是在尤里那兒檢查一下好嗎？然後你們再來接我。我看去尤里那兒差不多要二十分鐘，回來再開個二十分鐘，在他家待二十分鐘，就算一個小時吧。從現在算起，過一個小時一刻鐘後，到轉角接我。」

「好。」

他抓起一個箱子。「走吧，」他說，「我們把它們放到車上去。馬修，看著他，嗯？」

他們走了，阿傑和我站著俯視雷蒙．卡藍得。我們倆都拿著槍，不過此時此刻就算拿著蒼蠅拍也能看守他。他彷彿不存在。

我看著他，記起我們在墓園裡的對話，那一兩分鐘一個有人性的東西對我說的話。我想再跟他談，看看這次他會說什麼。

我說：「你本來打算就這樣把亞伯留下？」

「亞伯？」他還得想一想。「不，」他終於說，「本來我想在走之前整理乾淨的。」

「你打算怎麼處置他？」

「切開，分別包起來。櫥櫃裡有很多垃圾袋。」

「然後呢？把他裝在後車廂裡，送給某人？」

「噢，」他這才想起來，「不，那是專門替阿拉伯仔做的。不過這很容易，只要把它們分開放，丟進垃圾場、垃圾桶裡。沒有人會注意的。把它們裝在餐廳專用的垃圾袋裡，人家還以為是碎肉哪。」

「以前你做過？」

「噢，做過，」他說，「有很多女的你根本不知道。」他看看阿傑，「我還記得有個黑女人，她跟你的膚色很像。」他長歎一口氣，「我累了。」他說。

「不會太久的。」

「你要把我交給他，」他說，「然後他會殺我，那個阿拉伯仔。」

是腓尼基人，我心裡想。

「你和我，我們了解彼此，」他說，「我知道你騙我，我知道你食言，你非那麼做不可。可是我們談過話欸，你怎麼能就這樣讓他殺我呢？」

哀哀叫，發牢騷。讓我無法不聯想到在以色列登岸時的艾希曼。我們怎麼能夠這樣對他？（譯註：Eichmann, Adolf，二次大戰執行「最後解決」任務，大規模滅絕猶太人的德國戰犯，一九六一年在以色列問吊）

我還想到我在墓園裡問他的一個問題，然後我把他給我的那個妙答原封不動的送還給他。

「你進了貨車。」我說。

「我不懂。」

「一旦你進了貨車，」我說，「你就只是一堆身體部位了。」

8

凌晨兩點四十五分，我們如約到第八大道，亞伯．華倫斯房子旁的街角上那家珠寶店接基南。他看到開車的是我，問我他哥哥去哪裡了。我說幾分鐘前我們才在殖民路上把他放下，他本來想去開那輛豐田，後來又改變主意，說他想上床睡覺了。

「是嗎？我，我亢奮得不得了，你得用根木槌才能把我敲昏。別動，馬修，你來開。」他繞到車子另一邊，看到四仰八叉坐在後座像個破布娃娃的阿傑。「過了他上床時間了，」他說，「那個飛行袋很眼熟嘛，不過希望這次裡面裝的不是假鈔。」

「是你的十三萬。我們盡量仔細檢查過，應該沒有假的混在裡面。」

「就算有，也沒啥大不了的，那玩意兒幾可亂真了。應該走戈溫納斯快速道路最快，你知道怎麼開回去嗎？」

「應該知道。」

「然後再走橋或隧道，隨便你。我哥哥有沒有自告奮勇，想替我把錢拿進屋裡看著？」

「我覺得親自交給你是我的工作責任之一。」

「這是很具外交手腕的說法。我真希望我能收回剛才對他說的那句話，說他有毒蟲心態。那句話太狠了。」

「他自己也同意。」

「這樣才最糟糕，我們倆都知道這話是真的。尤里看到錢的時候很驚訝吧？」

「呆了。」

他笑笑，「鐵定的。他小孩怎樣？」

「醫生說她會沒事的。」

「他們傷她傷得很重，對不對？」

「想把身體上的傷害和心理上的創傷分開是很難的。他們多次強姦她，據我了解，除了失去兩隻手指頭，她還有些內傷。現在當然打了鎮定劑，而且我覺得醫生也給尤里吃了點藥。」

「他應該給我們每個人都開點藥。」

「尤里想啊，他其實想給我一點錢。」

「我希望你拿了。」

「沒有。」

「為什麼不拿？」

「我也不知道為什麼。我平常不是這樣子的，這可是老實話。」

「以前在七十八分局，他們可不是這樣教你的吧？」

「七十八分局絕沒有這樣教我。我跟他講我已經有雇主了，他付了我全額。或許是你說這些是髒錢，讓我忘不了吧。」

「大哥，對你就講不通啦。你工作得這麼辛苦，又有好結果，他想給你意思意思，你應該拿的。」

「無所謂，我跟他講他可以給阿傑一點。」

「他給他多少？」

「不知道。一兩塊吧。」

「兩百。」阿傑說。

「哦，你醒的啊，阿傑？我以為你睡著了。」

「沒有，只是閉上眼睛而已。」

「你跟著馬修，我看他對你會有好影響。」

「他要是沒有我就完了。」

「是嗎，馬修？你要是沒有他就完了？」

「一點都不錯，」我說，「我們全完了。」

∞

我走布魯克林-皇后區快速道路，然後上橋。等到過了橋，到曼哈頓這一邊，我問阿傑他想在哪裡下車。

「丟斯就可以了。」他說。

「現在是凌晨三點鐘。」

「丟斯可沒裝大門，他們從來不鎖門的。」

「你有地方睡覺嗎？」

「嘿，我口袋裡有錢，」他說：「也許我會去弗隆特納克旅館，叫他們把我的老房間給我，沖它三四次熱水澡，打到樓下叫客房服務。我有地方睡的，大哥，你不必替我擔心。」

「反正你很有辦法嘛。」

「你以為我在開玩笑，可是後來你知道了吧。」

「又很用心。」

「沒錯。」

我們在第八大道和四十二街交口把他放下，然後在四十四街碰上紅燈。我朝兩邊看看，不見一個人影，不過我也沒有急事兒，所以我一直等到綠燈亮。

我說：「我沒想到你真的下得了手。」

「什麼？卡藍得？」

我點頭。

「我自己也沒想到。我從來沒殺過人；是曾經氣得想殺人，一兩次吧，可是憤怒總會過去的。」

「對。」

「他看起來簡直一文不值，你知道吧。一個完全無足輕重的人。我心裡想，我怎麼能殺這條蛆呢？可是我知道我非做不可，所以我想到一個辦法。」

「什麼辦法？」

「我引他講話，」他說，「我問他幾個問題，他先是不置可否，我就繼續問，他的話匣子終於開了。他告訴我他們怎麼對尤里的孩子。」

「噢。」

「他們怎麼對她，還有當時她多害怕。一旦話匣子開了，他的興致可真高，好像講講就可以重溫舊夢似的。那種事不像打獵，射死一頭鹿，你可以把鹿頭標本掛在牆上。每次他做掉一個女人，留下的只有回憶而已，所以他很願意把那些回憶搬出來，拍拍灰塵，看看她們有多美麗。」

「他也講到你太太了？」

「對，他講了。對著我講也讓他很爽，就跟把她切成一塊塊還給我一樣，讓我多一層痛苦。我真想叫他閉嘴，我不想聽，可是，操！她已經死了，我他媽的已經把她餵給火了！沒有東西能再傷害她了。所以我就讓他講個高興，然後我才可以做我必須做的事。」

「然後你就殺了他。」

「沒有。」

我看他一眼。

「我從來沒殺過人，我不是殺手。我看著他，心裡想，你這個禽獸，我就不殺你。」

「然後呢？」

「我怎麼能當殺手？我本來該做醫生的，我告訴過你了，對不對？」

「是你父親的主意。」

「我本來該當醫生，彼得當建築師，因為他是個夢想家，我比較實際，所以我應該做醫生。『這是世界上最好的職業，』他這樣告訴我。『你替這個世界做好事，讓自己生活也過得好。』他連我該做什麼樣的醫生都想好了。『當外科醫生，』他告訴我。『那一行錢最多。』」

然後他安靜了一會兒。「好吧，」他說，「今天晚上我就來做外科醫生，我來動手術。」

天開始下起雨來，但雨不大，我並沒有啟動雨刷。

「我把他帶到樓下，」基南說，「地下室，跟他朋友在一起。阿傑說得對，下面臭的！大概那種死法會讓你失禁吧。我本來以為我會吐，可是我沒有，後來大概就習慣了。」

「我沒有麻醉劑，不過無所謂，反正他一開始就昏過去了。我拿了他的刀，好大的傢伙，刀鋒有六吋長，而且工作桌上什麼工具都有，你要什麼就有什麼。」

「你不必告訴我，基南。」

「不，」他說，「我最需要的就是講給你聽。如果你不想聽，那是另外一回事，不過我非告訴你不可。」

「好。」

「我把他眼睛剜出來，」他說，「讓他永遠別去看另一個女人。然後我把他兩隻手切了，讓他永遠別再去碰另一個女人。我用了止血帶，所以他沒流太多血。我是用鋼絃做止血帶的。我用菜刀把他的手砍了，媽的那把菜刀亂噁的，我想他們大概就是用它，呃——」

他很用力的呼吸，吸進，吐出。

「分屍的，」他繼續講，「我把他褲子打開，我並不想碰他，可是我逼自己一定要做，然後我把他犯罪的傢伙給切了，因為反正以後他也用不上。然後是他的腳，我把他的腳給砍了，操！因為他哪裡也別想去。然後是他的耳朵，因為他什麼也別想聽。然後是他的舌頭，一部分舌頭，我割不了全部，我用鉗子把它拉出來，能割掉多少就割多少，因為誰想再聽他講話，吭？誰想聽他講那些鬼話？停車！」

我踩煞車，往路旁停下，他打開車門，到路旁水溝邊上嘔吐。我給他一條手帕，他抹了抹嘴，把手帕扔在街上。「抱歉！」他把車門關上。「我以為我已經吐光了，以為我的胃已經空了。」

「你沒事吧，基南？」

「嗯，我想我沒事的。肯定沒事。剛才我說我沒殺他，其實我不知道那是不是真的。我離開的時候他還活著，不過現在很可能已經死了。就算他沒死，他又剩下多少？操！我他媽的簡直就屠宰了他。為什麼我不乾脆往他頭上開一槍？呼！一切都結束了。」

「為什麼你沒那麼做呢？」

「我不知道。或許我想以牙還牙，以眼還眼吧。他把她切成一塊塊還給我，我就給他看看榜樣。或許是這樣吧，我不知道。」他聳聳肩。「幹！反正事情已經做了。管他是活還是死，又怎樣，反正已經結束了。」

我在我住的旅館前面停車，我們倆都下了車，尷尬的站在路肩上。他看了那兩個飛行袋一眼，問我想不想拿點錢。我說他付給我的費用綽綽有餘。我確定？是的，我說，我確定。

「好吧，」他說，「如果你確定。哪天晚上給我個電話嘛，我們一起吃個晚飯。你會不會打給我？」

「當然會。」

「保重了，」他說，「回去睡覺吧。」

23

可是我睡不著。

我沖了個澡上床，卻連一個可以躺十秒鐘不動的姿勢都找不出來。我太焦躁，連試著睡都不可能。

我起來刮了鬍子，換上乾淨衣服，打開電視，把每個頻道都轉一遍，然後又把電視關了。我走出去在附近轉，找到一家可以進去喝咖啡的地方。整個晚上我甚至沒想到酒，不過我還是很高興酒吧都關了。

喝完咖啡，我又在外面走了一陣。我心裡有很多事，一邊走路，思路會比較順些。最後我回到旅館，然後在七點過後，搭計程車往下城走，去參加派瑞街七點半的聚會。聚會八點半結束，我到格林威治大道上一家希臘咖啡店吃了早餐，心裡揣測那家店東不知會不會用彼得說的辦法逃稅。然後我坐計程車回旅館。基南現在一定會覺得很驕傲，我出入都乘計程車。

回房後我打電話給伊蓮。是她的答錄機接的，我留了話，然後坐下來等她回電話給我。等她打來時已經十點半了。

她說：「我正希望你打來，那一通電話之後，不知道發生了什麼事——」

「很多事，」我說，「我想告訴你，我能不能過去？」

「現在？」

「如果你有別的計畫——」

「我沒事。」

我下了樓，搭上今天早上第三輛計程車。她開門讓我進去時，仔仔細細的審視了我的臉，結果顯然令她憂心。「快進來，」她說。「坐下，我去煮咖啡。你沒事吧？」

「我很好，」我說，「只是昨晚一夜沒睡。」

「又沒睡覺？這不會變成一個習慣吧？」

「我想不會。」我說。

她端給我一杯咖啡，我們倆在她客廳裡坐下。她坐在沙發上，我坐在一把椅子上，然後我從昨天和基南的第一次對話開始講起，一直講到他送我回西北旅館路上最後的對話。她沒有打斷一次，一直很專心聽。我花了很長時間才講完，鉅細靡遺，而且很多對話幾乎都是一字不漏的說給她聽。她也每一個字都聽進去了。

等我講完了，她說：「我不知道該怎麼說。這個故事好——」

「只是另一個在布魯克林度過的夜晚。」

「嗯。我很驚訝你居然全部都告訴我。」

「我也有點驚訝。但這並不是我來想告訴你的事。」

「哦？」

「我只是不想不告訴你，」我說，「因為我不想瞞你任何事，這才是我來這裡想對你說的話。最近我參加很多聚會，對著滿堂陌生人講我不讓自己對你說的話，但我覺得一點道理都沒有。」

「我覺得我開始害怕了。」

「害怕的不只你一個人。」

「你還要不要咖啡？我可以——」

「不要。今天早上我看著基南開車走，我上了樓，上了床，可是整個腦袋裡想的全是我沒告訴你的話。你還以為我是因為基南講的那件事睡不著對不對，其實我根本沒去想它；空間不夠，我滿腦子都是和你的對話，只不過它們都是單向的，因為你並不在那裡。」

「有時這樣反而容易些，你可以替對方寫每句詞兒。」她蹙眉，「替他。替她。替我？」

「最好叫別人替你寫，如果每句話都是你自己編的。老天爺！唯一的辦法就是說出來。我不喜歡你現在的職業。」

「噢。」

「本來我不知道我在意，」我說，「以前大概真的沒關係，我可能還覺得很刺激，最開始的時候。我們剛認識的時候。然後有一段時期我認為自己不在意，接下來就是雖然我知道我在意，卻想騙自己我不在意。

「更何況，我有什麼權利說話？當初我又不是不知情。你的職業是咱們約定的一部分，我有什麼權利告訴你這個別改，那個要改？」

我走到她窗前，眺望皇后區。皇后區是個充斥墓園的地方，漫山遍野，而布魯克林只有綠林。

我轉回去面對她，說：「而且，我也很怕說任何話，或許會演變成最後通牒，只能選擇一個，別再幹了，否則我就走路。但萬一你不選我怎麼辦？

「或許你選了我，那我得做什麼樣的承諾？是不是你從此就有權利告訴我你不喜歡我的生活方式？

「如果你不再和客人上床，是不是就表示我也不能再跟別的女人上床了？其實我們再碰面以後我就沒跟別的女人在一起過，不過我老覺得我應該有那個權利。這事兒一直沒發生，有一兩次是我很特意阻止的，但我並不覺得我在這方面做了承諾。即使我做了承諾，那也是個祕密，我並不想讓你或我知道。

「我們的關係又會變成怎麼樣呢？是不是表示我們要結婚了？我不知道我是不是想結婚。以前我結過一次，我不是很喜歡，我也不是個好先生。

「那是不是表示我們要住在一起？我也不知道我是不是想那樣。離開安妮塔和孩子以後，我就已經很久沒和別人住過了。獨居有很多我喜歡的好處，我不確定我願意放棄那些好處。」

「可是我就是難受，知道你和別的男人在一起。我知道那和愛沒關係，我知道那只是性，我知道大部分時候按摩比做愛來得多。但知道這些並沒有用。

「而且它會造成隔閡。今天早晨我打電話給你，結果你過了一個鐘頭才打過來。我就會想你去哪裡了，但我沒問，因為你可能會說你和客人在一起。或者你不說，我就會猜你是不是在瞞我什麼。」

「我去做頭髮了。」她說。

「噢，很好看。」

「謝了。」

「變了個髮型是不是？真的很好看。我剛才沒注意。我永遠都不會注意這種事，不過我喜歡。」

「謝謝你。」

「我不知道我會講到哪裡去，」我說，「可是我決定我必須告訴你我的感覺，還有我的生活。我愛你。我知道我們從來沒用過那個字，有一個理由是我不太確定那個字到底是什麼意思。不管它是什麼意思，反正那就是我對你的感覺。我們的關係對我非常重要。事實上，它的重要性就是問題之一，因為我太害怕它會變質，變成我不喜歡的樣子，所以我才不敢讓你知道我的感覺。」我停下來喘口氣，「我想就是這樣了。我沒想到我會說那麼多，也不確定我把意思說對了，不過大概就是這樣。」

她盯著我瞧，讓我想躲開她的視線。

「你是一個非常勇敢的人。」

「拜託。」

「『拜託。』你一點都不怕？我怕死了，我還沒講話呢。」

「其實我怕。」

「那才叫勇敢，去做你害怕的事。在墓園裡朝那兩管槍走過去，跟這事兒一比，大概是小菜一碟吧。」

「怪的是，」我說，「我在墓園裡並不覺得害怕。我想到一件事，我活得已經夠久了，用不著擔心死得太早。」

「想到這點，一定讓你覺得很安慰。」

「真的，怪得很。我最大的恐懼是怕女孩出事，而且是我的錯，是因為我走錯了一步，或沒採取該有的行動。一等她回到她父親身邊，我就放鬆了。很可能是因為我覺得自己絕對不會出事。」

「感謝上帝你真的沒事。」

「怎麼了？」

「只是掉幾滴眼淚罷了。」

「我並不想——」

「想怎樣，想打動我？別道歉。」

「好。」

「我的眼線膏糊成一片了，那又怎樣。」她用面紙按按眼睛。「噢，上帝，」她說，「真難為情，我覺得自己好蠢。」

「因為你掉了幾滴眼淚？」

「不，因為我接下來要說的話。現在輪到我了，可以嗎？」

「好。」

「不要插嘴，嗯？有一件事我一直沒告訴你，我自己覺得很蠢，也不知道從何講起。好，我就直說吧。我不幹了。」

「啊？」

「我不幹了。我不再幹人了，好嗎？我的老天，你看你那個表情。我是說其他的男人，大傻瓜。我不幹了。」

「你不一定要做決定，」我說，「我只是想告訴你我的感覺，而且——」

「你說你不插嘴的。」

「對不起，可是——」

「我不是說我現在不幹了，三個月以前我就不幹了；可能是三個月以前的事了。大概在年初以前吧，甚至好像是在聖誕節以前。不對，那個男的好像是聖誕節以後。我可以去查。

「不過這並不要緊。如果以後我想慶祝我的週年慶，就跟你慶祝喝最後一杯酒那天一樣，或許我就會去查。我不知道。」

叫我不講話，真難。我有話要說，有問題想問；但我讓她繼續說下去。

「我不記得有沒有告訴過你，」她說，「幾年前我領悟到當妓女救了我一命。我是說真的。我過的童年，我那個瘋子母親，我後來經歷的青少年階段，很可能會讓我想自殺，或找個人來殺我。

結果我開始賣屁股，這件事開始讓我意識到我身為人的價值。賣身毀了不少女孩，這的確不假，但卻救了我。為什麼會這樣，你去想吧。

「我過的生活很不錯，存了錢，拿去投資，買下這棟公寓。每件事都很順利。

「可是到了去年夏末，我開始了解到這樣行不通了，因為我們擁有的，你和我。我告訴我自己，這都是胡說八道，你和我擁有的是一回事，我為賺錢做的事情又是另一回事。可是要把這兩件事完全分開愈來愈難。我覺得不忠實，很奇怪；我還覺得骯髒，以前我賣身的時候從來沒有這種感覺，就算有，也沒意識到。

「所以我就想了，伊蓮，你幹這行已經比很多人久了，而且你也實在有點老了。現在外面這麼多新的病，而且幾年前你就開始少接生意了，就算你不幹了，你以為真會有多少高級主管為你跳樓嗎？

「可是我不敢告訴你。其中一個原因是，我怎麼知道我不會改變主意呢？我覺得我應該保有選擇的權利。然後，等我跟每一個常客都講了，說我退休了，也把小本子賣了，除了改電話號碼，什麼都做了之後，我還是不敢跟你講，因為我不知道你會有什麼樣的反應。或許你從此就不要我了。或許我變得不有趣了，只是一個到處選修大學課程的老姑娘。或許你會覺得被套牢了，好像我在逼你結婚。或許你會想結婚，或是同居，我從來沒結過婚，也從來都不想結婚。從我搬出我媽家之後，我一直一個人住，我過得很好，也很習慣。萬一我們倆一個想結婚，一個不想，那怎麼辦？

「這就是我骯髒的小祕密，如果你想這樣講的話。我真希望上帝能讓我不要哭了，因為我不想弄得太醜，不能容光煥發也就算了。我像不像浣熊？」

「只有臉像。」

「噢，」她說，「還說呢，你才像頭老熊，你知不知道？」

「你剛才告訴我了。」

「是真的。你是我的熊，我愛你。」

「我愛你。」

「這整件事真他媽的太真善美了，不是嗎？這麼甜美故事，我們能跟誰講呢？」

「不可以告訴有糖尿病的人。」

「會讓他們高糖休克，對不對？」

「恐怕會。那每次你去赴那些神祕約會，都上哪兒去了？我都以為，你知道——」

「我去某個旅館房間替男人吹簫。這個嘛，有時候我去做頭髮啊。」

「像今天早上。」

「對。有時候我去看我的心理醫生，或是——」

「我不曉得你在看心理醫生。」

「嗯，從二月中開始，每星期兩次。因為這些年我從事的職業，所以我有很多認同感都被綑縛起來了，現在突然變得有好多無聊問題要解決。我想大概跟她講話對我有幫助吧。」她聳聳肩，

「而且我也去參加過幾次戒酒無名會的聚會。」

「我都不知道。」

「你怎麼會知道？我又沒告訴你。我想他們大概可以教我一些對付你的訣竅，沒想到他們的課程都在教我如何對付我自己。我說那就叫奸詐。」

「沒錯，他們都亂狡猾的。」

「總之，」她說，「我覺得不告訴你很蠢，可是幹妓女幹了這麼多年，誠實可不是工作要求之一。」

「你是在影射幹警察的。」

「沒錯。你這頭可憐熊，整晚不睡覺，去布魯克林跟那些瘋子跑來跑去，而且你還不知道要等多少小時之後才能睡咧。」

「噢？」

「嗯，你現在是我唯一的洩慾對象了，你可明白可能的後果？我很可能會變得欲求不滿。」

「咱們走著瞧。」我說。

∞

之後，她說：「我們在一起以後你真的沒和別人在一起過？」

「真的。」

「以後你可能會。大部分男人都會。我可是以專家的身分下結論的。」

「也許，」我說，「不過不會是今天。」

「不，今天不會。不過就算你那樣了，也不是世界末日。只要曉得回家就好了。」

「都聽你的，親愛的。」

「『都聽你的，親愛的。』你就是想睡覺。聽著，其他的事嘛，我們可以結婚，也可以不結婚，我們可以住在一起，也可以不住在一起。我們可以住在一起，不結婚，但可不可以結婚，然後不住在一起呢？」

「如果我們想這樣做的話，當然可以。」

「你這樣覺得？你知道這讓我想到什麼嗎？一個波蘭笑話。不過也許對我們來說行得通。你可以保留你那個破旅館房間，一個星期來跟我過幾個晚上，啟動你的電話轉機服務，然後我們就可以……你知道嗎？」

「什麼？」

「我想一切都得慢慢來，過一天算一天。」

「這句話好，」我說，「我會記著。」

24

差不多一天之後，布魯克林七十二分局的警員接到匿名密告，前往調查亞伯·華倫斯自三年前他母親去世後所繼承的一棟房子，發現到華倫斯這位二十八歲，有性犯罪及輕級攻擊罪前科的失業建築工人已死在家中，脖子上勒了一段鋼琴琴絃。在同一間地下室內，他們還發現到一具形似被肢解過的男子屍體，但三十六歲的雷蒙·約瑟夫·卡藍得其實還活著，他的就業歷史包括曾經替毒品管制署紐約辦事處擔任過七個月的平民幹員。警方將他送往邁蒙尼德醫療中心之後，他恢復了神智，卻無法與人溝通，只能發出簡單的咿呀聲，兩天後死亡。

警方在華倫斯房內，及停在屋旁車庫內的兩輛車上，發現了許多證據。這些證據強而有力的指出這兩名男性，與布魯克林刑事組最近研判是由一人或一組連續殺人犯所為之數樁謀殺罪有關。關於死亡現場，警方做出幾項推論，其中最具說服力的一項是，該小組仍有第三名成員，他將兩名同夥殺死，然後逃亡。另一項可能性較小的推論是據親眼目睹卡藍得狀況，以及看過其驗傷報告的人所說，卡藍得徹底失控，先是絞死他的同伴，之後再耽溺於狂亂的自我肢解衝動。不過若考慮他手足、眼、耳及生殖器皆被切除的事實，「衝動」一詞實難自圓其說。

杜·卡普倫代表潘·卡西迪與某家全國性小報達成協議。小報得以刊登她的故事，「日落公園之狼奪去我一個乳房」，並付給她卡普倫所謂「五位數字的高價」。經過一次趁她的律師不在場時與她的談話，我向潘保證亞伯和雷的確就是挾持她的人，而且第三者並不存在。「你是說雷真的這樣砍了他自己？」她不敢相信。伊蓮於是告訴她，很多事情是我們不該知道的。

∞

卡藍得死後差不多一星期，也就是我們去墓園之後那個星期的週末，基南・庫爾里在旅館樓下打電話給我，說他在旅館前面並排停車，我可不可以下去跟他喝杯咖啡。

我們到轉角上的火焰餐廳，在一張靠窗的桌旁坐下。「我正好到附近，」他說，「覺得我應該停下來打個招呼。看到你真高興。」

我也很高興看到他。他氣色很好，我跟他講了。

「嗯，我做了一個決定，」他說，「我要出國了。」

「噢？」

「正確的說，我要離開美國了。這幾天來我解決了不少私人事務，我把房子賣了。」

「這麼快？」

「當初我是買斷的，現在則賣給付得起現金的人。我賣得很便宜，新主人是韓國人，老頭子跟兩個兒子來簽約，提了個裝滿鈔票的塑膠袋。記不記得彼得說真可惜尤里不是希臘人，否則湊錢就容易多了？大哥，他應該當韓國人的，他們做的生意哪知道什麼支票、信用卡、帳簿、繳稅啊。所有生意全部現鈔進出。我拿到現鈔，他們拿到所有權狀，等到我教他們如何使用警報系統時，媽的他們樂壞了。他們愛死了。尖端科技呢，大哥。他們應該愛的。」

「你要去哪裡？」

「先去伯利茲看幾個親戚，然後去多哥。」

「加入家族企業？」

「看看嘛。大概先做個一陣子吧。看看我喜不喜歡，能不能住得下去。我是個布魯克林人，你知道，從小在這裡長大的。不知道離老街坊那麼遠，能不能混得下去。或許不到一個月，就會無聊得發瘋。」

「也可能你會很喜歡。」

「除非自己去試一試，否則永遠不可能知道，對不對？我隨時都可以回來嘛。」

「那是當然。」

「其實現在離開不算個壞主意，」他說，「我跟你提過那筆大麻交易吧？」

「你說你沒多大信心。」

「嗯，我臨陣脫逃了。我已經投下去很多錢，但還是走人了。要是我沒走人，現在你就得隔著鐵窗跟我講話了。」

「警方突擊？」

「可不是！他們手上拿的帖子還印了我的名字哪。不過這樣一來，即使被他們逮去的人招供了，我想他們肯定會招的，他們也沒有控告我的證據。但收到法院傳票還是很煩人的，對不對？我從來沒被逮捕過，所以說，何不在仍保有處子之身的時候離開美國呢？」

「你什麼時候走？」

「飛機從甘迺迪機場起飛，還有六個小時吧？待會兒我從這裡開車到洛可威大道上的別克經銷站，他們願意出多少錢買這輛車，我就拿多少。『成交！』我會說，『條件是你們得送我去機場。』離那裡才五分鐘嘛。除非你想要輛車，大哥。舊車商出多少，你只要出一半，也省得我麻煩。」

「我又用不上。」

「好吧，反正我試過了。我盡了力，我只是想讓你別成天走來走去坐地鐵。如果送給你當禮物，你收不收？我是說真的。送我去甘迺迪機場，車子就是你的了。去你的，就算你自己不想要，也可以拿去舊車廠賣，賺個幾塊錢嘛。」

「我不會做那種事，你也知道。」

「你可以啊。你不要那輛車是不是？它是我唯一還沒解決的事。這幾天我見了不少法蘭欣的親戚，多多少少跟他們講了實話。我沒把恐怖的細節告訴他們，可是不管你講得再怎麼婉轉，大家還是有同樣的感覺，一個又美又溫柔的好女人，就他媽無緣無故的死了。」他用兩隻手抱住頭。「老天，」他說，「你還以為自己看開了，結果突然來那麼一下，又掐著你喉嚨不放。我跟她的家人講她死了，我說是恐怖分子幹的，事情很突然，當時我們人在貝魯特，跟政治有關，是一幫瘋子幹的。他們相信了，至少我覺得他們相信了。我跟他們講，她死得很快，沒有受苦，然後恐怖分子也被基督教民兵殺了，那次行動沒有發布，因為整個事件必須保密。有些部分多少和事實相同，有些部分是我希望的事實，我是指死得很快、沒受苦那一部分。」

「也許真的很快，你又不知道。」

「後來我問過他，馬修，你不記得了嗎？他告訴我他們怎麼對她的。」他閉上眼睛，深深的呼吸。「換個話題吧，」他說，「最近你有沒有在聚會裡看到我老哥？怎麼了，這個話題太敏感？」

「可以這麼說，」我說，「你知道，戒酒無名會是個匿名參加的活動，傳統之一就是不能跟非會員講聚會裡說了些什麼話，或誰參加誰沒參加。以前我提過，因為那時候我們一起辦案子，不過現在是一般情況，我就不太能回答這個問題。」

「其實那並不是一個問題。」他說。

「怎麼說？」

「我大概只是想探探你的口風，看你知不知道。操！我怎麼說呢！前天晚上警察打電話給我。因為那輛豐田登記的名字是我，他們還能打給誰呢？」

「發生了什麼事？」

「他們發現那輛車被丟棄在布魯克林大橋中央。」

「噢，老天，基南！」

「是啊。」

「我聽了真難過。」

「我知道你會難過，馬修。太悲哀了，是不是？」

「是啊。」

「他是個好人，真的。他雖然有弱點，但哪個人沒有弱點？操！」

「他們確定——」

「沒有人真的看到他跳下去，而且他們也沒打撈到屍體，可是他們說很可能屍體永遠找不到。我希望永遠別找到。你知道為什麼嗎？」

「大概知道吧。」

「嗯，我敢說你一定知道。他告訴過你他想海葬，對不對？」

「他不是這麼講的。他說水是他的元素，還有他不想火葬或土葬。他暗示得非常明顯，而且他講的那種口氣，彷彿——」

「彷彿等不及似的。」

「對，」我說，「好像他很嚮往的樣子。」

「噢，老天。他打過電話給我，大概在他做那件事之前的一兩天之前吧。萬一他出了什麼事，我能不能保證他用海葬。我說當然啦，彼得，我他媽的會包下紐約市遊船的國宴廳，然後把你從舷窗裡丟出去。我們倆都笑了，然後我掛了電話，完全忘了這回事。結果他們打電話來，說他們在橋上發現那輛車。他愛橋。」

「他跟我講過。」

「是嗎?他小的時候喜歡得不得了,老是要老爸開車從橋上經過。永遠看不膩的,覺得橋是世界上最美的東西。他跳下去的那一座,布魯克林大橋,的確很美就是了。」

「是啊。」

「不過流過橋底下的水還不是跟別的橋一樣。哎,他終於可以平靜了,那可憐的傢伙。其實這大概是他一直想要的。這輩子他唯一能得到安寧的時刻,就是把海洛因注射到靜脈裡的時刻。海洛因除了能夠讓你突然嗨之外,最美的事就是它的感覺跟死亡一模一樣;當然,那只是暫時的,所以才會那麼棒。或者你也可以說那是它的缺點吧,就看你怎麼想了。」

∞

一兩天之後,我正準備上床,電話鈴響了。是米基。

「你起那麼大早啊?」我說。

「是嗎?」

「你那裡大概才早上六點吧,這邊凌晨一點。」

「是嗎,」他說,「我的錶停了,難道你不知道,我打電話給你就是希望你能告訴我現在幾點。」

「這個時間打電話不錯，」我說，「線路完全沒有雜音。」

「聽得很清楚，對不對？」

「就好像你在隔壁一樣。」

「我他媽的真希望如此，」他說，「就好像在葛洛根這兒一樣是不是？羅森斯坦幫我把事情都擺平了，要不是我的飛機誤點，幾小時前就回來了。」

「我真高興你回來了。」

「沒有我高興。愛爾蘭很過癮，老國家了，不過你可不想住在那裡。怎麼樣啊？柏克說最近很少見你來酒吧。」

「是啊，一次都沒去過。」

「那你現在不來？」

「好啊。」

「好兄弟，」他說，「我幫你煮壺咖啡，自己開一瓶詹森威士忌。我有一大堆故事告訴你。」

「我也有幾個。」

「哦，那要槓上一夜了，是不是？早上再去望屠夫彌撒。」

「十之八九囉，」我說，「我一點都不會覺得奇怪。」